宛如阿修羅

阝可亻彡罒維の

ごとく

Original Story by MUKODA Kuniko

Novelized by NAKANO Reiko

宛如阿修羅

Contents

推薦序——林婉瑜

小事的魅力

※本文涉及故事情節，請斟酌閱讀。

二〇〇三年，日本大導森田芳光將《宛如阿修羅》拍成電影。

一開場就是阿修羅神的圖騰，旁白說道：「阿修羅是印度古神之一，看似為公平正義而戰，事實上，內心卻潛藏嫉妒、憤怒、怨恨等情感，像紛爭不斷的人世。」

原著小說裡，鷹男則是對著四姊妹的背影感嘆：「簡直就像阿修羅。」甚至四姊妹的母親藤，在發現丈夫口袋藏有外遇對象的孩子的玩具時，「有那麼一剎那的時間，藤的臉變成了阿修羅」。

在這個四姊妹發現父親外遇、同時努力處理自身感情風暴的故事裡，阿修羅隱喻了女人溫柔卻恆定的力量，與機心。

現實生活中，向田邦子來自育有三姊妹的家庭；她的作品，無論散文或小說，時常描寫家庭生活與姊妹間細膩的情感。

那是我很熟悉的。

父親只有我與妹妹兩個女兒，我在小女生的環境長大；現在，自己也生養兩個女兒。那種纖細與幽微我懂得，有時也想像，家中有個男孩會有所不同嗎？

向田的文筆是這樣，讓人想到自身。

小說裡，三女瀧子、四女咲子從小便處於競爭比較的關係。我與妹妹亦是如此。從小，若母親只有一塊橡皮擦，她會私下拿給妹妹；若同樣請母親接送，我經常等上半個小時，妹妹不用等，母親會早於約定時間許多出現妹妹眼前。為什麼一起逛街時，母親的手搭在妹妹肩上，而我總是落單？與她相處，沒有時優時劣的緊張情勢，只有經常性處於劣勢。

也許不算競爭者吧，自始都沒贏過的。

單純內向的瀧子，最終為了保護咲子，鼓足勇氣把恐嚇咲子的人約出來狠狠教訓一頓，這是瀧子與咲子的和解。而我與妹妹的和解似乎還懸在未來某一時間點，無到來的跡象。

閱讀向田，那些家庭情境、手足相處，像某種概括影射，與你我生活總有某些重複與疊合；那些看似無謂的零件什物，同樣也散落在我們周遭。所以儘管那是將近半世紀前的文字，它們無視時空阻礙輕易地召喚，溶解我們。或說，是我們自動走入向田描繪的場景，而與之悲歡。

小說中有許多細節，是電影裡看不到的。

電影裡，為了變成植物人的丈夫鎮日傷心的咲子（深田恭子飾），是因一時失神偷了東西，被店員恐嚇威脅；小說中，哀傷的咲子是「對溫柔太飢渴」，事後被一夜情對象宅間威脅。

又如勝又（中村獅童飾）對瀧子（深津繪理飾）這段表白，實在非常可愛，電影裡沒有，小說中才得以讀見：

瀧子驚訝得回頭，勝又急忙從口袋裡拿出大張的便條紙，用簽字筆匆匆寫了幾個字，貼在玻璃上。便條紙上以稚拙的筆跡寫著：「沒有大學學歷不行嗎？」

瀧子瞪大眼睛。

勝又撕了那張便條紙，又重新寫了大大的「欣賞」兩個字，然後，又重新寫了「喜歡」這兩個字，最後又想了一下，寫了「愛」這個字，「啪」一聲貼在玻璃上。

瀧子倒抽了一口氣，勝又懦弱的雙眼濕潤，好像隨時都會哭出來。

阿修羅也有軟弱的時刻。

小說中的女主角們，對愛的信仰成爲一種執念。

所以儘管咲子提早下班撞見了陣內的背叛，還傻呼呼地說：「因爲我不應該提早下班，突然回家……所以，我可以當作沒有發生。」儘管綱子想要了斷與有婦之夫貞治的關係，還是在與其他男人相親後忍不住打電話給貞治：「是我，我想馬上見你。」而四姊妹的母親藤，則是站在丈夫外遇對象家門外，痴痴地看著那棟建築。

向田不直言愛，不直陳遺憾，她給予一個又一個情境，一些相處的對話或片段。散文中小說中都是如此。

幫助構成這些情境的無所不在的「小事」，充滿魅力：勞作課被踐踏的紙鶴（《女兒的道歉信》）、語氣疏淡的父親的家書（《父親的道歉信》）、裂痕像母親後腳跟的鏡餅（《宛如阿修羅》）、讓筷子休息以便細嘗食物眞滋味的筷枕（《午夜的玫瑰》）……枝微末節，向田把注視轉向那個物件，物件就成了人生況味的指涉，有溫暖的氣味。

這是小事的魅力。

如小說家童偉格所述：「所謂『完整』總也是假象，當我們嘗試從她的一個零餘舉措中，歸納完整的她是什麼，我們很可能是對自己過於輕饒，對他者過於盲目。」

不要錯過小事。

無法四捨五入的零碎。

這樣的小事可以像「雨水滴落的聲音／輕輕將世界擊碎」（陳雋弘詩句）；可以是一杯沸騰的茶「一個溫暖的夢爲何如此狂暴／雪巴茶知道」（鴻鴻詩句）；可以是「擱在懷裡的檸檬啤酒／輻射出與你等量的暈眩」（孫梓評詩句）。

懂得這些小事的同時，你我似瞬間走入充滿音樂的房間，瞬間鬆開了，原本要揮向整個世界的拳頭。

讀一九八一年八月二十二日這則新聞：「編號B-2603波音737型的遠航客機，於台北飛往高雄途中空中解體，墜毀在苗栗三義，機內上百名乘客全數罹難，其中包括一名日籍女性作家向田邦子。」我嘴巴微張無聲地喟嘆。

照片底，秀氣、醞有種種風情的邦子故去，已是將近三十年前的事。

《宛如阿修羅》和她的諸種著作是昭和時代的作品；但這些文字與你我無隔閡，彷彿時間不存在，文化切分不存在。

這種直指人心的力量，我相信二十年後翻讀還是一樣。

不刻意追求傳奇，向田邦子獨特的凝望與堅持，和實踐在生活裡的品味，終究，成了一則傳奇。

本文作者

林婉瑜：詩人，著有《剛剛發生的事》。

女正月

這天早晨，瀧子的心情宛如冬天凍結的天空般充滿肅殺。

話說回來，鮮有令她興奮雀躍的早晨。瀧子總是挽著髮髻，脂粉不施，戴著眼鏡；打扮古板樸素的她表裡如一，個性也很陰沉，從來不曾放聲大笑。

竹澤瀧子，三十歲，單身，目前在區立圖書館擔任圖書館員。那家圖書館老舊得連招牌上的字都模糊了，冷清的建築物宛如讓人不屑一顧的老處女。

瀧子每天早晨都是第一個到圖書館，打開暖氣後立刻投入工作。然而，這天早晨，瀧子在埋頭工作前，拿起閱覽室的紅色公用電話打電話給姊姊卷子。

「姊姊，是我，瀧子。嗯，身體馬馬虎虎啦。嗯，嗯，我有點事想跟你談談。」暖氣的蒸氣在玻璃窗上形成一層白霧，瀧子邊以指尖在玻璃上寫著「父」這個字，邊說：「才不是這麼輕鬆的事。」

姊姊里見卷子今年四十一歲，與丈夫鷹男、十七歲的兒子宏男、十五歲的女兒洋子一家四口住在郊區的透天厝。卷子皮膚白皙，是個美女，和瀧子不同，性格溫順。

接到妹妹電話時，卷子正在吃早餐。她咬著嘴裡的食物說：「你在說什麼啊，結婚的事哪裡輕鬆了？也不想想你今年幾歲了。」

「是小咲嗎？」丈夫看著報紙問，卷子應了一聲「是瀧子」，而後對著電話說：「我告訴你，女人年過三十，身價就會暴跌，你不要再猶豫了。」

「我不是說了嗎？跟這件事無關。」

「那是什麼事？你倒是說啊。」

「你們姊妹不要在電話裡吵架，一大早的，是在幹什麼嘛？」鷹男插嘴說。

「喂，喂……」

「我要說的事——等四個人到齊了再說。」
「四個人？你是說我們四姊妹嗎？你要幹什麼？」
最後一句話並不是對瀧子說的。宏男出門上學前衝進客廳，在卷子面前伸出手。
「我昨天不是說過了嗎，要買書嘛。」
「什麼書！」
「同樣的話到底要我說幾遍啦。」宏男嘟著嘴，一口氣說出英文書的書名。
「媽媽哪懂英文，用日文說一遍。」
洋子在一旁插嘴說：「咦？哥哥，這本書你上次不是買過了嗎？」
「白痴，你在亂說什麼？上次買的是……」
「我不是說了嗎？用日文說一遍。」
「這種事爲什麼不在昨晚處理好？」
鷹男皺著眉頭。卷子放下電話，從小抽屜裡拿出錢給宏男。
「記得拿收據回來。出門時，連說一句『我走了』都不會嗎？喂，洋子，你的裙子太短了。」
送兒女出門後，卷子回到餐桌旁，伸手拿了土司。
「眞是的，每次叫他用功讀書，他就說要買書，還說什麼沒有參考書就讀不好書……」
「喂！」
「嗯？喔，瀧子……」卷子跑過去拿起電話，邊吃東西邊說：「對不起，你剛才說什麼？」
瀧子不禁火冒三丈。在等待期間，窗戶上的字她描了又描，變得好不巨大。
「卷子姊，雖說我們是姊妹，既然要我等，至少也該打聲招呼說『等我一下』吧？」

「我不是向你道歉了嗎？」

「你連我剛才在說什麼都忘了。」

「誰叫你偏偏在我最忙的時候打電話來……」

瀧子打斷了姊姊的話。「今天晚上到你家會合，到時候我會告訴大家。」

「喂！」

「我來聯絡大姊和小咲，啊，我吃完晚餐再去。」

「何必在外面吃，我叫外賣的壽司……」卷子的話還沒說完，瀧子就「咔嚓」一聲掛了電話。

「眞是一點都不可愛。」卷子忿忿地看著電話，嘆了一口氣。「女人還是不適合在圖書館工作。」

「只要她交了男朋友，就會變可愛了。」

卷子追上邊繫領帶邊走向玄關的丈夫。「今天晚上也要開會嗎？」

鷹男沒答腔，坐在門檻上穿鞋子。「你說今天要去國立，是去辦什麼事嗎？」

「國立」指的是卷子的娘家，父親恆太郎和母親藤這對老夫妻住在那裡。

「我媽的私房錢到期了，她當初塡的是這裡的地址。」

「她爲什麼不寫自己家裡？」

「如果我爸知道了，不就沒有工作的動力了嗎？我媽希望他再工作幾年……」

「男人不管到了幾歲都很辛苦啊。」

「女人才辛苦。」

妻子的語氣中隱約帶著嘲諷。鷹男沒搭理，伸手開了玄關的門。「代我向你爸問好。」

「只問候我爸嗎？」

服。

「又不是『桃太郎』，說到老爺爺，就要提一下老婆婆。」

鷹男出門了。送走丈夫後，卷子聳了聳肩，露出苦笑。

很久很久以前，在一個偏僻的小村子裡，住著一對老夫婦。老爺爺去山裡砍柴，老婆婆到河邊洗衣服。

走在車站前的大馬路上，卷子想起這個故事，忍不住笑了起來。行道樹的葉子紛紛掉落，露出光禿禿的枝椏，但今日天氣和煦，從國立車站到娘家二十分鐘的腳程成了絕佳的散步路線。

她在雜貨店兼小蔬果店買了大蘋果當伴手禮，剛好是與母親同名的富士蘋果*。

老婆婆在河邊洗衣服時，河裡撲通撲通漂來一顆大桃子。

竹澤家的透天厝位在國立的偏僻區域，走進掛著門牌的大門，有一扇通往巴掌大後院的木門。一走進木門，恆太郎健壯的背影立刻映入卷子的眼簾。恆太郎正在修剪院子裡的樹木，藤則在一旁的晒衣架上晾衣服，眼前的情景讓卷子忍不住笑出聲來。

「這不是卷子嗎？」

「有什麼好笑的？」

他們驚訝地轉頭問道。

「因爲……老爺爺在院子裡劈柴，老婆婆在院子裡洗衣服啊。」

「這有什麼好奇怪的？」

譯注

＊「藤」和「富士」的日文發音相同，都讀「fuji」。

「如果剛好有桃子出現就完美無缺了。」

「這個季節怎麼會有桃子？」

「媽，剛好有和你同名的品種，所以就順便買了幾個。」卷子笑著從手提袋裡拿出紅通通的蘋果。

「啊，『富士』……」藤拉著女兒在簷廊坐了下來。「哪有人回娘家買這麼貴的東西，眞是個傻孩子。」

「和我家裡平時買的相比，已經算便宜的了。」

「這麼大的蘋果，我們兩個人怎麼吃得完？」

「我會幫忙吃。爸，來吃蘋果！」

「我不吃。差不多該出門了，今天要去公司。」

「還是每週兩天班嗎？」

「週二和週四。」

「原來是火木人*……」

恆太郎正要走回屋內，見到半乾的衣物掉在乾枯的草皮上。他彎腰撿了起來，拍了拍灰塵，用夾子夾在晒衣架上，默默地進屋。恆太郎向來沉默寡言，今年六十八歲的他已經退休了，但每週去朋友的公司幫忙兩天，日子過得悠然自在，卻似乎無意和老妻共同享受晚年生活。他從不說笑，也不會放聲大笑，儼然是嚴謹頑固的一家之長。

卷子將目光從父親的背影移到方才撿起的衣服上，那是一件鬆緊帶已經鬆弛的駝色大內褲。

「媽，那不是你的嗎？」卷子看到藤嘴角浮起羞澀的笑容。「爸以前不會做這種事。」

「喂，衣服掉地上了！」

母女兩人同時模仿恆太郎的口吻，不約而同笑了起來。

「爸也老了。」

「他現在也會幫忙關遮雨窗了。」

「爸會關遮雨窗？」卷子瞪圓了眼睛。幾個女兒還住在家裡的時候，恆太郎向來就是個老太爺。

「會不會是來日不多了？」

藤嘆著氣說，卷子笑了起來。

「他知道以前讓你吃了太多苦，所以現在彌補一下。」

「爲錢發愁或是被他罵幾句，不算是吃苦。」

「對女人來說，這也算是一種幸福吧。」

母女兩人突然沉默下來。

「……你們夫妻沒有問題吧？」

「目前是沒問題啦。」卷子發覺話題轉到自己身上，慌忙從皮包裡拿出存摺。「媽，你打算怎麼處理？銀行的人說希望你續存。」

「好哇。」

「啊，對了，瀧子有沒有打電話來說什麼？」

「她什麼都沒說……發生什麼事了嗎？」

「她說有重要的事，要等四姊妹到齊才能說。」

譯注

＊日文中，週二爲「火曜日」，週四爲「木曜日」。

「到底是什麼事？」

「她說今晚要來我家，我以爲她有跟你說什麼。」

「她是不是找到對象了？」

「她說不是這件事。對了，到底該怎麼辦？」

「嗯……」藤瞥向存摺時，恆太郎走了過來。藤以迅雷不及掩耳的速度把存摺藏到腿下。

「喂，賣豆腐的來了，你不用買嗎？」

「昨晚才吃過豆腐。」

「喔，對喔。」

恆太郎轉身離開後，卷子吃吃笑了起來。「爸現在居然會說這種話。」

藤一臉溫和地微笑點點頭，把存摺塞進和服腰帶，起身走向手拿大衣準備出門的丈夫，爲他整了整衣服。

三田村綱子正在料亭*「枡川」的大廳插花。

綱子今年四十五歲，是竹澤家四姊妹中的長女。婚後育有一子，丈夫英年早逝，她當插花老師維持生計。兒子派駐仙台工作，她獨自住在東京下城區的一間小房子。

「老師，茶泡好了。」

領班民子來喚她，綱子停下手。

「我之前不是說過，不要叫我老師。」

「哎呀，插花的老師當然也是老師啊。」

綱子微微點頭，民子便離開了。她看著插好的花，伸出一隻手正想調整一下花的位置，背後傳來枡川老闆貞治的聲音。

「辛苦了。」

綱子沒回頭，很恭敬地回了一禮。

貞治假裝欣賞著剛插好的花，很快竊聲說了一句：「明天，一點鐘。」

綱子面無表情地微微欠身。

貞治剛離開，民子立刻探頭進來說：「老師，電話，你妹妹打來的。」

綱子偏著頭納悶，不知道發生了什麼事，匆匆走去帳房，向正在記帳的老闆娘豐子欠了欠身，有所顧慮地拿起了電話。

「喂，喔，是瀧子……」

「我有重要的事跟大家說，今天晚上在阿佐谷集合。」電話中傳來瀧子慣有的淡漠語氣。

綱子皺了皺眉頭：「這麼突然，有什麼事嗎？」

「見面再說。」

「我也有我的時間安排，你突然打電話，就說晚上要見面……」

綱子正在說這句話時……

「這個月的……」豐子驟然把一個信封遞到她面前，不知道是否想阻止她聊太久。不過，這種作法未免太小心眼了。

譯注

＊高級日本餐廳。

「幾點？時間。什麼？咲子也要去嗎？」

「她也會到。八點，你不要遲到。」瀧子淡淡說完後，傳來掛電話的聲音。綱子嘆了一口氣，向盛氣凌人的老闆娘打了聲招呼，回到了玄關。

咲子今年二十五歲，是四姊妹中的老么，幾個姊姊覺得她一事無成，總是把她當成小孩子。她離家住在出租公寓，在一家叫作「小丑」的咖啡店當服務生。

這天晚上，瀧子下班後來到「小丑」，坐在最裡面的包廂座位。

「到底有什麼事要說？」咲子顧慮到有其他服務生和酒保在場，遞上菜單時，小聲地問姊姊。

「四個人到齊時我就會說。」

「大家都很忙，你就不要裝模作樣了，有話就趕快說嘛。」

瀧子不理會妹妹的抱怨，頻頻回頭看著門口。

「而且，你也不問別人有沒有空，就說晚上八點要集合，太以自我為中心了。」

「如果你告訴我你住在哪裡，我就能提早通知你……」

「我最近要搬家。反正要搬家了，就算說了也沒用。」

「難道有什麼不方便嗎？」

「你別胡思亂想了，因為我住的地方沒電話，所以才說有事打電話到店裡來。」

她們每次一見面就起爭執。咲子氣鼓鼓地抗議說：「這裡九點才打烊，我趕不及。」

「你就說家裡長輩生病了。」

瀧子若無其事地說這句話時，店門開了，一個身穿邋遢風衣、看起來很懦弱的男人走了進來。他是在徵信社上班的勝又靜雄，比瀧子大兩歲，今年三十二歲。

勝又直接走向瀧子的座位旁，向她鞠了一躬說：「你好。」

「兩杯咖啡。」瀧子說著，把咲子打發走了。

等勝又有所顧忌地在瀧子對面坐下來後，瀧子看著他手上的牛皮紙信封。

「我拜託你的……」

勝又拍了拍信封，點點頭。瀧子做了一個拍照的手勢，問：「沒問題嗎？」

「嗯，算是……」

「好。」瀧子伸出手，但勝又有點遲疑。瀧子皺起眉頭。

「是不是沒拍到？」

「不，拍是拍到了，只是拍得不太清楚……」

「既然這樣……」瀧子伸出一隻手。勝又正要把信封遞給她，又縮了手，眼珠子轉了轉，看著瀧子。「你……眞的想看嗎？」

勝又雖然戰戰兢兢，但露出責難的眼神看著瀧子。

瀧子還以顏色地回答：「不想看，當然不想看。」

「……」

「但總不能袖手旁觀。」

瀧子打開信封端詳，勝又把頭轉到一旁。

「多少錢？這要另計吧？」

「不，因爲有點模糊，所以不用了。」

咲子端來咖啡後，兩人陷入了尷尬的沉默。

這個時候，里見家的客廳內，第一個來到里見家的綱子已經叫了壽司。卷子正在倒茶，鷹男坐在地板上看報紙。

「鷹男，你很早下班嘛。」綱子說，卷子聳了聳肩。

「只有今天，平時都要到三更半夜。」

「又不是每天。」

「他聽說你要來，就飛也似的跑回來了，想要撈點好處。」

「白痴。」鷹男對妻子啐了一句，把供奉的鏡餅*放在報紙上。

「鷹男沒有姊妹，聽到我們四姊妹要聚會……」她看到鷹男揮起鐵鍾，驚叫道：「咦？你在幹什麼，今天是開鏡的日子嗎？」

「嘿咻！照理說，好像應該是十一日。」鷹男敲開鏡餅答道。

「他不管做什麼事，都希望和小時候一樣。」卷子苦笑道。

綱子也點頭說：「男人都這樣，我老公活著的時候也說不可以等到除夕夜才放門松，或是新年期間不能拿針，反正迷信得很……又不是一家之長，哪來這麼多規矩。」

「他去世後，你是不是很懷念這些規矩？」

綱子笑著掩飾道：「這個油炸一下再撒點鹽很好吃。」

「他就是等著吃這個。」

「我來幫忙！」

綱子起身時，玄關的門鈴響了。

「我來晚了！」傳來瀧子的聲音。看著丈夫衝出去的身影，卷子嘟著嘴說：「說要碰面的是她，最晚到的也是她。」

「對啊。」綱子附和說。

瀧子和鷹男一起走了進來，一走進客廳，目光立刻停留在地板的年糕上。「這不是鏡餅嗎？」

「看到鏡餅上的裂縫，你有沒有一種似曾相識的感覺？」

聽到卷子的問話，兩個人互看了一眼，「啊！」了一聲立刻說：「媽的腳後跟！」

三姊妹互拍著肩膀和背，哈哈大笑起來。

「沒錯。」卷子說，瀧子和綱子也樂不可支。「我之前就想說了！」

「對吧！」

俗話說，三個女人一台戲……鷹男撿著鏡餅的碎屑，目瞪口呆看著她們。

笑鬧過後，幾個人便炸起年糕。卷子負責下鍋，綱子則是撈起來放在鐵盤上，瀧子把炸好的年糕放在鋪了和紙的盤子上撒鹽，這是姊妹之間才有的默契。鷹男坐在不遠處，深有感慨地看著出現裂縫的年糕炸成金黃色，發出香噴噴的味道。

「我還記得媽每次脫布襪的聲音。」

綱子用網篩撈著炸年糕說，瀧子也點頭。

「晚上睡覺的時候吧？關了燈之後，在枕邊……」

譯注

＊日本人在新年的時候供奉神明的圓盤形年糕，通常都是大小兩個鏡餅疊在一起。

「她腳上的老皮勾到布襪，發出難以形容的嘶嘶聲。」

「她的腳跟爲什麼那麼容易皸裂？是因爲皮膚乾燥嗎？」

「是因爲日子過得太苦了，有一段時間，媽根本沒吃什麼像樣的東西。」

「是不是戰後物資缺乏的時候？有營養的東西都留給老公、孩子吃，她自己只吃鹹稀飯。」

「可能是營養不良造成的。」

「不光是腳跟而已，媽的手也很粗。」卷子說。

「晚上洗完東西後，常看到她用黑色膏藥擦皸裂的地方。」

經綱子的提醒，卷子也興奮地說：「對、對，她拿鐵筷把黑色膏藥加熱後，塗在皸裂的地方。」

「加熱的時候會咻的一聲，發出一股怪味道，有時候還冒煙呢。」

「好懷念……」

「我很受不了。」瀧子乍然以強烈的語氣打斷了兩個姊姊的談話。

這時，鷹男伸手拿鏡餅。

「你這樣不會燙到嗎？」

卷子瞪著丈夫時，玄關再度傳來門鈴聲。

「應該是咲子吧？」

鷹男慌忙把炸年糕放進嘴裡，叫著「好燙，好燙」，走向玄關。

綱子竊聲說：「沒必要把咲子也找來。」

瀧子聳了聳肩。「如果不叫她，她又要鬧彆扭了。」

卷子以眼神示意她們別再說了，隨著一聲很有精神的「晚安」，咲子走了進來。

四姊妹圍坐在里見家的餐桌旁，享受著一大盤炸年糕和煎茶。鷹男坐在一邊的小桌，喝著威士忌，配著炸年糕當下酒菜。

「終於到齊了。你到底有什麼事要說嘛？」卷子迫不及待地問。

瀧子神情嚴肅地環視三人說：「爸養了一個人。」

另外三人面面相覷。綱子卡滋卡滋咬著炸得酥脆的年糕問：「女人嗎？」

「男人怎麼可能養男人？」瀧子沒好氣地應了一句。

「我認爲是每月給她多少錢之類的，搞不好是大學生什麼的。」

「姊，虧你想得出來……」

「眞的嗎？」卷子半信半疑地問。

「怎麼可能？如果是別人我還相信，爸怎麼可能做這種事？」

綱子忍俊不禁，卷子也忍不住笑著說：「對啊，他這麼笨手笨腳，連去百貨公司買一件襯衫都不會的人，怎麼可能有女人？」

「有什麼好笑的，又不是要去百貨公司買女人。」瀧子心浮氣躁地說。

「這句話太好笑了。」

「好噁喔。」

鷹男和咲子分別大笑著說道。

瀧子火冒三丈。「姊夫和小咲別再笑了！他眞的有女人。」

「年紀，想想他的年紀嘛。」卷子說。鷹男也笑著說：「爸居然有女朋友。」

「如果是正在笑的那位還有可能。」卷子調侃說。鷹男嚇了一跳。「喂，你在胡說什麼？」

「幹麼這麼緊張？還是你眞的有什麼見不得人的事？」
「喂，你幹麼找我麻煩。」
「爸已經七十歲了，太荒唐了。」
聽到綱子這麼說，卷子也說：「況且，爸手頭根本沒錢。星期二和星期四吧？他不是去以前的下屬那裡，表面上說是董事，但只能領到一些零用錢而已吧。」
「這種火木*人哪有什麼能耐？」
「火木人？」咲子一臉納悶。
「寡默**人啦，也就是寡言少語的悶葫蘆。」
鷹男語帶佩服地說：「星期二和星期四上班的火木人是寡默人，這句話太有意思了。」
「小瀧，你就是爲了這種事把大家找來嗎？」
咲子發著牢騷，瀧子怒視眾人。「你們不了解情況才笑得出來。我親眼看到了，就在十天前，我去代官山的朋友家玩，回來的時候……」
瀧子的朋友住在代官山的寧靜住宅區。那天，她轉進一條幽靜的小巷，見到一個十歲左右的男孩正在玩滑板，而恆太郎身穿色彩明亮的開襟衫，手拿牛皮紙信封站在前面，一個衣著樸素的中年婦人站在恆太郎身後。
瀧子訝異地張大眼睛，男孩做出彷彿特技體操的動作大叫著：「爸爸！爸爸！你看，我很厲害吧！厲害吧！」然後又叫著：「媽媽也看一下嘛。」
兩個人一回頭，男孩從他們之間滑過，整個人掛在恆太郎手臂上。瀧子愕然地目送宛如一家三口的背影離去。

瀧子說完後，卷子搶先問：「你是不是看錯了？」
瀧子斬釘截鐵地搖搖頭說：「我花錢找人調查了。」
「徵信社嗎？」
「那個女人叫土屋友子，四十歲，有個讀小學四年級的兒子，在那附近租了一間公寓，爸每個星期二和星期四都去那裡。」
「星期二和星期四不是他去上班的日子嗎？」卷子仍然難以置信。
「他只是去公司露一下臉，之後就去那裡了。什麼火木人，竟然騙了媽十年！」
「你有證據嗎？」卷子問。瀧子從皮包裡拿出牛皮紙信封。
「戶籍謄本嗎？」
「照片——他們三個人在一起的照片。」
瀧子正想打開信封，卷子立刻撲了上去。
「卷子姊！」
「住手，我不想看。」眾人大吃一驚。她又說：「這種東西不能看，這、這是浦島太郎的玉匣，一旦打開了，就坐實了這件事。」
「本來就是眞的。」
卷子問丈夫：「老公，你也這麼認爲吧？這種東西不看比較好吧？」

譯注
＊讀「kamoku」。
＊＊讀「kamoku」。

「嗯，可是……」

「但他們不是已經有小孩了嗎？搞不好是我們的……」

綱子話音未落，瀧子也點頭說：「弟弟。」

「而且又是男生。」

「所以，我們有五姊弟？」

「既然這樣，就不能不看……」綱子說到這裡，突然閉起嘴，把什麼東西吐在手心。

「怎麼了？姊姊，怎麼了？」大家探頭張望，綱子摀著嘴說：「我的假牙斷了。」

她說話時漏風，說話聲音也彷彿變了一個人。

「你在幹麼！」

「好噁心喔。」

鷹男也瞪大眼睛。「姊姊，原來你裝了假牙。」

「四顆門牙……討厭，不要看啦。」

「誰叫你們要炸年糕吃！」話題被打斷的瀧子嗆道，卷子也不甘示弱。「你說什麼啊，你剛才不是也說像媽媽的腳跟嗎？」

「人家在吃東西，幹麼提腳跟啦。」咲子一臉不悅地把炸年糕丟進嘴裡，瀧子益發不耐煩起來。

「小咲，這種時候，你還有心思吃個不停。」

「現在不是吵架的時候。」

「總之，小孩子的問題……」綱子說到一半就停了，她的聲音和平時不一樣。

卷子憋著笑說：「你說話會漏風。」

「因為空氣碰到牙齒好憨嘛。」

雖然綱子想要說「好酸」，但旁人以為她在說「好憨」。鷹男也一臉賊笑地說：「你的嘴巴好像眞的閉不起來。」

「你們還笑得出來。」瀧子氣急敗壞地說。綱子也說：「賀啊。」

咲子忍不住笑了起來。「姊姊，你說話好奇怪。」

「有沒有口罩？」

「口罩？家裡不知道有沒有新的。」

「舊的也沒關係……」

「口罩不重要啦，我們在討論小孩子的事。」

瀧子一個人乾著急，綱子也受她的影響。

「只要換孩子就好了……」

「啊？」

「不是孩子，是紗布！換紗布！」

「姊姊！」瀧子忍無可忍地喝斥，但卷子、鷹男、咲子也跟著捧腹大笑。

咲子笑著打開電視，頻頻切換頻道，畫面上出現拳擊比賽後，她把音量調到最小聲，坐回原來的位置。瀧子衝到電視旁，關上電視。

「這種時候，大家居然還弄斷假牙、還有心情看電視！」

綱子掩著嘴說：「不要把我和拳擊混為一談！啊，好酸。」

「和拳擊一樣，拳擊手也常被打斷門牙。」咲子說。

瀧子已經氣得七竅生煙，她緊握雙拳。「你們難道無動於衷嗎？爸在外面有女人耶！」

「你不必這麼激動我們也知道了。」綱子搗著嘴安撫她。

「大家還眞沉得住氣。」

「因爲事情太突然了，完全沒有眞實感。」

卷子瞥了一眼丈夫：「原來爸也是男人……」

「現在的七十歲相當於以前的五十歲。」鷹男避開妻子的視線，從口袋裡拿出香菸。

「是飲食的關係嗎？」咲子說。綱子也答腔說：「以前根本沒得吃那麼多奶油和起司。」

卷子點頭說：「所以說，如果不想老公外遇，就不能讓他吃得太好嗎？」

「但至少要供應最低限度的蛋白質。」咲子答腔說。

談話愈來愈偏離主題，瀧子氣急攻心地咆哮：「咲子！」

「幹麼？」

「什麼幹麼？我說你啊……」

「我倒覺得，小瀧，你的作法太陰險了。」

「你說我陰險是什麼意思？我是爲了這個家、爲了媽，才自掏腰包拜託徵信社的。」

「這就是陰險啊，爲什麼不直接問。」

「直接問誰？」

「問爸啊。」

「怎麼問得出口？況且，他會說嗎？」

「他本來就寡言少語。」綱子和鷹男紛紛說道。

瀧子不理會他們的意見。「小咲，你不覺得媽很可憐嗎？她嫁給爸五十年，辛苦了一輩子，爸卻在她六十五歲的時候背叛了她！」

「是啊，爸眞的太過分了。」綱子回答說，咲子沒吭氣。

卷子也點頭。「我還以爲至少他不至於做這種事……」

「我不能原諒這種人！」

「我覺得……」瀧子探出身體。「如果爸不肯和那個女人斷得一乾二淨，就要和媽離婚……」

卷子嚇了一跳。「離婚！」

「剛才不是說了嗎？媽辛苦了五十年，腳跟也變得像鏡餅一樣粗糙，未免太可憐了。我覺得爲了媽，應該趁這個機會弄個清楚……」

卷子打斷了瀧子的話。「既然這樣，爸應該和那個女人分手才對。老公，這是理所當然的吧？」她徵求丈夫的同意。

「嗯，應該是。」

綱子也說：「這是最起碼的常識。」

「無論如何，爲了媽……」

這時，咲子打斷了激動的瀧子。「……小瀧，你眞的這麼覺得嗎？」

「啊？」瀧子一臉錯愕。

「你口口聲聲說是爲了媽，我聽了半天，覺得你只是爲了自己，想找事情發洩。你工作不如意，又沒有男朋友，想趁這個機會發洩滿腹的鬱悶……」

「這種話你也說得出口！我說你啊……」

「我覺得這是爸媽他們夫妻之間的問題，由不得我們旁人插手。況且，老公在外面找女人，媽不是也有責任嗎？雖然她把家裡照顧得很好，卻是太一板一眼了，完全沒有女人味。」

「你說得太過分了！」卷子表示抗議。咲子若無其事地說：「男的不都這樣嗎？」

「你不要說什麼『男的』這種字眼。」

「不然要怎麼說？」

「男人……」

聽到瀧子這麼說，咲子捧腹大笑起來。瀧子益發怒不可遏。

「咲子，你是不是和別人同居？自己做了齷齪的事還敢說。」

「小瀧，你做的事才齷齪吧？雖然你從來不化妝，穿著也很樸素，但其實心癢癢的，很希望男人對你示好吧？你只是藉別人的事發洩自己的欲求不滿。」

「咲子！」瀧子撲向咲子，其他三人驚慌失措。

「你們兩個幹麼呀！」

「住手！趕快住手！啊，好痛！」

「不要打了，啊，口罩……」

終於把兩個人拉開後，卷子對瀧子說：「好了，明天我們兩個再好好商量這件事。」

「各位聽好了，不管發生什麼事，這件事都不能傳到媽的耳裡，了解嗎？」

鷹男大聲說道，四姊妹終於平靜下來。大家準備坐回原位，卻驚訝地瞪大了眼睛。剛才扭打成一團時，不小心碰到了牛皮紙信封，照片就這麼溜了出來。雖然拍得有點模糊，但照片上可看到恆太郎與一對陌生母子和樂融融的樣子。

五個人假裝不看，卻都以眼角餘光覷著那張照片。

離開里見家後，咲子踏上了深夜的歸途，快到家的時候，一個慢跑的年輕男子從身後超越了她。這個穿著連帽防風外套、戴著手套的年輕男子，正是咲子的男朋友——剛出道不久的拳擊手陣內英光。

「啊。」咲子察覺是陣內後，立刻追了上去。兩個人肩並肩時，咲子說：「今天晚上的左勾拳超猛的，你沒看嗎？」

陣內沒回答，停下腳步，練習揮拳，與假想敵對打。咲子也模仿他的動作。陣內再度跑了起來，咲子跟了上去。

他們住在只有共用廁所的木造公寓，屋裡沒有浴室，也沒有任何像樣的家具，僅僅放了一個體重計。爬滿裂縫的牆上掛著阿里*和其他拳王揮拳的照片。陳舊起毛的榻榻米上放著《運動員的身體》、《營養學》、《拳擊入門》之類的書和果汁機。

「眞想早點搬去有浴室的公寓。」咲子嘆著氣說，讓陣內站在巴掌大的流理台前，用大灑水壺幫他沖熱水。

「啊，沖到眼睛了嗎？」

「只要我贏就能搬了。」

咲子俐落地幫陣內擦身體。每天洗頭後都要量體重。和昨天一樣——咲子看了體重計後，鬆了一口

譯注

＊阿里（Muhammad Ali, 1942-）：美國拳擊手。原爲業餘選手，一九六〇年奪得奧運輕重量級金牌，轉爲職業選手後，五次拿下重量級世界冠軍。

氣。陣內走下體重計，展開睡前的訓練。他仰躺在地上，張開雙腿，挺起上半身，以左手碰觸右腳腳尖，然後恢復原來的姿勢，再以右手碰左腳，反覆練習，動作敏捷。陣內頭頂上方貼了一張紙，上面以蹩腳的筆跡寫著「志在必得，新人王！」的口號。

「你……說了什麼？」

訓練結束後，陣內問咲子。咲子正在鋪棉被。

「沒事。」咲子應道。

「你不是說要和姊姊見面談事情嗎？」

「根本是和我無關的事。」

咲子鋪了兩床被。一床普通的被子是陣內睡的，另一床只有一層薄薄的墊被和毛毯而已。咲子把運動衣和大衣鋪在毛毯上，勉強鋪出一床被子的樣子。她在兩床被子之間拉了一條繩子，掛上床單，然後把洗好的睡衣塞到床單的另一側，關上電燈說了聲「晚安」。

她正要脫下毛衣，陣內突然撲了過來，悶不吭氣地把她按倒。

「你在幹什麼？」咲子用力抵抗，但陣內欲罷不能。「你不是想當新人王嗎？聽我說啦！你不是說，要是交了女朋友，動作就會變遲鈍、就會被人發現，所以不行嗎？你不是說，等你成為新人王、讓媒體報導後，你才要向大家宣布，在此之前必須咬牙撐過去嗎？喂，你放開我，你不是發誓在贏得新人王前要忍耐嗎？你不是說，難過的時候就默念『新人王！新人王！』嗎？喂，說『新人王』啊！快說啊，新人王！新人王！新人王……」

咲子的喊叫淹沒在陣內的狂吻中。繩子斷了，床單啪一聲落下來，蓋住兩個人的身體。

瀧子也住在木造灰泥公寓裡。

從里見家回到住處，瀧子沒開燈，也沒脫下大衣，在黑暗中佇立良久。然而，咲子的話仍然在她的腦海中盤旋，揮之不去。

「討厭，討厭，討厭，啊，眞討厭！討厭啦！」

瀧子咬牙切齒地叫道，把放在桌上的手提包推到地上。花瓶也一起掉落，杯子飛了出去，花散落一地。她知道水會滲入地毯，依然無力動彈。

瀧子不曾談過戀愛。雖然有過淡淡的單相思，但既沒愛過男人，也沒被男人愛過。想愛卻又愛不到，她對不成材的自己感到懊惱、寂寞，有時候一股莫名的煩躁湧上心頭，讓她忍不住想要放聲哭喊。

這種房間，弄髒了才好——瀧子在內心吶喊。

在里見家，卷子和鷹男正看著照片發愁。

「不知道是不是當眞的。」卷子緩緩把剩下的炸年糕送進嘴裡。

「嗯……」鷹男哼哼著應聲。

「我爸……」

「嗯。」

「和你一樣都是男人，你應該能了解吧？」

鷹男抬起頭，兩人的視線交會。

「你從剛才開始就一直哼哼哈哈的……」卷子抱怨說。鷹男正想「嗯」一聲，趕緊把話吞了回去。

「問題在於孩子，如果沒有孩子就好辦了。」

「只要生了孩子，外遇就名正言順了嗎？」

「我不是這個意思，而是說，事情就簡單多了。」

「那你說這種時候到底該怎麼辦？」

「最好的方法，就是讓時間解決一切。」

「時間很不公平，會讓男人更加喜愛新歡，有時候，年老色衰的舊愛就這樣被棄之不顧了。」

卷子這句話是說給鷹男聽的。

「這件事……我希望交給你來處理。」卷子直視著丈夫的雙眼。「拜託你想一下該怎麼處理才好，不要忘了我媽為家裡辛苦了五十年。」卷子叮嚀道。

翌日，卷子打算和綱子好好商量這件事。因為她覺得瀧子和咲子還是單身，這種事還是只有結過婚的人才能理解。

很久很久以前，在一個偏僻的小村子裡，住著一對老夫婦。老爺爺瞞著老婆婆外遇，還有了一個可愛的小男孩……

卷子走在寒風蕭瑟的街頭想著心事，來到三田村家的門口摁了門鈴，門內傳來了綱子的聲音。

「來了！我馬上來開門！」

但是，隨著她的腳步聲，又傳來一個男人的聲音。「鰻魚店這麼快就送來了？」

卷子大驚失色。

「啊，你看你，沒擦乾就走出來了。」

「多少錢？」

「不用啦，不用你拿錢……」

「特級鰻魚飯好像是兩千圓。」

「我不是說不用了嗎？」

玄關的毛玻璃內，兩個身影糾纏在一起。大門猛然在愣在門口的卷子面前打開了，身穿紅色和服襯裙、領口凌亂敞著的綱子，以及可能剛洗完澡、腰上只圍了一條浴巾的貞治，兩人同時「啊！」的叫了起來，愣在原地。

卷子不加思索，啪的一聲用力關上格子門，中途撞上了擦身而過的鰻魚店的伙計，一路小跑步衝到公車站。由於太過震驚，她的身體忍不住微微顫抖。一個抱著小提琴的小學生一臉訝異，抬頭看向氣喘吁吁的卷子。

當她終於平靜下來，深呼吸了一下，對那個孩子展露微笑時，公車恰好進站。她正要上車，卻被全速追來的綱子拉下公車。兩人拉扯之際，公車開走了。姊妹倆頭髮散亂，喘著粗氣扭在一起。

「幹麼啦？」

「我有話要說。」

「我跟你沒話可說。」

「你先跟我回家。」

「我趕時間。」

「別說這麼多了！」

可能剛才太慌亂了，綱子連襪子也沒穿，腳上的鞋子也不同雙。

卷子心不甘情不願地被綱子拉回三田村家，貞治已經離開了。

卷子和綱子坐在飯廳的餐桌前，彼此都不抬眼看對方。綱子默默端上茶。

「這一帶眞安靜。」

卷子耐不住沉默開口說道，綱子把茶推到她面前說：「喝茶吧。」

「你假牙又裝好了。」

「今天一大早裝的——只是臨時的。」

慌忙中塞進壁櫥的男人和服腰帶，一端露在門外，綱子邊說話邊不著痕跡地站了起來。

「姊妹中只有我像媽，牙齒很不好。我出生的時候，爸的收入還很微薄，所以牙齒可能沒吸收到足夠的營養。」

綱子打開壁櫥，想把腰帶往裡塞，結果放在上層的男性厚質和服與黑色布襪也砸在她的頭上，她突然火冒三丈。

「你爲什麼不問我？」綱子咄咄逼人地對卷子說。「爲什麼不問他是誰？什麼時候開始交往的？對方是不是有家庭？」

「姊姊……」

「爲什麼不問我『兒子都快要娶媳婦了，難道在老公的牌位前不覺得羞恥嗎』？」

「姊姊……」

「你爲什麼不說，『昨天才說不能原諒爸，說媽好可憐，怎麼不反省一下自己的行爲？昨晚說的那些話到底算什麼』？你光是坐在那裡一聲不吭，根本是在嘲笑我。我最討厭你這種個性！」

「……」

「你倒是說話啊！你爲什麼不罵我？」

卷子不質問綱子，也沒破口大罵。她的情緒已經平靜下來，嘆了口氣說：「我要怎麼罵你？『我家的鷹男在外面也有女人，所以無法原諒你和有婦之夫勾搭』——你要我這麼說嗎？」

「卷子……你不需要因爲看到我出糗，就勉強編故事。」

「我才沒有勉強編故事。」

綱子重新在妹妹面前坐了下來。「……你有證據嗎？」

「我從小就討厭追根究柢。」

兩人相視而望，露出表情複雜的笑容。

「要花錢。」

「還會增加皺紋。」

「眼不見爲淨。」

「媽經常說這句話。」

雖然她們嘴上這麼說，但氣氛還是很尷尬，兩個人拚命笑著，試圖掩飾這份尷尬。

「你的假牙很好看。」

「一顆要兩萬……」

「呵呵呵……」

「那個牙醫師……他的大弟是眼科醫生。」綱子莫名其妙地笑了起來。

「那他的小弟一定是耳鼻喉科。」卷子說著，也笑了起來。

「白痴。」綱子說。

「白痴！好討厭！」卷子笑了起來。

「你不要逗我笑，小心我的假牙又掉了。」綱子暗自鬆了一口氣。「你肚子餓不餓？」

「好餓。」

「家裡只有粗茶淡飯。」綱子故意開玩笑，從廚房端來特級鰻魚飯，推到卷子面前。

卷子木然地看著鰻魚飯，漸漸變了臉。「是誰付的錢？」

「啊？」

「是不是他付的？」

「卷子……」

卷子猛然拿起鰻魚飯，丟向廚房。整塊鰻魚剛好砸在正準備起身倒茶的綱子頭上。

「……卷子！」

卷子鎮定自若地坐著，綱子從她的表情中看到了母親的影子。

瀧子正在圖書館的閱覽室查資料，察覺到身後有動靜。

「閱覽卡在窗口那裡……」

話說到一半，瀧子「啊」的叫了起來。因爲俯首看她的正是父親恆太郎。

「爸……」

「你看起來很不錯嘛。」恆太郎對張口結舌的瀧子說。「我過來看看，沒事就好，那我走了。」

說著，他舉起一隻手揮了揮，走了出去。

「爸……」瀧子慌忙追了上去，在閱覽室門口追上了他。「我上次看到你們了。」

恆太郎回望著瀧子的雙眼。瀧子期待父親的解釋，更希望聽到他的道歉。

圖書館後方是一所小學，傳來學生合唱團的聲音和「哇——」的大叫聲。瀧子看著恆太郎的側臉，不禁雙眼發熱。

「爸……」

恆太郎什麼都沒有說。「我走了。」他舉起一隻手，健壯卻難掩老態的背影漸行漸遠。

那天，鷹男瞞著卷子把勝又約了出來。

勝又在飯店大廳等待時，鷹男快步走了進來。

「不好意思，約你出來，卻讓你久等……」鷹男在勝又對面的椅子上坐了下來。「我是打電話給你的里見，我的小姨子承蒙你關照了。」

鷹男說話的同時觀察著勝又。勝又的外型很不起眼，雖然個子高大，卻有點駝背，戴了一副眼鏡，而且鏡片很厚。看起來人不壞，但似乎不太可靠。

「你太客氣了。」勝又吞吞吐吐回應，正襟危坐。

「你單身嗎？」

「啊？」

「其實不用問，看你的襯衫領子就知道了……」

「啊！」

「聽我小姨子說，你對她很好，我猜想該不會是對她有好感吧……所以想實際調查一下……哈哈哈，這樣搞不清楚到底誰是徵信社的人了。」

聽鷹男這麼說，勝又認真起來。「如果你是徵信社的人，我就會對你說我討厭那種女人。居然要求調查自己的父親，我無法原諒她。」

「但身爲女兒，也不能袖手旁觀哪。」

「做父親的太可憐了。」

「你太情緒化了，對你的工作不會有影響嗎？」

勝又慌忙說：「如果在工作中摻雜個人感情，會被開、開、開除。」

「如果你被開除，記得帶履歷表來找我。」鷹男遞上名片。「我能助你一臂之力。」

勝又感動地看著名片。

「對了……」鷹男豎起小拇指。「……關於這個的事，可不可以請你對我小姨子說，『一切都是我搞錯了』？」

勝又瞠目結舌。「你是說，當作沒這回事嗎？」

「沒錯，不知道該說是幸運還是不幸，照片很模糊，就說是你的調查出了差錯。」

「這、這怎麼行？」

「爲什麼不行？」

「因爲，這、這根本是在否定我的工作……」

「這不是很矛盾嗎？你剛才不是說，不能原諒那種調查父親的女人嗎？還說做父親的太可憐了。」

「但工作……」勝又說到一半，又改變了語氣。「對於這種絕對矛盾的自我認同的問題……」

鷹男恍然大悟般眨了眨眼，問：「你幾歲了？」

「三十二歲。」

「眞年輕。」

「呃……啊哈哈哈……」

「即使眞相大白，對誰有好處？簡直就像是廝守了五十年的老妻在一百級階梯中走完九十八級之後，突然被人推了下來。四個女兒雖然之前不時數落父親是老古董，又很頑固，但還是對他充滿敬愛，結果一下子變得很看不起他。」

「爲什麼看不起他？」勝又皺了皺眉頭。「他又不偷不搶。」

「但是，對女人來說，男人外遇就和小偷沒什麼兩樣，都犯了寡廉鮮恥的罪。」

勝又無力地笑了笑，然後，猛然收起笑容。瀧子不知何時來到他們面前。「咦？姊夫，你怎麼……和勝又先生？」

「你怎麼知道我們在這裡？」

「我打電話到勝又先生的公司，他們告訴我在這裡……我可以坐下嗎？」

鷹男雖然覺得爲難，但又不能拒絕，於是點了點頭。瀧子在勝又旁邊坐了下來。

「我剛好有點事要拜託他。」鷹男搪塞說。

「工作嗎？勝又先生雖然口拙，但人很老實，有工作不妨找他。」

「嗯，好。」

瀧子沒追問兩人見面的細節，似乎滿腦子其他的事。

「那個還沒收到嗎？」她探出身體問。

「寄來了。」勝又點頭後，從皮包裡拿出一份資料。坐在對面的鷹男探頭張望，不禁瞪大了眼睛。

「這不是戶籍謄本嗎？」

「原來那孩子不是我爸的孩子！」翻開資料的瀧子露出燦爛的笑容。

「那孩子今年十歲，他父親叫高見澤實，孩子的媽和竹澤先生認識八年了。」

「原來不是爸的孩子……」

「你既然知道了，爲什麼剛才不告訴我？雖說是姊夫，但我也算是她的哥哥嘛。」

「未經過委託人的同意……」

「原來是這樣。」

瀧子笑了。她雖然笑著，眼中卻泛著淚光。

「我們只有四姊妹。」

瀧子微微站起的身體坐回椅子時，裙子翻了起來。勝又戰戰兢兢又笨拙地幫她拉了拉裙襬，鷹男帶著溫和的笑容看著他們。

竹澤家的飯廳內，藤悠然地唱著兒歌，用刷子刷著恆大郎的大衣。

「蝸牛啊蝸牛……」

她拿起大衣時，一輛玩具車從口袋裡掉了出來。她撿了起來，放在手心，目不轉睛地看著手上這個小孩子的玩具。

「你的頭到底在哪裡？」

藤把玩具車放在榻榻米上，讓車子在上面滑行二、三次後，抓起玩具車，用盡全身的力氣丟向紙門。玩具車攢破紙拉門，落到另一側。有那麼一剎那的時間，藤的臉變成了阿修羅。

「把角露出來，爬出來，把頭露出來。」

就在這時，電話響了。藤跪行到電話前，拿起話筒時，已經恢復平時溫和的表情。

「喂，這裡是竹澤家。喔，是咲子，你最近好嗎？」

電話是咲子打來的。

「媽，我有事要和你商量。對，絕對不能告訴爸和姊姊她們的事。」

咲子說，要見了面才告訴她是什麼事。掛了電話後，藤把剪成花卉形的千代紙貼在紙拉門的破洞上，整理妥當後，才換上外出的和服。她在綁腰帶時略加思索，拿起電話，撥了卷子家的電話號碼。

卷子正在重新計算排在桌上的一萬圓紙鈔，聽到電話鈴聲，驚訝得抬起頭。

「這裡是里見家，啊，原來是媽……」

藤一開口，卷子的表情就緊張起來。

「到底是什麼祕密？」

「她那裡……」

「不知道，她說到她那裡再告訴我。」

「她還要我瞞著你爸和你們幾個，但我怕有什麼萬一，所以把公寓的地址告訴你。她家沒有電話，地址是……喂？」

「媽，你什麼時候去？」

卷子慌了神，猜想咲子要說的事該不會是父親有情婦的事吧。

「我要先去買點東西，然後就去她那裡。」

卷子慌忙說：「媽，我陪你一起去！」

「這樣對咲子說不過去，她叫我不要說，結果變成好像我在告密……」

卷子掛上電話後，立刻打電話給綱子。綱子聽了也慌了手腳，於是她們決定去咲子的公寓看看。

兩姊妹急忙換了衣服出去，約在車站見面後，一起趕去咲子的公寓。她們拿著地址，在雜亂的巷弄裡找了半天。

「根本沒有旭莊啊。」

「看地址，應該就在這附近。」

「日本的木造公寓有一半都叫日出莊或是旭莊，應該問清楚地址，都怪你沒聽清楚。」

兩姊妹找得心浮氣躁。

「我有聽清楚。」

「那是媽說錯了。」

「找個人問一下比較快。」

「是不是巷弄錯了？」

「我們動作要快點，她絕對會告訴媽的。」

「她從小就喜歡標新立異。」

「她個性彆扭。」

「她也最不會讀書，對了，她……」

「呃，不好意思，請問這附近？」

兩姊妹跑向一個剛好路過的人，出示了地址，焦急地打聽公寓的地點。

這個時候，藤正在咲子的公寓。

沒什麼擺設、甚至可說是空無一物的簡陋房間，讓藤忍不住瞪大了眼睛。陣內正襟危坐在藤面前，咲子介紹他們認識後，藤覺得不能露出困惑的表情，所以拚了老命擠出笑容。

「拳擊手……」

「喔，就是這個。」藤輪流伸出兩隻拳頭。

「我是陣內。」陣內恭敬地磕頭。

「……我是咲子的媽媽。」藤也慌忙微微欠身。「雖然應該在電視上看過你，但在我眼裡，覺得大家長得都一樣……」

「他還沒上過電視啦。」

「我還沒有。」

「資歷、還很淺嗎？」

一陣尷尬的沉默，藤環視屋內。

「很辛苦吧？」

「呃……」

又是一陣沉默，藤翻了翻眼珠子。

「如果被打到，應該很痛吧？」

「有些地方會很痛，像是liver挨打的話就很慘。」

「Liver……」藤偏著頭納悶，咲子和陣內異口同聲地說：「肝臟。」

「喔，原來是肝臟。」

「就會痛得唉唉叫了。」

「哎呀……」

「如果被打到『chin』，就會覺得很舒服，一陣飄飄然。」

「哎呀！」藤頓時羞紅了臉。「那種地方，不是不能打嗎？」＊

「啊？」

「哎喲，媽，chin是指下巴啦。」

「喔，原來是下巴。」

「原本打算等他贏了新人王之後再宣布的，但我想先跟媽說一聲……」

聽到咲子只把祕密說給自己聽，藤既高興又感到困惑不安，心情很複雜，不知道該怎麼回應，只好再度環視屋內。

「他這個人面惡心善，對吧？」

咲子撒嬌地向陣內使眼色時，外面傳來女人的叫聲。

「陣內先生，你的垃圾桶放在外面！」

「來了！」咲子應了一聲，立刻起身衝了出去。來到門外，頓時愣在原地。原來是卷子和綱子站在門口。

「姊姊，你們怎麼來了？」

卷子神色緊張地問：「媽呢？」

「在裡面呀。」

「你說了嗎？」綱子也臉色大變。

咲子若無其事地說：「說了啊，總不能一直瞞著媽。」

「你這個人！」

「你告訴媽那件事，等於判她死刑！」
「我們之前不是說好不要告訴媽，我們自己想辦法解決嗎？」
看到兩個姊姊氣急敗壞的樣子，咲子終於領悟到她們在說什麼。
「你們瞎操心什麼啊，那件事我怎麼可能告訴媽？」
兩個姊姊一臉詫異。
「我說的是我男朋友的事。」
「男朋友……」
「我們住在一起——一個不起眼的拳擊手。」
綱子瞪大了眼睛。「拳擊手！」
卷子也恍然大悟地說：「所以你昨晚在看拳擊……」
「不是還有很多種工作嗎？爲什麼偏偏是拳擊……」
「媽說什麼？」
咲子聳了聳肩說：「她嚇到了。」
「那還用說。」
「『你們的生活沒問題嗎？他有機會出道嗎？萬一受傷了怎麼辦？你們會結婚嗎？』雖然媽有一大堆問題想問，但當著我男朋友的面，想問又問不出口，所以，媽露出這樣的表情……」咲子模仿藤瞪大眼睛環視屋內的樣子，大笑起來。

譯注
＊「chin」和日語中代表男性生殖器的詞彙同音。

綱子戳了戳咲子的腰。「你真是太不孝了。」

「現在是非常時期，你這種時候讓媽擔心，等於是加倍的不孝……」

咲子打斷了卷子的話。「是嗎？我倒是覺得我自己很孝順。」

「咲子，你……」

「我希望讓媽有一件事操心，這樣一來，萬一她察覺到爸的事，也不至於太鑽牛角尖。」

卷子和綱子互看了一眼。

「你們回去啦，我說只告訴媽而已，你們一起跑來，就浪費了我原本的美意。」咲子推著兩個姊姊。「快走啦！」

這時，屋內傳來陣內和藤的笑聲。隔著窗戶，隱約可見兩個晃動的人影，不知道是不是陣內在教藤拳擊。三姊妹面面相覷。

綱子和卷子無言地目送著咲子抱著垃圾桶走回屋裡。

兩姊妹直接前往圖書館，約了瀧子出來，三個人一起前往代官山。

「我記得是在這一帶遇到的。」瀧子在不見人跡的靜巷內左顧右盼說道。

「不知道他們住哪裡？」卷子愁眉不展地說，綱子不安地問：「去了又能怎樣？」

「你問我能怎樣，我也不知道……」

「可能是因爲知道那孩子不是爸親生的，我心情比之前輕鬆不少。」

「那當然。」

「如果給她五十萬圓，叫她跟爸分手，會不會太異想天開了？」

卷子皮包裡放著今天早上從銀行領出的一疊鈔票，打算付給父親的情婦當分手費。「這是我全部的私房錢，我打算跪在地上拜託她，請她考慮一下六十五歲的媽的心情。」
瀧子一臉困惑。「你眞的打算這麼做嗎？」
「我打定主意了，連內衣褲也都換了。」
「簡直就像黑道大哥要切腹。」
三姊妹正想笑，表情立刻僵住了，因爲照片上的那個男孩正站在滑板上滑了過來，身後跟著一個衣著樸素、拎著購物籃的女人。
瀧子和綱子慌忙躲進巷子，只有卷子著了魔似的走向那對母子。男孩滑過卷子身旁。
瀧子和綱子提心弔膽地在旁觀察，那個女人見到卷子，倏然停下腳步，百感交集地注視卷子，而後恭敬地一鞠躬。卷子驚訝地停下腳步，愣在原地說不出話來。
三姊妹茫然地看著那對母子離去的背影。

十天之後的星期日，四姊妹和母親結伴去看文樂*。
這天，鷹男也來到國立的竹澤家。其實就是鷹男買了票，送所有女眷去看戲的。
「你把女人都趕出門，是有什麼重要的事要說嗎？」
恆太郎正在燒枯葉和枯枝，鷹男在一旁把枯枝丟進火堆後，鼓起勇氣開了口。
「我就知道。」恆太郎看著火回答說。
「煙是不是從沒有火的地方冒出來的？」

譯注
* 文樂爲日本傳統藝能的人偶劇和人形淨琉璃的統稱，與能劇、歌舞伎並列爲日本三大傳統藝術。

一陣沉默。然後恆太郎幽幽地說：「不，有火才會生煙。」
「把火滅掉吧。」
「不用了，這樣就好。」
「但是，爸……」鷹男丟了一根樹枝，隨即燒了起來。「你有什麼打算？」
「嗯。」恆太郎用攪火棒攪動火堆。「能怎麼辦？」
「要道歉嗎？」
「不……」恆太郎說完，嘆了一口氣。「這不是道歉能解決的問題。」
「所以不道歉嗎？」
恆太郎默默地攪著火堆，火悶燒起來，吐出白色的煙。
「壓力很大吧？」
「這是我自作自受。」
火苗又從悶燒的火堆下方竄出。
兩個男人默默地注視著愈燒愈旺的火勢。
這個時候，全家的女眷正在看文樂。這天演的劇目是《安達原》。當劇情進入高潮，原本的美女臉孔驟然裂開，變成一張鬼臉。
綱子倒抽了一口氣；卷子漠無表情地看著；藤瞪大眼睛，好像在說「哎呀，怎麼會這樣」，但立刻恢復了平靜的表情；瀧子露出認眞的眼神；咲子吃吃笑著。每個人都凝視著鬼臉。
傍晚的時候，女眷熱熱鬧鬧地回到家裡，鷹男和恆太郎出來迎接。

「怎麼大家都回家裡來了？」

恆太郎瞪大眼睛，藤笑著說：「是我邀她們的，偶爾也回來家裡一起吃頓飯嘛。」

「現在開始準備太麻煩了，卷子，你問一下大家的意見，看要叫壽司還是鰻魚飯……」

鷹男這麼一說，藤慌忙說：「你不用費心啦。」

「有什麼關係嘛，姊夫，那就讓你破費嘍。」

「小咲，你太厚臉皮了。」

「大家要吃什麼？」綱子故意搞笑地大聲問。

卷子毫不猶豫地回答：「我要特級鰻魚飯。」

綱子愣了一下才說：「……我要壽司。」

兩個人互瞪著，綱子很嚴肅地大叫：「壽司！」每個人呆若木雞地看著她倆。

「卷子和姊姊，你們都幾歲了？需要這麼激動嗎？」

「你們兩個是怎麼了？」

「你們在幹麼？」

大家紛紛數落著她們，只有藤開心地笑著說：「回到父母家裡，就變回小孩子了，對不對？」

卷子嫣然一笑說道：「我要壽司……」

綱子的臉皺成一團，露出笑中帶淚的表情，使勁捶著卷子的肩膀。

「文樂怎麼樣？」鷹男問。大家正圍著大壽司盤熱鬧地吃著晚餐。

「我第一次看，覺得很有趣。」咲子回答。瀧子也說：「很棒。」

藤也點頭。「還是日本傳統的東西比較好。」

「對了，那張臉突然裂開……」

「那個太厲害了。」

咲子和綱子模仿起來，瀧子嚴肅地說：「好可怕。」

「很像小瀧。」咲子噗哧笑了起來，瀧子橫眉豎目。「爲什麼？」

「因爲……很多因素啦。」

卷子斜眼瞪著咲子說：「咲子……交換一盤。」

鷹男代替咲子把壽司拿了過來，卷子夾了一個壽司。

「爸，赤貝，這一盤的干貝唇看起來比較好吃。」

卷子把赤貝放在恆太郎的盤子裡，瀧子在一旁問：「爸，沒問題嗎？吃這麼硬的東西……牙齒、牙齒、牙齒。」

「對啊，上次綱子姊吃炸年糕的時候，還把牙齒也咬斷了。」咲子說。

「你這個白痴！」綱子作勢要打她，卷子和瀧子也瞪著咲子。

「怎麼了？」

「怎麼回事？」

恆太郎和藤都訝異地問。鷹男忍俊不禁，做出捂住嘴巴的動作。

「那實在太好笑了，大姊的假牙居然斷了。」

「眞是的。」

「別說了啦。」

「沒關係啦。」

「不過第二天就裝好了。」卷子說。

「呵呵呵，好可怕。」綱子竊笑起來。「嗯？雖然當著鷹男面不該說，但我們家最可怕的應該是卷子吧。」

「她才不可怕。她怕狗，又怕打打殺殺的，每次都這樣看電視。」鷹男做出從手指縫隙偷看的動作。

「她還怕蟲子，怕電扶梯，膽小得莫名其妙。」

「鷹男，你是還沒見識過。」

「什麼？」

「你這麼想的話，改天自己怎麼死的都不知道。」

「嘿嘿嘿嘿……」鷹男笑著掩飾緊張的表情。

「我懂你的意思。」瀧子說。「和卷子姊一起吃壽司的時候，我每次都很佩服。她一開始就吃鮪魚、鮭魚卵這些又軟又好吃的壽司。」

「對啊，而且吃得很猴急。」咲子說。

卷子氣鼓鼓地說：「不要說得那麼難聽好不好。」

「原來是啼聲清脆卻吞下蜥蜴的杜鵑鳥。」恆太郎嘟囔了一句。

「爸，人家剛好在吃蝦蛄，幹麼提什麼蜥蜴嘛！」

「她嫌東嫌西的，但從來不會少吃。我不知道爲什麼，每次都在吃章魚和透抽。」瀧子嘟著嘴說。

藤笑道：「大家嘴上這麼說，其實都是挑自己愛吃的。」

「媽，你還不是每次都把別人的星鰻和玉子燒吃掉了。」

「喔，有嗎？」

女人聊天永遠聊不完，話題一個接一個。

「女人太厲害了。」鷹男語帶佩服地說。

「眞的太厲害了。」恆太郎也同意。

這時，鷹男看向紙門。

「哎喲，原來這個家裡的紙拉門也會破。」

之前藤丟玩具車攢破的洞已經用花卉形狀的千代紙修補好了。

恆太郎也抬頭看著紙拉門，發出「嗯」的聲音點點頭。「對啊，畢竟是凡人嘛，對吧？」

他徵求藤的同意，藤沒理會他，面帶微笑地吃著玉子燒。

恆太郎和鷹男被眼前女眷興奮健談的樣子嚇到了，互看了一眼，露出一絲苦笑。

三度豆

卷子作了一個夢。

她夢見一身白色裝扮的恆太郎坐在神龕前，神情嚴肅，似乎心意已決。藤坐在恆太郎身旁，一副極其悠然的表情在做針線活。藤坐在以零碼布料縫製的薄坐墊上，披著棉背心，戴著老花眼鏡，駝著背把線穿進針裡，完全不理會恆太郎。她不時伸手拿出仙貝，壓碎後，啪哩啪哩吃了起來。

恆太郎深呼吸，伸手去拿神龕上的短刀。

這時，紙門左右拉開了。紙門外坐著綱子、卷子、瀧子、咲子四姊妹。四個人都比現在年輕許多，不知道爲什麼，都穿著同款睡衣，睡衣外圍著駝色肚圍。四姊妹同時看著父親哭喊：

「爸，不要！」

「住手！快住手！」

「爸，不需要死啊！」

「不要！不要！不要啊！」

四姊妹爭先恐後試圖阻止父親，但門框內側拉著注連繩＊，她們無法靠近。恆太郎嘴裡啣著懷紙＊＊，擦著短刀。藤仍未察覺異狀，自顧自悠然吃著仙貝，針尖在頭髮上磨了幾下，讓針線更滑順，繼續縫衣服。

「媽，你爲什麼不阻止爸？」

「讓我們進去，讓我們進去！」

「爸，你是笨蛋！笨蛋！笨蛋！」

「你不能死！你不能死！」

四姊妹發了瘋似的哭喊著，恆太郎卻聽不到她們的叫聲。

「啊！」卷子小聲叫了起來，露在被子外的手抽搐般顫抖。她以不成聲的聲音發出「啊」、「啊」的痛苦呻吟。

卷子猛然驚醒。她緩緩張開眼睛，調整急促的呼吸，呆滯地看著天花板。然後，兀自笑了起來。

「怎麼了？」睡在一旁的鷹男睡眼惺忪地問。卷子仍然笑個不停。

「怎麼了嗎？」鷹男看著捧腹大笑的卷子，皺起了眉頭。「你以為現在是幾點？想笑的話，等白天再笑個夠。」

「因為……爸……」說到一半，她又忍不住發笑了。

「爸怎麼了？」鷹男不耐煩地問，卷子才終於說：「他打算切腹。」

「切腹？」鷹男瞪大眼睛，做出切腹的動作問：「你說切腹是指這個？」

卷子把夢中的景象描述給他聽，鷹男也放聲大笑起來。

「睡衣外還包肚圍嗎？」

「我們小時候睡相不好，每個人都要包啊，說什麼『不然會著涼』……」

「你也包嗎？」

「都要包啊。」

「我好想看你們包著肚圍又哭又喊的樣子。」

「這可不是開玩笑的事。」

譯注

* 用來區隔祭神聖地和其他地方所拉起的繩子。新年時，也會在家門口拉注連繩，避免邪氣進入家中。

** 穿和服時，隨身攜帶的一種和紙，主要用於茶道時取點心、擦手。

「不過，你們姊妹眞無情，有時間在那裡叫了半天，爲什麼不衝上去阻止？」

「因爲那裡拉了注連繩，過不去。」

「喔，對喔。」鷹男想了一下。「也對啦，雖然你們是女兒，但也不能干涉他們夫妻的事——你內心深處一定有這種想法。」

鷹男這麼說，卷子也嚴肅起來。

「對啊，我眞的很擔心。」

卷子想起前幾天在代官山見到的那對母子。之前瀧子遇見他們時，男孩叫恆太郎「爸爸」。

「明明不是自己親生的，卻讓小孩子叫他『爸爸』，到底是什麼意思？爸和那個女人已經交往了八年，所以，等於欺騙了媽整整八年。」

「說欺騙太難聽了。」

「爸不是沒告訴媽這件事嗎？那不就是欺騙？難道爸心裡不覺得愧疚嗎？」

「正因爲覺得愧疚才會隱瞞吧。」

「既然爸都準備赴死了，和那個女人分手或是向媽道歉，根本是小事一樁。爸想要一了百了，根本是在耍性子。」

卷子愈說愈生氣，鷹男苦笑著說：「這是你作的夢，埋怨也沒用吧？」

卷子聳了聳肩。「也對啦。」

「爸都要切腹自殺了，媽卻在一旁坐視，也未免太無動於衷了。」

「不，這才是理想的妻子。不去做一些無聊的揣測，遇到任何事都鎭定自若——這是男人最欣賞的……」說到這裡，鷹男才發現苗頭不對，趕緊閉嘴。

果然不出所料，卷子氣惱地扭過頭去。

「你想得美。」

「不是男人想得美，而是這種女人才聰明。」

「這只是男人強詞奪理，爲自己辯解。」

「你自己作的夢，幹麼怪罪到別人頭上。」

卷子正想反駁，鷹男似乎想要堵她的嘴，「嘿咻」一聲坐了起來。他拿了香菸和菸灰缸，趴著點了一根菸。

「怎麼了？」

「送報的來了，我完全醒了。」

繼早報丟進信箱的聲音後，又傳來送報生離去的腳步聲——這是早晨的聲音。卷子起身拉開窗簾，天色漸漸泛白。

「不知道爸有什麼打算？」

微亮的天空中，東方露出粉紅色和藍色交織的光芒，一隻烏鴉朝光幕飛了過去。卷子望著拂曉的天空，嘆了一口氣。

那天早晨，里見家的電話響了。

準備出門上學的宏男和洋子正在吃早餐。對家庭主婦來說，這是一天之中最忙碌的時候。

「電話！媽媽，有電話！」

「電話電話，有時間在那裡哇哇叫，爲什麼不去接一下？媽媽早上最忙了……」

卷子用圍裙擦著手，從廚房匆匆走了出來。

「我嘴裡有東西，沒辦法接電話。」

「哪有人塞了滿嘴的食物，連話都不能說了？萬一地震來了怎麼辦？」她從宏男的手中搶過電話。

「喂，這裡是里見……喔，原來是咲子。」

卷子一接電話，咲子就氣急敗壞地說：「卷子姊，你太過分了！」

「過分……」卷子滿臉錯愕。

咲子連珠砲似的說：「沒錯啦，我從小就很不成材，既沒有你們漂亮，功課也不好，品行又差。但是，即使再不成材，我們還是姊妹啊。」

「咲子，你到底在說什麼？」

「我們家不是四姊妹嗎？你爲什麼說是三姊妹？爲什麼排擠我？」

卷子被她說得一頭霧水。「你到底在說什麼？」

「你別裝糊塗了，不要以爲我家連報紙也沒有。」

「報紙？報紙怎麼了？」

「你自己投的稿，怎麼可能不知道？」

「投稿？投什麼稿？」

「你就別再裝蒜了，不是都寫了『我父親金屋藏嬌』……」

「『我父親金屋』……」卷子倒抽了一口氣。「咲子！你到底在說什麼？」

「姊姊，國立老家好像也是訂《每朝新聞》，萬一媽看到了怎麼辦？你這麼做，到底有什麼目的？」

卷子終於隱約猜出咲子所言爲何。

「報紙上登了什麼嗎？什麼時候的報紙？」

「今天的《每朝》早報，讀者來函那一版……」

「報紙！報紙在哪裡？」卷子臉色大變，看向一對兒女。

「報紙在爸爸那裡。」

「應該在廁所吧。」

電話另一頭傳來小孩子的說話聲。咲子用的是管理員室前的公用電話，她掛上電話後，又讀了一遍早報，歪著頭納悶。

「原來不是卷子姊……」

晨跑回來的陣內剛好經過。「你一大清早吵什麼啊？」

「啊，你回來了。我想看看報紙上有沒有你今天比賽的事……結果發現我姊姊向報社投了一篇很無聊的文章。」

「投稿？」

「我誤會了。啊，有你的名字，陣內英光，你看！」咲子討好地把報紙拿到陣內面前。

陣內臭著一張臉說：「我不是說過，不要影響我的心情嗎？」

「對不起。」

咲子跟著陣內進了屋裡。

卷子一掛上電話，立刻衝到廁所敲門。

「我馬上就出來了。」

「我要報紙！」

報紙從門縫下遞了出來。卷子一把搶起，慌忙翻找，卻沒找到咲子說的那篇文章。她心浮氣躁地翻了好幾次，廁所門開了，在睡衣外披著睡袍的鷹男走了出來，遞上手中的報紙。

咲子說的文章，就在鷹男指給她看的專欄裡。那是讀者來函中的「一個人喝茶」專欄，標題爲「風波」，投稿的是「希望匿名的四十歲家庭主婦」。卷子念出文章內容：

我認為姊妹就像是生長在同一個豆莢裡的豆子，各自長大後，到了一定的時期，就會有各自的生活和想法。我家三姊妹平時除了婚喪喜慶以外，很少有機會聚在一起，最近卻因為一起偶發事件，發現年邁的父親金屋藏嬌。

卷子大驚失色，她一隻手摀著胸口，似乎要平復起伏的心情。

年邁的母親對此一無所知，仍然過著無憂無慮的生活，深信能與父親白頭偕老。我們姊妹聚在一起嘆氣。我的丈夫也將屆不惑之年，忍氣吞聲真的是女人的幸福嗎？此時此刻，我忍不住思考這個問題。

讀完之後，卷子面無血色。

「『此時此刻』——女人都很喜歡這種措詞……」

鷹男不知道什麼時候已經換好衣服、準備出門，就站在她身後。

「不管誰看了，一定覺得是你寫的。」

「你也這麼覺得？」

「我只是有『嗯？』的感覺。」

「我從來沒投過稿……這根本不符合我的個性。」

「『我的丈夫也將屆不惑之年』……其實，世界上每個人都是孤獨的。」

「開什麼玩笑！即使我這麼想，也不會寫出來。」

鷹男從卷子背後探頭看著報紙，半開玩笑地說：「家庭主婦四十歲，希望匿名——該不會真的就是你吧？」

卷子恍然大悟地抬起頭。「我知道是誰了……」

「是誰？瀧子嗎？」

「是綱子姊……」

卷子以確信的語氣說完，衝去電話前。

計程車停妥後，綱子下了車。她穿著大衣，手上拎個小旅行袋，另一隻手拎著一籃魚乾。綱子深情地向車內的枡川貞治欠了欠身，站在路旁，目送計程車遠去。

她從信箱裡拿出早報，正要進門，隔壁的家庭主婦松子抱著垃圾桶，叫住了她。

「你出門去了？」

「啊？喔，我回娘家了。」

松子瞥了一眼她手上那籃魚乾。「我記得你娘家是在國立……」

綱子掩飾著慌亂說：「好冷，今天早晨應該是入冬以來的最低溫吧？」說完，她微微點頭致意後，匆忙走進家門，電話鈴聲也在此時響起。綱子慌忙拿鑰匙開了門，把那籃魚乾和皮包丟在門口，衝進了飯廳。她上氣不接下氣接起電話。

「喂……喔，原來是卷子。」

卷子似乎打了好幾次電話。

「你怎麼一大清早就出門了？」卷子一開口就沒好氣。

綱子把話筒夾在肩膀上，正打算伸手打開暖爐，卻嗅到手上有股魚腥味。那是魚乾的味道。她嗅聞著手指。

「我才沒出門，只是去街角丟垃圾而已。」

「倒垃圾要三十分鐘？」

「和鄰居太太站著聊了一下，又沒有多久……」然後，她話鋒一轉。「這麼早打電話找我有什麼事？」

卷子似乎早就等著這句話，語帶挖苦地說：「姊姊，你文章寫得真好。」

「什麼？」綱子反問。

「你以前就很會寫作文，真是寶刀未老哇，連鷹男都讚不絕口呢，說你文筆很好……」

「你到底在說什麼？」

「……你裝糊塗的本事也很厲害嘛。」

「啊？」綱子愈來愈覺得莫名其妙。

「你還沒看早報嗎？」

「早報？當然看了啊。」綱子說著，放低身體，伸出腳把掉在門口的報紙勾了過來，慌忙翻了翻，卻沒看到任何引人注目的新聞。

「咲子很生氣，說大家都排擠她。」

「什麼意思？」

「姊姊，下次如果你要做這種事，最好先徵求一下大家的同意。」

卷子告訴綱子：咲子打電話給她，說是看到了報上讀者來函的文章，與四姊妹目前所處的情況完全吻合。

綱子看了那篇讀者來函。「我不知道是誰寫的，但不是我。」

「那是誰？」

「既不是我，也不是咲子，會不會是瀧子？」

「姊姊，你告訴瀧子了？」

「告訴她什麼？」

「鷹男這陣子……有點怪怪的事，除了你以外，我沒有告訴過任何人。」

綱子氣沖沖地說：「我才沒寫呢，不管你怎麼說，我沒寫就是沒寫！」說到這裡，她又突然說：

「會不會是其他人寫的？」

「你是說剛好和我們情況一樣的人？」

「世界上有這麼多人，搞不好很多家庭恰好有三姊妹，父親又正好外遇。」

綱子這麼一說，卷子也覺得似乎有道理。

「也不能說完全沒有，但是……」

「這不重要，問題是國立家裡有沒有問題？我記得家裡也是訂《每朝》。」

這句話提醒了卷子。

「至少希望媽不要看到……我等一下打電話……不，我還是找個理由去一趟好了。」

卷子不安地掛上電話。

國立的竹澤家。這天早晨，恆太郎正在光線充足的簷廊上剪腳趾甲。咔嚓咔嚓的聲音格外大聲。

「啊——啊，剪得到處都是……」藤拿著報紙走了過來，攤在丈夫的腳下。「男人的趾甲特別硬——不小心踩到可痛了。」

恆太郎停下手。「趾甲哪有分男女的。」

「當然有，你看看。」藤揀起趾甲屑，把報紙拉到正對準丈夫的腳的位置，嘀咕了一句「你什麼都不知道」，又面帶微笑地走回廚房。

那篇讀者來函剛好位在恆太郎的腳下。藤離開後，恆太郎又低頭剪趾甲，一臉淡漠的表情，猜不透他有沒有看到那篇讀者來函。

綱子正在料亭「枡川」的玄關插花。

貞治走了過去，綱子恭敬地行了一禮，貞治很公事化地說了一句「辛苦了」，正打算邁開腳步，老闆娘豐子不知道何時走了過來，叫住了丈夫。

「老師這麼辛苦，你的態度未免太冷淡了，連正眼都不看一下……」她的話中帶刺。

綱子心頭一驚，但還是露出客氣的笑容：「老闆太忙了。」

「誰曉得到底在忙什麼……」豐子皮笑肉不笑地說。「雖然你每次都插得很漂亮，但今天更是別具匠心。該怎麼說呢，散發出一種妖媚的感覺。」

「過獎了……我的老師經常罵我插得太端正，太無趣了。」

「沒這回事。看起來眞像是女人渾身上下只繫了一條細腰帶坐在那裡，老公，你不覺得嗎？」

豐子別有居心地看著貞治。

「不知道，我對插花一竅不通。」

貞治滿臉不耐地應了一句，轉身離開。貞治匆匆離去後，豐子追上他，兩人一起走進帳房。

綱子用剪刀修剪枝葉，繼續插花。不一會兒，領班民子來叫她。「老師！等你忙完了，請來帳房一下，茶已經泡好了。」說著，還以誇張的肢體語言向她暗示。於是，綱子知道帳房內已經雞犬不寧了。

「眞不好意思。」綱子微微欠身後，重重地嘆了一口氣。

插完花，整理妥當後，綱子走向帳房。豐子和貞治都板著臉坐著。民子送上茶後離開，豐子立刻直截了當地表明希望綱子做到今天爲止。綱子並不意外，她知道遲早有這麼一天，早有心理準備。

貞治露出尷尬的表情，低頭說：「這段時間辛苦老師了。」

綱子也彬彬有禮地說：「多謝你們的關照。」

「你插的花很受好評，眞是太可惜了。」豐子假惺惺地笑著說。

貞治也推託說：「二月馬上就要到了……餐廳還是要顧好本業。」

綱子笑盈盈地點頭。「畢竟花不能吃。」

「說起來眞是不好意思。」貞治自嘲地笑著。

豐子也含笑說：「眞的……很不好意思。」說著，從小抽屜裡拿出一個信封交給貞治。貞治把信封放在綱子面前：「呃……請收。」

「這怎麼行？我不能收……」

心慌意亂的綱子誤以爲是分手費。豐子覺得終於逮到了兩人的把柄，交替看著綱子和丈夫的臉。

「咦？這是這個月的材料費和說好的薪水。」

「喔……喔，謝謝。」

綱子手足無措，接過信封，頓時覺得無地自容，立即站了起來。「我去拿之前寄放在這裡的金屬花器。」

豐子笑了笑說：「應該放在水槽旁，謝謝你這段時間的幫忙。」說著，把一籃魚乾推到綱子面前。跟綱子今天早上帶回家的魚乾一模一樣。

「我想好好謝謝你，但一時找不到像樣的東西，不知道你喜不喜歡吃魚乾？」

「喔……很、喜歡……」

「太好了，這是我老公昨天去伊豆打高爾夫球帶回來的伴手禮。」

「那我怎麼好意思收。」

「沒關係，沒關係。」

綱子笑咪咪地收了下來，憤怒和悔恨卻在內心翻騰。

走出帳房後，綱子走向店內的水槽，洗著滿布灰塵的金屬花器。她把水開得很大，水花四濺用力洗著，藉此發洩內心激動的情緒。她一邊洗，又覺得手指很腥，一次又一次地嗅聞。
身後有一個男人走了過來，是鷹男。鷹男正想伸手拍綱子的肩膀，她立刻說：「我不想聽你的藉口！」
鷹男不明就裡，愕然看著綱子的背影。
「想要開除就開除嘛，何必做得這麼絕！」
綱子義憤填膺。她以為站在自己身後的人是貞治。
「大姊……」
聽到這個聲音，綱子一驚，喉嚨深處發出「咕」的一聲。
「……是卷子說的吧？」
「啊？」
「不管我做什麼，都和你們沒有關係。」
「啊？」
綱子壓低嗓門說：「你來幹什麼？我又不是小孩子，不需要跑來這裡對我說教。」
鷹男竊聲應道：「大姊在說什麼啊，之前不是你叫我有機會就來這裡捧場的嗎？」
「啊？」綱子搞不清楚是怎麼一回事。
就在這時……
「啊，老師，實在太謝謝你了。」身後傳來豐子親切的招呼聲。
「呃……」
「我沒告訴你，你妹婿有預約嗎？」

「啊……」

「老師一直很照顧我們。來，這邊請。」

豐子帶著鷹男前往包廂。綱子爲自己方才的誤會羞紅了臉，收拾好金屬花器後，匆匆趕去包廂。

鷹男獨自坐在包廂內，攤開店家送上的手巾擦手。綱子爲了掩飾窘態，激動地爲剛才認錯人而辯解。鷹男察覺到事有蹊蹺，爲了消除彼此的尷尬，故意毫無意義地「哈哈哈哈哈」大笑後說：「姊姊，的確很像是你的作風。」

「……剛才的事……就忘了吧。」

綱子合掌拜託，鷹男抬起手揮了揮。「我從小就是出了名的健忘。」

「你是來談公事嗎？」

綱子看著矮桌轉移了話題。桌上準備了三人份的餐盤，上面放著筷子和杯子。

「不，是私事。」

「那我太不識相了。」綱子正準備起身，鷹男阻止了她。「擇日不如撞日，你也一起坐吧。」

「啊？」

「我約的人你也認識。」

「是誰啊？」說到這裡，綱子的表情頓時亮了起來。「啊，是爸和那個人嗎？」

「如果我有這個能耐，就有太面子啦。可惜今天還沒辦法圓滿達成任務。」鷹男苦笑著說，「只能算是事先的準備工作。我約了小瀧和那個徵信社員工。」

「喔，就是調查爸的事……」

「他叫勝又，我覺得他對小瀧有意思。」

「是嗎？原來有人會看上她。」

「其實仔細看，就會發現小瀧的五官最漂亮。」

「對方是怎樣的人？」

「你等一下自己看吧。」

這時，走廊上傳來腳步聲。

「請往這裡走，您的朋友已經到了。」

隨著民子的招呼聲，紙門滑開，瀧子走了進來。

「嗨！」鷹男舉手招呼。

「歡迎光臨。」綱子說，瀧子瞪圓了眼睛。

「姊，原來你就是在這裡插花打工？」

「謝謝你來捧場……」

「每個月付你多少錢？不含材料費。」瀧子一坐下，就劈頭問道。

綱子笑著說：「沉浸在幸福中的人不適合問這種小家子氣的事。」

「啊？」

「徵信社很不錯，你算是圖書館的館員？還是職員？我不管問了幾次，還是記不住。」

「『職員』。」鷹男插嘴說，瀧子糾正他：「是『館員』。」

「哪一個都無所謂啦，館員和徵信社，感覺不是絕配嗎？做事都很認眞、盡責。」

「姊……」瀧子正想說什麼，綱子打斷了她。「你眞有眼光。」

「姊姊……」鷹男困惑地看著兩姊妹。

今天的飯局的確是爲了撮合瀧子和勝又，但他並沒有告訴當事人，表面上仍然是爲了詢問恆太郎那件事的調查進度。瀧子個性彆扭，鷹男很擔心綱子的多嘴會惹惱她。

果然，瀧子柳眉倒豎地說：「等一下！」然後，狠狠瞪著鷹男的臉。

這時，剛好傳來民子的聲音。

「您的朋友已經到了。」

紙門拉開了，勝又一臉茫然地站在門口。

「請進，不好意思，還讓你跑一趟。」

鷹男指了指瀧子身旁的座位，勝又靦腆地說：「這……」

「請坐。」

「坐啊，請坐，不要客氣嘛。」

綱子顯得很興奮，完全沒察覺瀧子滿臉憤慨。勝又誠惶誠恐地坐了下來，綱子笑著對勝又說：「哎喲，要怎麼說，多虧了你啊……」

「沒、沒有。」勝又緊張地環視三人。

鷹男將視線移向綱子，介紹說：「這位是大姊……」

鷹男話還沒有說完，綱子就搶著說：「我叫綱子。」

「呃……」勝又似乎不知道這名字怎麼寫，眼珠子溜啊溜的。

「橫綱的綱。」

「我是女人，至少也要介紹說是『綱領的綱』嘛。」

瀧子氣得悶不吭聲，勝又緊張得手足無措——鷹男和綱子不理會兩位主客，發出爽朗的笑聲。

笑完之後，綱子問：「你叫什麼又？」

「勝又。」勝又回答。

「怎麼寫？」

「勝負的勝……」

「又呢？」

「又一次的又。」

「你有幾個兄弟姊妹？」

「呃，兄弟姊妹……」

瀧子不悅地說：「為什麼問那麼多？」

「哎呀，究竟為什麼呢？」瀧子轉頭看向鷹男。

「姊夫，今天不是要談爸的事嗎？」

「對啊。」

「那就趕快談正事吧。」

「又不是在圖書館，何必那麼一板一眼，就邊喝酒……」綱子正想朝走廊的方向拍手喚來女侍。

瀧子滿臉怒容。「我討厭這樣。」

「你就是因為太古板了……」

「所以才嫁不出去吧？我知道你要說什麼。」

鷹男緩頰說：「好了，你們都不要說了。」

「我沒想到是這麼高級的地方，該怎麼說……」瀧子瞥了勝又一眼，稍微放低了音量。「我以為只是吃頓便飯……他，勝又哥是我付錢僱來的……」

勝又茫然失措地低著頭，瀧子以眼角瞄著他。

「雖說是僱用，總而言之，我們只有工作上的關係。你們胡亂猜測，勝又哥也覺得困擾吧？」

「呃，是啊。」突然被這麼一問，勝又拚命眨眼。

「你回答得很小聲喔。」鷹男打趣說。

「他說話本來就很小聲。」瀧子咄咄逼人地說。「勝又哥，你告訴他們，他們這樣誤會，讓你很困擾，快說啊。」

「……是啊。」

「如果你不覺得困擾，也可以直說。」鷹男插嘴說。

勝又好像下了決心似的抬起頭說：「我、我也覺得很困擾。」

綱子和鷹男顯得大失所望。「困擾……」

瀧子愣了一下，不經意地轉過頭。

或許是說出口後爲自己壯了膽，勝又再度口齒清晰地說：「我有喜歡的人了。」

「啊？」綱子目瞪口呆，鷹男也洩氣地問：「另外有對象？」

「是啊。」

「對方是……怎樣的人？」

「溫、溫柔婉約的女人。」

「溫柔婉約的女人……喔。」

「原來是……溫柔婉約的女人。」

兩個人瞥了瀧子一眼。

「呃，關於討論的事……」勝又催促他們，瀧子終於忍無可忍，站了起來。

「我還有工作沒做完，先告辭了。」

瀧子立刻往外衝，勝又慌忙追了出去。

「瀧子……小瀧！」

「勝又先生！勝又先生！」

綱子和鷹男莫名其妙，木然地目送他們的背影。

瀧子撥開人群，快步往前跑。勝又在身後緊追不捨。瀧子一見他追來，又加快了腳步。勝又推開擦身而過的人群，拚命追趕瀧子。經過陸橋，在號誌燈前差一步就要追上，但很快又拉開了距離。勝又無視號誌燈，衝過斑馬線。

來到車站大樓前，已不見瀧子的蹤影。勝又四處張望，隔著大樓玻璃見到瀧子在車站內。勝又直視著瀧子，像螃蟹一樣橫著走路追趕，但瀧子對他視而不見。無奈之下，他只好敲著玻璃。

瀧子驚訝地回頭，勝又急忙從口袋裡拿出大張的便條紙，用簽字筆匆匆寫了幾個字，貼在玻璃上。便條紙上以稚拙的筆跡寫著：沒有大學學歷不行嗎？

瀧子瞪大眼睛。

勝又撕了那張便條紙，又重新寫了大大的「欣賞」兩個字，然後，又重新寫了「喜歡」這兩個字，最後又想了一下，寫了「愛」這個字，「啪」一聲貼在玻璃上。

瀧子倒抽了一口氣，勝又懦弱的雙眼濕潤，彷彿隨時要哭出來。

一股暖流湧上瀧子的心頭。她走到玻璃旁，滿臉羞澀地把手心覆在紙上。

咖啡店「小丑」內，咲子拿著托盤，一臉呆滯地靠在牆邊。中午的喧鬧暫時告一段落後，店內空空蕩蕩的，雖然放著悅耳的背景音樂，但她充耳不聞。

她的腦海中響起鑼聲，觀眾歡呼沸騰，場內廣播介紹選手。咲子想像著陣內參加新人賽的情景。

「如果下一個來客是男的，就會贏。」

她彷彿念咒般自言自語。這時，門打開了，咲子渾身僵硬，一個年輕男子在門口張望了一下，然後，又把門關上了。

咲子吐出一口氣。

「剛才的不算，如果下一個是戴眼鏡的客人就會贏。」

過了一會兒，門又打開了，走進來一個戴墨鏡的女人。咲子喜形於色，但女人一走進店內，立刻拿下墨鏡。

「這個不算。」

咲子用力閉上眼睛，眼前浮現出今天早晨的景象。

新人戰的日子終於到來，咲子緊張得徹夜未眠。一待天色微亮，她再也躺不住了。她挪到陣內身旁，握緊拳頭，對著沉睡的陣內的下巴、眼睛、鼻子輕輕揮拳，然後，又充滿憐愛地撫摸著。這時，千頭萬緒湧上心頭，她不知不覺嗚咽起來。

「別擔心。」陣內閉著眼睛說。「只要被打之前先下手就好。」

「……」

「你一定覺得不放心，所以也不敢來看吧？」

「不，我會去。」咲子脫口說道。「我會和媽媽一起去爲你加油。」

「你媽也要來嗎？」

「她說從以前就不討厭拳擊。」

陣內張開眼睛笑了笑，突然架住坐在身旁的咲子，把她拖進了被子。咲子激烈反抗。

「你這樣會輸啦！」

陣內緊緊抱著咲子，撒嬌地把臉埋在咲子的胸前。

「這樣就好。」

咲子胸前再度感受到陣內的頭的重量，感受到男人溫暖的呼吸。她抬起頭，衝到吧檯前，向酒保一鞠躬，向他請假說要提早下班。酒保和其他服務生都面露不悅，咲子不等酒保回答就放下托盤、脫下圍裙，衝出門外。

咲子趕到賽場時，比賽即將開始。

拳擊台上空無一人。圍欄四周座無虛席，場內瀰漫比賽前的緊張氣氛。

咲子找到自己的座位，低著頭，閉上眼睛，握緊雙手祈禱。旁邊的座位空著，咲子心想：媽最後還是決定不來嗎？

不一會兒，有人在咲子身旁坐了下來。

「媽……」咲子抬起頭，忍不住倒抽了一口氣。不是藤，坐在她旁邊的是恆太郎。

「爸……」

恆太郎也不看咲子，僅直視著拳擊台。咲子愕然望著父親，比賽開始的鑼聲在這時響起。陣內走了進來。他渾身充滿鬥志，把對手逼到了角落，用力揮拳。場內沸騰起來。恆太郎靜靜看著，咲子忍不住探出身體，忘情聲援。

然而，陣內的優勢並沒有持續太久，漸漸無法抵擋對手的猛烈反擊，比賽到中段的時候，他已經無法還手。對方朝著陣內的下巴一陣猛打。

咲子忍不住扭過頭不看，甚至起身離開。賽場旁有一家電動遊樂場，咲子走了進去。五色繽紛的機台發出歡快的聲音，歡樂的音樂聲中夾雜著情侶嬉笑吵鬧的聲音。

電動遊樂場角落有一台電視，正在實況轉播拳擊賽。咲子原本打算走過去不看，又忍不住停下了腳步。她屏氣凝視，專心看著畫面。陣內被逼到拳擊台的圍欄角落，流著鼻血。對手仍然毫不留情地朝陣內揮拳，陣內呻吟著，受傷的眼皮淌著血。

咲子發瘋似的衝了出去，撥開歡聲笑語的人群，衝到門外。天色漸暗，她衝進賽場，衝到拳擊台旁。

對方的一記上鉤拳把陣內打倒在地，裁判開始計時。陣內終究沒有站起來，對手做出勝利的姿勢，場內歡聲雷動。咲子撥開人牆，衝上拳擊台。

陣內失去了意識，在醫生的指示下被抬上擔架，送進了醫務室。咲子臉色鐵青，嘴唇顫抖，恆太郎伸出大手搭著她的肩。

父女倆在醫務室門口等陣內現身。一會兒之後，門開了，醫生走了出來。恆太郎留下呆立的咲子，獨自走向醫生，問了情況後，又恭敬地行了一禮，目送醫生離開。

「聽說是腦震盪。」恆太郎走到咲子身旁時說。「只要休息一下就可以回家了。」

他從上衣口袋裡掏出皮夾，從裡面抽出二、三張紙鈔塞進口袋後，把整個皮夾都塞進咲子手裡。然後，拍了拍她的肩膀，默默離開了。

目送父親的背影離去後，咲子走進醫務室。陣內躺在床上閉著眼睛，整張臉腫得老大，他的眼皮裂了，乾掉的鼻血黏在臉上，慘不忍睹，但似乎已經清醒了。咲子握住陣內的手，卻被狠狠甩開，陣內還轉過身去背對著她。

咲子注視著陣內深受打擊的背影，難過和憐愛的情緒在她內心翻騰。她無聲地嘆了一口氣，撿起陣內掉在床下的髒襪子。

我認為姊妹就像是生長在同一個豆莢裡的豆子……會有各自的生活和想法。

卷子坐在「小丑」角落的包廂座位，又讀了一次剪報內容。

聽到綱子否認投稿，卷子有點不知所措，決定先來找咲子談一談，於是來到「小丑」，沒想到咲子提早下班了。卷子喝著咖啡沉思起來。

我家三姊妹平時除了婚喪喜慶以外，很少有機會聚在一起，最近卻……

卷子猛然站了起來。

如果媽看到這篇內容……她益發不安起來，直奔位在國立的娘家。

「再來一杯。」

卷子把喝空的杯子遞到藤面前，她正和藤一起在竹澤家的飯廳喝茶。

「你以前有這麼喜歡喝茶嗎？」

「別人泡的茶特別好喝，媽，你從以前就泡得一手好茶。」

藤把茶壺裡的茶倒進卷子的杯子，問：「你不趕回去沒問題嗎？」

「鷹男說今天要開會，我做好晚餐才出門的，宏男會邊看漫畫邊吃飯。咦？」

玄關傳來「咚」的一聲。

「晚報送來了。」

卷子起身說：「這裡的晚報眞晚。」

「平時比較早，可能換了新手。要不要叫外賣的壽司？」

「家裡有什麼就吃什麼。」卷子走向玄關，把晚報拿了進來。「爸今天也晚回來嗎？」

「你爸？」

「他不是週二和週四要去上班嗎？今天是他去公司的日子吧？」

「應該快回來了吧。」

「平常都是這個時間回來嗎？」

「他不會在外面吃飯。」

「報紙要放哪裡？是不是要和早報放在一起？」

卷子不經意地試探，藤面不改色地說：「早報……喔，你爸出門前剪了趾甲。」

「用來剪趾甲嗎……報紙是訂來看的。」

「字太小了，難道沒有報社願意出給老年人看的報紙嗎？」

聽藤這麼一說，卷子鬆了一口氣。

「你很少看報嗎？」

「是啊……」說著，藤拿起了購物袋和披肩。

「是不是眼鏡的度數不合？」卷子語氣開朗地問。「你要去哪裡？」

「街角的蔬果店，醋橘用完了。」

「我去買。」

「我昨天欠老闆五十圓，還是我去吧。」藤匆匆走了出去。

母親出門後，卷子重新打量這個從小生活的家。使用多年的燈已經顯得昏暗，父母這對老夫妻居住的房子陳舊而寂靜。她沿著走廊來到冷颼颼的盥洗室，看著斑駁的鏡子映照出自己的臉。打開父母臥室的門，一眼就看到恆太郎的棉袍。

看到棉袍，卷子想起早上的夢：恆太郎打算切腹自殺，藤卻鎮定自若地在一旁做針線活；四姊妹穿著睡衣，包著肚圍，在注連繩外哭喊……卷子頓時惴惴不安起來。

走回飯廳，她拿起電話，先打去瀧子的公寓。瀧子正在吃晚餐。雖然是只有烤秋刀魚和味噌湯的簡單晚餐，但在勝又向她示愛後，她忍不住想像兩個人共進晚餐的情景，沉浸在從未有過的幸福感中。

「去國立？」瀧子接起電話，飯卡在喉嚨，忍不住咳了起來。「現在去嗎？我正在吃晚餐……那麼遠……你不要心血來潮。」

「如果可以，我希望我們四姊妹今晚都來這裡，不著痕跡地召開家庭會議，或者討論一下。嗯，今天晚上，應該說是第六感吧，總覺得應該在今晚談一談。什麼？瀧子，你沒看報紙嗎？今天的早報……」

瀧子沒看讀者來函，卷子把早上的事告訴了她。

「我想，我們四姊妹都來這裡坐在爸面前，是最好的方式。即使我們什麼都不說，爸應該也能心領神會。你眞的不能來嗎？」

原本就很擔心母親的瀧子聽了這番話，當然忙不迭表示同意，立即放下筷子，慌忙準備出門。

那天晚上，綱子家發生了一點狀況。

貞治上門時，綱子不肯開門。貞治在玄關的毛玻璃外拚命摁門鈴，用力敲門。綱子站在門內，盯著貞治的身影，兩隻腳彷彿釘在地上動彈不得。

「開門。」

「……」

「我知道你在家，快開門。」

「……」

「爲什麼不開門？」

兩個人隔著毛玻璃隱約見到對方的身影。綱子看著貞治的臉。

「因爲……只要我開門，我們又會糾纏不清。」

「那有什麼關係？」

綱子用力吸了一口氣。

「如果你不想開門，我們出去吃飯。」

「我剛才吃過你送我的魚乾了。」

貞治無言以對，木然地看著綱子的臉。這時，電話鈴聲響了。綱子轉身走進屋內，拿起電話，就聽到卷子的聲音。

「喂？這裡是三田村家……喔，是卷子。什麼？你在國立？」

「你爲什麼不看？爲什麼中途就離開？」

同一時間，咲子的公寓內，在新人戰中落敗的陣內喝著啤酒，大發雷霆。咲子雙手捧著杯子，慢慢舔著泡沫，看著陣內抓狂的樣子。

「我的工作就是被打，就好像蔬果店賣蘿蔔一樣！蔬果店的老闆娘看到老公賣蘿蔔，會掉頭就走嗎？啊？」

陣內用杯子重敲桌面。

「我們分手吧。」

愣然的咲子正要開口，聽到敲門的聲音。

「陣內先生，電話，是找陣內太太的！國立的姊姊打來的！」

「國立的姊姊……」

咲子偏著頭。目前只有父母住在國立，幾個姊姊並不住在那裡，難道發生了什麼事？她慌忙下樓衝到管理員室。電話是卷子打來的，叫她立刻去國立。咲子不置可否地掛了電話，十分困惑。眼下，她根本走不開。雖然卷子要她立刻回去，但總不能丟著陣內不管。

她回到房間時，陣內可能察覺到有急事，對她說：「你回去吧。」

「如果我回去，你就會走了。」

陣內轉過頭不回話。

「我們一起去，我把你介紹給我家人。」咲子央求說。陣內倒頭睡在榻榻米上。

「你自己回去。」

咲子想了很久，拿出紙筆，爲他畫了國立家的地圖。

「這裡是國立車站，這裡是新宿。沿著車站前的行道樹往這個方向一直走……啊，我好笨。」

因爲紙不夠大，她又補了一張紙。

「走到第三個路口的魚店就右轉，走一小段路就是我爸平時買菸的菸鋪，在那裡轉彎……」紙又不夠了，這次她翻到反面。「再走幾步，看到有珠算教室招牌的地方，往裡面走第三家。」

陣內一臉事不關己的表情，卻豎起耳朵聽著咲子的說明。

將近一個鐘頭後，四姊妹陪著藤，坐在竹澤家的客廳。

「我們以前經常這樣等爸回家。」瀧子開口說，綱子也說：「對啊，還說等到八點，要是人還沒回來，我們就先吃。」

「姊姊最喜歡偷吃菜……」卷子笑著說。「而且不吃自己的，專門偷吃別人的份。」

「對啊，結果我們的菜愈來愈少。」瀧子和咲子也異口同聲地說。

綱子模仿小孩子的樣子，說：「啊，爸回來了！」

「我們就跟著說：『爸，你回來了！』」另外三個姊妹也齊聲說道。

「但我們都不會站起來迎接。」

「爸經常晚回來嗎？」瀧子大聲問人在廚房的藤。

卷子小聲說：「媽說爸每天都回來吃飯……」

綱子重重地嘆了一口氣。「男人都是這樣的……」她想起了貞治。

已經九點多了，但恆太郎仍然沒回家。

「到底發生什麼事了？」

「瀧子，你不喜歡吃鴨兒芹嗎？」藤從廚房探頭問。

「我不要鴨兒芹。」瀧子說完，綱子也說：「我不要蝦。」

「沒放那麼高級的東西。」

「我在家裡都是放雞肉。」

「已經好幾年沒吃媽的茶碗蒸了。」

「過年的時候不是才吃過？」

「喔，對喔。」

四姊妹興致勃勃地聊著，等藤一離開客廳，四人再度竊竊私語。

「你們都看到了嗎？」綱子當然是問投稿的事。

「喔，你是說讀者來函？我根本不知道這回事，爲什麼……」瀧子的話還沒說完，卷子慌忙打斷她。

「噓！小聲點，媽好像沒發現。」

「那爸呢？」

「那就不知道了……」

「眞不知道是誰寫的。」卷子又說，瀧子看著卷子。「卷子姊，其實是你寫的吧？」

「我不是說了，不是我寫的！」

「那到底是誰寫的？」

「她說是我啦。」綱子聳了聳肩。

咲子瞪大眼睛。「是你？」

「你們應該看字說話。我老公生前常說我寫的不是字，而是象形文字。當然是寫得一手好字的人才會去投稿。」

瀧子立刻說：「討厭，我才不會做這種事。」

「你真自戀。」咲子調侃說，瀧子白了她一眼。

「如果我們都沒寫，那真的是巧合嗎？」聽綱子這麼一說，瀧子歪著頭。「照理說，應該有這個可能，但未免太巧了。」

咲子嘟著說：「姊妹的人數不吻合啊。」

「你不要鬧彆扭。」

卷子抬頭看著時鐘。

「爸是不是看了報紙後，覺得不好意思回家？」

「你是說離家出走？」

「怎麼可能？」

「誰知道呢。」

幾個姊妹各自表達意見，卷子想了一下說：「如果只是離家出走還好……」

「什麼意思？」另外三個姊妹問。

「誰？」藤似乎聽到了一字半語。「誰離家出走了？」

藤說話的語氣一如往常的悠然。

卷子慌忙說：「我、我家的宏男啦，在外面晃幾個鐘頭後就回來了……」

「現在的小孩子都很可怕，還是小心一點。」綱子也附和著。

「啊，好像有風吹進來。」

「這棟房子很冷耶。」

「房子老了，都有縫隙了。臥室裡有棉背心。」

「借我穿。」卷子起身時，故意踩了身旁的綱子的腳。

「好痛。」綱子痛得臉皺成一團，卷子向她使了眼色。綱子說「那我也去借一件來穿」，也跟著起身。

走進父母的臥室找棉背心時，卷子把昨晚夢見恆太郎切腹的夢告訴了綱子。

「你是說爸想死嗎？」綱子笑了起來，卷子一臉嚴肅地說：「你怎能確定這不是夢兆？」

笑容從綱子的臉上消失了。

「所以，我才堅持要大家回來。我作夢後，又看到了那篇投稿，覺得今天晚上很危險……」

綱子也點頭。「爸沒有回來，該不會是在對方的家裡……殉情吧？」

「你別烏鴉嘴。」

這時，藤走了進來。「有沒有找到棉背心？」

「找到了。」

「棉被旁的棉背心。」

兩姊妹紛紛應道，然後，掩飾心虛地笑了起來。

「有什麼好笑的？」藤露出訝異的表情。

「因爲她剛才說，我們四個人都圍著駝色肚圍坐在一起。」

「姊姊！」

「是作夢啦！她說今天早上作了一個夢。」

兩姊妹嘻嘻哈哈地掩飾過去了，但還是很擔心恆太郎。卷子跟綱子套好招後，偷偷溜了出去，用街角的紅色公用電話打電話回家。

「這裡是里見家……原來是你……」

電話中傳來鷹男微醺的聲音，不知道是否已經洗完澡，正在喝威士忌。

「爸……還沒回來，也沒打電話……媽說他從來沒這麼晚回來過。不好意思，你可不可以去公寓看一下？」

「公寓……你是說爸的？」鷹男一時說不出話。「但我不知道地方，況且……」

「地址我告訴你。」

「喂，現在都幾點了？」

「萬一有什麼三長兩短就後悔莫及了。」

「喂……」

「我們四姊妹都在國立，沒辦法走開，求求你，拜託啦！」

卷子拉下臉央求著，鷹男心不甘情不願地答應了。

鷹男來到恆太郎的情婦土屋友子的家，敲了敲門，沒人出來應門。他正不知如何是好，鄰居家開了門，一個頭上滿是髮捲的年輕家庭主婦探頭說：「土屋太太去醫院了。」

「醫院？」鷹男瞪大了眼。

「傍晚的時候，她兒子受傷了，她先生後來好像也趕去醫院了……」

鷹男問明是哪家醫院，道謝後衝了出去，旋即搭計程車趕去醫院。

車禍發生在代官山的馬路上。土屋友子的兒子省司在玩滑板，友子走在後面。在友子身後不遠處，勝又看著這對母子。

就在這時，一輛機車突然衝了出來，撞倒了省司。滑板飛了出去，省司幼小的身體倒在路上。

勝又慌忙跑過去，但還是晚了一步。男孩昏了過去。

友子發瘋似的跑過來，兩人叫了救護車，把省司送到醫院。

一個多小時後，恆太郎手上抱著一個塑膠積木的大盒子趕到醫院。勝又看到他跟著護士快步走來，不禁從走廊上的長椅上跳了起來，大叫一聲：「爸爸！」

恆太郎驚愕地停下腳步問：「你是哪一位？」

「喔，不是……」勝又手足無措，護士代替他說：「這位先生幫忙把令郎送來醫院。」

「眞是太感謝了……」恆太郎鞠躬道謝時，病房的門打開了。

友子露出無助的眼神看著恆太郎，勝又感慨萬千地看著他們走進病房。

不一會兒，恆太郎從病房走了出來。雖然省司沒有生命危險，但尚未清醒。恆太郎無所事事，便在長椅上坐了下來。

勝又考慮之後，找了公用電話打電話到瀧子的公寓，但是瀧子不在家。他又打電話去綱子家，綱子也不在。他打去卷子家，宏男接了電話，說爸爸媽媽都出門了。

勝又失望地掛上電話時，鷹男走了進來，看到恆太郎的身影，正準備衝過去，卻不知如何開口，呆立在那裡。他抬頭看到旁邊有公用電話，而且勝又就站在電話旁。

鷹男走過去，拍了拍勝又的肩膀，勝又瞪大了眼睛。

「我才打電話去你家，你怎麼會來這裡？」

鷹男說出接到卷子的電話、只好去恆太郎情婦公寓察看的來龍去脈。

兩人不約而同地看向恆太郎。恆太郎抽著菸，一臉茫然，彷彿在看自己吐出的煙，又好像沒看……

「他似乎想等小孩子醒過來。」勝又看著鷹男問：「你不打一聲招呼嗎？」

鷹男點頭。如果現在上前打招呼，會讓恆太郎無地自容。只要知道恆太郎平安無事，就達到此行的目的了。鷹男向勝又打了一聲招呼後，走出了醫院。

這個時候，竹澤家的女眷好不熱鬧。她們翻出藤編衣箱和款式早就落伍的大行李箱，從裡面找出破舊的駝色肚圍。每件肚圍都用油紙包好，分別寫上每個人的名字。

「綱子，你的。」藤把綱子的肚圍遞給她，幾個女兒都歡呼起來。她們故意表現得樂不可支，是因爲內心幾乎快被不安壓垮了。四姊妹搏命演出，努力不讓藤察覺異狀。

「我都留了下來。」

「這是我的嗎？」

「啊，蛀掉了。」

「媽，你東西收得眞好。」

「那當然。」藤笑了笑。「如果你們敢忤逆我，我就要拿給你們看。」

四姊妹翻來翻去打量，嗅聞味道。

「我以前很討厭用這個。」

「我也是。」

「但如果不用就會挨罵。」

「好丟臉喔。」

「睡覺前，你們還在被子上玩國定忠治*。」聽藤這麼說，四姊妹張大眼睛。

「國定忠治？」

「把尺塞進腹帶，像這樣……」

「我玩過，我玩過！」卷子興奮地叫了起來。「姊姊演忠治，我演嘍囉。」

「赤城之山度今宵……」綱子模仿忠治的口吻，卷子也模仿嘍囉的語氣。「啊，大雁在叫……」

「你搶戲了啦，要先說『出生故鄉國定村』之類的……」

「好像應該是『無名寂寥油然而生』。」瀧子說。

「對，對……我想起來了。」

「啊，大雁在叫。」卷子再度說道。

「飛向南方天空。」其他四個人同聲說道。

譯注

＊國定忠治（一八一〇～一八五一）：江戶時代後期俠客。本名長岡忠次郎，國定是其出生村落名。

「咚！」瀧子和咲子接著往下演，卷子突然柳眉倒豎。「別鬧了！」

「怎麼了？」

「需要演到這種地步嗎？」

「你幹麼生氣？」

「對啊。」

瀧子和咲子嘟著嘴。

卷子眉頭輕蹙。「人家本來就已經夠擔心了。」

「你在擔心什麼？」瀧子問。

綱子慌忙打圓場：「沒事啦。」

「幹麼莫名其妙就生氣？」

「當姊姊的老是說生氣就生氣。」

「對啊。」

綱子不理會兩個妹妹的責難，伸手拿舊衣服。

「咦？這是什麼？」她拿起鮮紅色的護身袋。

「哇噢，好漂亮！」幾個姊妹再度歡呼起來。

「護身符——去神宮拜拜的時候戴在身上的。」藤向她們解釋。

「誰的？」

「這好像是綱子的，這是卷子的。」

「姊姊的比我的好看多了。」

「因爲是家裡第一個孩子，你爸還特地去百貨公司買呢。」

「我的呢？」瀧子問。

「瀧子……好像是借用兩個姊姊中的哪一個。」

咲子也一臉失望。「所以，也沒有我的嘍。」

「那時候剛打完仗，連肚子都塡不飽，根本沒工夫理會護身符這種事。」藤解釋說，咲子嘟起嘴。

「即使沒打仗也一樣。」

「老大、老二還覺得很好玩，到老三、老四就覺得無所謂了。」瀧子也一臉不服氣。

「你們終於知道做妹妹的爲什麼常常心理不平衡了吧？」

「根本扯不上關係。」

「當然有關係。」

「當然有。」

「天下哪有爲護身符的事吵架的傻瓜？」

藤苦笑著說，抬頭看著時鐘，打著呵欠。已經半夜兩點多了。

「爸至少應該打個電話回來嘛。」綱子嘀咕道，三個妹妹都「噓」的要她小聲。一陣沉重的沉默。

「媽，你先去睡吧。」

「即使我先睡，你們不睡，在那裡吵吵鬧鬧的，我怎麼睡得著？」

「那大家都睡吧。」

「睡吧，睡吧。」

「像以前一樣，在睡衣外包著肚圍……」綱子興奮地說。「穿不下了啦……」卷子說。然後，又是一陣沉默。大家都因為不安而累壞了，時鐘的聲音顯得格外大聲。

「被子不知道夠不夠。」藤站了起來，似乎想趕走這份不安。

「毛毯就夠了。」

「沒關係啦，只要在房間裡開暖氣就好。」

「我來幫忙。」

藤走出去後，瀧子壓低嗓門問：「不知道姊夫去了沒？」

卷子點點頭，綱子嘆著氣說：「不是住在外面，就是發生意外。」

「我們等到早上，如果到早上還沒有回來……」

「幾點算是早上？」

「報紙送來的時候。」

「要怎麼辦？」

「是不是該告訴媽？」瀧子若有所思地問。

「告訴媽……」綱子豎起小指頭說到一半，卷子瞪著她說：「不行！」

「哎喲，『忍氣吞聲真的是女人的幸福嗎』……」

「我已經說了，不是我寫的！」

「那到底是誰？」

四姊妹再度氣勢洶洶地互看著。

「卷子姊，如果爸有什麼萬一，你要怎麼負責？」

「我不是說了，不是我寫的嗎？」

「不是卷子姊寫的，那會是誰寫的？」

「瀧子，要眞是我寫的話，我怎麼可能這麼緊張，把大家都找來呢？」

「是嗎？搞不好你以爲不會刊登，只是抱著姑且一試的心態，結果發現眞的登出來了，就不知如何是好吧？」

卷子怒不可遏。「我要打電話到報社！要求他們給我看稿子。」

「噓，媽會聽到……」咲子豎起食指，「咕」的一個怪聲響起。

瀧子愣了一下。「誰的肚子在叫？」

「我……」卷子說。「我只喝了點啤酒，沒吃什麼東西。」

「那來做飯團吧。」綱子提議，咲子第一個響應。「太棒了，來做飯團。」

「不管如何，都要先填飽肚子。」

「餓著肚子沒辦法打仗。」

四姊妹同時站了起來。

「啊！」

「怎麼了？」

瀧子看著自己的腰說：「我的裙扣掉了。」

四姊妹走進廚房，用電子鍋裡的剩飯做飯團，每個人做的飯團形狀都不同。瀧子舔著手上的飯粒，斜眼看著卷子的飯團。

「咦？卷子姊，你怎麼做三角形的？」

「對啊。」

「我們家向來都是做長方形的。」

「綱子姊做成了『鼓』狀。」咲子也看著綱子的飯團。

卷子笑了笑。「一旦嫁了人，就會變成婆家的形狀。」

「眞不好意思，我還是做長方形……」咲子聳了聳肩。

「小咲，沾到了——嘴巴旁邊。」

「話說回來，爸到底……」瀧子的話還沒說完，咲子猛然抬起頭說：「對了，爸拿了零用錢給我。」

其他三個人驚訝地看著咲子的臉。「什麼時候？」

「今天。」

「幾點的時候？」

「傍晚的時候，連同皮夾一起拿給我。」

「他把皮夾也給你？」

「他果然打算一死了之。」綱子臉色鐵青。

「別烏鴉嘴啦！」卷子大叫的時候，玄關的門鈴響了。

「來了！啊，回來了。」四姊妹同時衝了出去。「爸，你回來了！」

咲子衝到門口的水泥地上打開門，沒想到進門的是鷹男。

「原來是鷹男！」

「是姊夫！」

四姊妹手上滿是飯粒，拿著飯團，呆若木雞地看著鷹男。鷹男正打算向她們解釋情況，背後傳來「呵、呵、呵」的笑聲，藤睡眼惺忪地問：「這麼晚了，發生什麼事了？」

鷹男眼神飄忽，說道：「呃，是那個……大阪分店長叫我回家和太太商量一下，明天之前答覆他，電話又講不清楚……」鷹男絞盡腦汁地擠出這番話。

「那不是升官了嗎？」藤笑了笑。「看，你們大家把我吵醒了，快睡吧！」

她撿起地上的飯粒，率先走了進去。「好！」四姊妹同時應道，視線移向鷹男。

「沒事。」鷹男小聲說。「那個小孩被機車撞到受傷了，正在醫院……沒什麼大礙……別擔心。我先走了……」

「你們還站在那裡……在幹什麼啊？」屋裡傳來藤慵懶的聲音。

「知道了。」四姊妹催著鷹男進了飯廳。

咲子手上拿著在玄關發現的鞋拔，上面印著卡通人物。她正打算走去飯廳，對著裡面的房間大聲問道：「媽，怎麼會有這個？」

「什麼？」

「鞋拔……」咲子問，藤回答說：「抽獎抽中的。」

「抽中的？」四姊妹難掩訝異。

「我去參加抽獎，結果就抽中了。」

鷹男驚訝得張大眼睛。「媽，你會參加抽獎？」

「對啊，抽中的機率還不低呢。之前抽到鍋子，還有圍裙，還有什麼……」

「通常不是懶得寄嗎？」

藤打著呵欠說：「習慣就好，既能練字，也讓人充滿期待……」

鷹男想了一下問：「投稿的會不會是媽？」

卷子雖然覺得並非完全沒有可能，但還是說：「不可能，媽已經幾歲了？六十五歲了，況且，按媽的脾氣，不可能做這種事。」

綱子和咲子也紛紛說「絕對不可能」、「一定不是」。

這時，正在房間角落縫裙扣的瀧子「啊！」的叫了一聲。她在針線盒裡發現一枝裝在每朝新聞社信封裡的自動鉛筆。瀧子把信封推到眾人面前，大家面面相覷。

「每朝新聞……」

「這是什麼？」

「自動鉛筆。」

「會不會是投稿的報酬？」

「你在哪裡找到的？」

「針線盒裡……」

卷子立刻站了起來，握緊拳頭。

「我去找媽理論！既然寫了，爲什麼不說一聲？害我今天提心弔膽了一整天，大家又都說是我寫的，不知道我有多……」

「別鬧了，好了，別鬧了……」鷹男按著卷子的肩膀。

「原來媽知道。明明知道，卻假裝不知道……」

瀧子木然地嘟囔著，鷹男點點頭。

「就當作是你投稿的不就好了嗎？」

卷子無力地癱坐下來，大家全不約而同地嘆了一口氣。

黎明時分，恆太郎在省司恢復意識後，踏上了歸途。

快到家門的時候，他猛然停下腳步。一個把滑雪帽壓得很低、眼睛旁和下巴都貼著ＯＫ繃的年輕人站在家門口看著門牌沉思。

是那個拳擊手——恆太郎一眼就認出了他。正打算叫他，那個年輕人假裝在跑馬拉松般跑開了。

一開門，四個女兒全都出來迎接。

「眞難得。」

四個女兒因爲鬆了一口氣，一時說不出話。恆太郎看著幾個女兒還穿著白天的衣服。「聊天聊到這麼晚，明天會想睡覺。」

「已經是明天了。」瀧子喃喃地說。

「喔，也對。」恆太郎沒有辯解，像往常一樣淡然地走進屋內。正打算走去裡面的房間，發現藤靠在柱子上打瞌睡。

「喂，小心感冒。」

咲子看著父親的背影，輕聲說：「爸的鬍子全白了。」

「男人早上都慘不忍睹，因爲鬍子會長出來……」

聽瀧子這麼說，鷹男笑了起來。「但女人會憔悴。」

「從年紀大的開始……」綱子說。

這時，玄關傳來「咚」的一聲。

「啊，報紙來了。」鷹男說著，走出去拿報紙。

打開門，淡墨色的天空中飄著藍色和粉紅色的雲，四姊妹不知何時全跑了出來，站在玄關看著天空。恆太郎也坐在簷廊前，聽著藤均勻的呼吸聲，仰望天空。

「年邁的母親對此一無所知，仍然過著無憂無慮的生活，深信能與父親白頭偕老。我們姊妹聚在一起嘆氣。忍氣呑聲眞的是女人的幸福嗎？此時此刻，我忍不住思考這個問題」——卷子仰望著天空，想起讀者來函的內容。

一群烏鴉在色彩不斷變化的天空中盤旋。卷子和恆太郎都從天空色彩的變化中，看到了男人和女人，尤其是夫妻關係的瞬息萬變。

虞美人草

宏男在小巷內左顧右盼。三個同學也跟著宏男一起東張西望，他們剛放學。

「你第一次來嗎？」

「找到了，找到了，『小丑』。」

「眞的有嗎？」

「有是有啦……」宏男的阿姨咲子在「小丑」咖啡店上班。

「搞不好是矮子、胖子，要不然就是恐龍。」

「去你的！」宏男戳了戳同學的頭。

「我實在不相信。」其中一個同學說，宏男哼了一聲。「你看了之後再說。」

「是山口百惠型？還是榊原郁惠*型？」

「我不是說了嗎？你們自己看了就知道啦。」

「『你到底是她的什麼人？』」

「這已經是老哏了。」

幾個男生吵吵鬧鬧的，準備走進咖啡店，宏男叮嚀說：「大家各付各的喔。」

「OK，OK！」

「別擔心。」

「知道了啦。」

四個人走進咖啡店，酒保向他們打招呼：「歡迎光臨。」他們探頭探腦地在包廂席坐了下來。店裡播著浪漫的音樂，酒保正在吧檯泡咖啡，吧檯上的玻璃櫃裡放著手工製作的蛋糕。

咲子木然地靠在吧檯邊，沒發覺宏男他們進來。酒保戳了戳她。

「啊，歡迎光臨。」

她心不在焉地念了一句。她覺得身體好疲倦，臉色也很憔悴。

宏男他們的座位剛好被棕櫚樹擋住了，看不到咲子。他們大聲喧譁，在店裡張望。

「歡迎光臨……」

咲子拿著托盤走了過去，把裝了水的杯子放在四個人面前。

「啊！」

「宏男……」

兩個人互望著。宏男打量著咲子：「你穿這樣，我都認不出來了。」

「……你的同學嗎？」咲子看向其他三個人。三個人意味深長地相互戳著對方。

「對。」宏男點點頭。「四杯咖啡。」

「四杯咖啡。」咲子寫在點菜單上。

「呃，我要美式咖啡。」

「我也是……」另外三個人紛紛說道。

「一杯咖啡，三杯美式咖啡。」咲子親切地笑了笑，爲了掩飾渾身的慵懶，她用力轉身，沒想到整個人倒在宏男他們的桌子上。托盤隨著一聲巨響滾落在通道上，杯裡的水也濺到了四個男生身上。糖罐的蓋子彈起來，亮晶晶的方糖四散開來。杯子摔破的聲音響徹店內。

「阿姨！」

譯注

＊山口百惠（一九五九～）、榊原郁惠（一九五九～）均爲日本七〇年代偶像明星。

「阿姨……」宏男的同學不知道發生了什麼事。

四個人呆呆地俯首看向臉色蒼白、倒在地上的咲子。

這個時候，卷子正在家裡做「安倍川餅」*。她把麻糬拉得長長的，正準備送進嘴裡，電話響了。

「啊……」卷子懊惱地嘆了一口氣，拿起電話。

「這裡是里見家……」說到一半，立刻臉色大變。「宏男……昏倒了……誰昏倒了？咲子……在哪裡、在哪裡？你去那裡了？現在情況怎麼樣？嗯，嗯……你跟店裡的人說，她姊姊馬上就過去。」

放下電話，卷子因爲情緒激動喘著粗氣。換衣服前，她匆匆拿起桌上的安倍川餅放進嘴裡，邊吃邊「啊」了一聲。她從皮包裡拿出錢包，檢查裡面有多少錢。爲了以防萬一，她從小抽屜裡拿出信封，抽出三、四張萬圓紙鈔放進錢包，又吃了一塊安倍川餅，才衝向玄關，火速趕往「小丑」。

咲子躺在倉庫兼更衣室的狹小房間內，房間的角落堆放著咖啡和火柴盒，牆上掛著服務生的制服和便服。這裡沒有床鋪，只能把三張椅子併起來，讓咲子躺在上面。

「我跟宏男說，叫他不用找你過來……」咲子聽到動靜，一張開眼睛，立刻向卷子抱怨。

「我怎麼放得下心呢？」

「貧血而已，沒事了……」她無力地坐了起來，卷子看著妹妹憔悴的臉。

「咲子，你是不是有喜了？」

咲子苦笑著。「我怎麼可能這麼不小心。」

卷子正想繼續追問，外面有人敲門。

「不好意思，我可以進去換衣服嗎？」服務生京子問。
「請進。」卷子回答後，一個看起來剛從鄉下來東京不久的高大純樸女生走了進來。
「不好意思，我們馬上就離開。」
「沒關係。」京子說，咲子也若無其事地說：「不用啦。」
京子背對著她們脫下毛衣，只剩一件內衣，然後，換上制服。
「竹澤小姐，聽說你昏倒了？」京子邊換衣服邊問。「你什麼都不吃，當然會昏倒。」
卷子驚訝地看著咲子。
「你男朋友還沒成爲拳王，你就先餓死了。」
卷子不顧一切地把咲子拉到店外，帶到車站前的美食街。
「我們去吃點東西。」
「我不想吃。」
「怎麼可能？你都已經餓昏了。」
「你不要管我！」
「你今天吃了什麼？」
「我吃什麼和你有什麼關係……」
「你一定是什麼都沒吃。」
兩姊妹邊爭執邊看著兩側的商店：札幌拉麵、漢堡、甜甜圈、十圓壽司、立食蕎麥麵、冰淇淋……

譯注
＊一種麻糬，通常蘸黃金粉和特製的紅糖蜜來吃。

攤販和餐廳內，人人表現出旺盛的食欲，津津有味地吃著食物，也有情侶邊走邊啃著甜甜圈和糖炒栗子。

「你到底想幹什麼？萬一身體出了狀況怎麼辦？如果你缺錢，爲什麼不說呢？」卷子用嚴厲的口吻說道，咲子反駁說：「不是因爲錢的關係！他最近在減重，因爲他的體質容易發胖，所以，這十天以來，粒米未進，連最喜歡的拉麵也完全不吃，早上只喝果汁、牛奶，還有蔬菜，午餐也……」

這時，一個送外賣的剛好騎腳踏車經過，咲子身體又搖晃了一下。

「危險！」卷子好不容易扶住妹妹的身體，不禁怒氣沖天。

「即使這樣，也不需要你捨命陪君子。」

「就算有個人陪他又有什麼關係！現在又不是食糧短缺的年代，日本到處都是吃的！」

兩個人同時看著馬路旁的塑膠桶，超大型塑膠桶內的免洗筷堆得像小山一樣。

「在這樣的日本……有人因爲吞口水也會胖，餓得晚上睡不著……」咲子愈說愈認眞。

「這是他的職業，他選擇了這樣的職業。」

「他很可憐，讓人於心不忍，我就算吃東西也覺得食之無味。」

無論卷子怎麼連哄帶騙，咲子就是不肯走進餐廳。無奈之餘，卷子只能扶著咲子，送她回公寓。

「陣內太太，今天不是上晚班嗎？」管理員小母先生在公寓入口向咲子打招呼。

「嗯，有點事……」

「謝謝您平時的照顧。」卷子向管理員打招呼，他露出爲難的表情欠了欠身。兩姊妹不知他爲何神情有異，向他行了一禮，離開管理員室前。

來到房間門口，咲子張大眼睛。門口放了兩個拉麵的大碗。其中一個吃得精光，另一個還留著湯汁，而且，湯汁裡浮著一段沾了口紅的菸蒂。

咲子的表情僵住了，正打算敲門，轉念一想，低頭找鑰匙。她用力打開門，房間內的一對男女驚訝地回頭。其中一個是陣內，另一個是身材很肉感的女人。女人在襯裙外披著陣內拳擊比賽時穿的花稍戰袍，當驚訝平復後，女人挑戰似的對咲子吐了一口煙。

卷子愣在原地，但咲子立刻回過神，把兩個大碗連同掉漆的托盤拿進了房間，雙手顫抖地放在他們面前。雖然她的手在發抖，但聲音平靜，不帶一絲感情。

「誰吃的？」

那兩個人互看了一眼。

「誰吃的拉麵？」

「有湯汁的那碗是我的……」女人大剌剌地說。

咲子默默地把空碗遞到他們面前。

「是我的。」陣內不敢正視她。

咲子喉嚨深處發出「咕」的異樣聲音。

「請你離開。」咲子對那個女人說。那個女人輪流看著咲子、陣內、卷子三個人，然後「哼」了一聲，若無其事地脫下戰袍，故意慢條斯理地穿上自己的衣服，中途突然停下來說：「聽說你們並沒有正式結婚。」

咲子沒回答，平靜地注視女人的臉。

卷子坐立難安地看著玄關鞋櫃上放著的枯葉盆栽、貼在房間牆上的口號和海報。

那個女人換好衣服後，經過卷子身旁走了出去，用力甩上門。

「那個女人的事……我可以不計較。」咲子將視線移向陣內。「因爲我不應該提早下班，突然回家……所以，我可以當作沒這回事。」

「你在說什麼蠢話！」

「卷子姊，你不要說話！」咲子大喊，打斷了卷子的話，然後，又把空碗拿到陣內面前。「這是怎麼回事？這件事、這件事，我無法原諒……」

陣內默然不語，點了一根菸，大口吐著煙。

卷子坐在門框旁說：「我妹今天在店裡昏倒了。」

「卷子姊……」

「她說看到你爲了減重所付出的努力，覺得於心不忍，所以，這幾天也幾乎沒有吃東西。」

陣內看向卷子。「沒有人拜託她這麼做。」他不以爲然地說，然後，視線移向咲子：「我不是說過，不必管我，你想吃什麼就吃什麼嗎？」

卷子忍不住說：「女人沒辦法這樣做，或許你認爲她可以背著你吃東西，但女人做不到。」

「卷子姊。」

「如果周圍沒有食物或許還比較輕鬆，但她工作的那家店到處都是蛋糕、土司這些食物。我妹妹咬緊牙關忍耐，都餓得昏過去了，你對她的這份心意有什麼看法？」卷子不由得愈講愈激動。「你不覺得愧疚嗎？難道你不覺得羞恥？」

「我不覺得。」陣內幽幽地說，交替看著啞口無言的兩姊妹，然後移開視線。「眞傷腦筋，這不就是所謂的『一廂情願』嗎？」

陣內把菸蒂扔在碗裡剩下的拉麵湯汁中，菸蒂發出「咻」的聲音熄了。

這時，咲子突然發出尖笑聲。「我被判出局了。」

卷子驚訝地看著妹妹，咲子的雙眼噙著大滴淚水順著臉頰流了下來。陣內倒頭躺在榻榻米上，臉上盡是哀傷。

卷子帶咲子回里見家，爲她準備了晚餐。可能是之前的緊張徹底消除的關係，咲子默默吃著，食欲大開，不時吃到噎住了。

卷子驚訝地看著妹妹吃飯，忍不住喃喃地說：「我看還是分手……」

「噓……」鷹男躲在報紙後，把一對兒女趕回房間。「去、去。」

咲子吃著飯，看著小孩子走出飯廳。

「我還是覺得乾脆分手……」

「這件事先不急……」鷹男觀察著咲子，向卷子使了一個眼色。

咲子吃完飯，放下筷子後，卷子再度提起這個話題。「……你要不要回國立？」

咲子露出錯愕的表情：「國立？」

「我的意思不是叫你今晚就回去。」

鷹男也點頭。「今晚就住在這裡吧。」

咲子目不轉睛地看著他們的臉。

「我不會要求你馬上決定，可是我實在覺得他……」

「卷子姊……」咲子打斷了卷子的話。「如果姊夫外遇……」

「啊？」

「我只是打個比方。如果遇到這種情況，你會回國立嗎？」

卷子無言以對。

「現在回去那邊很痛苦。」咲子冷不防說道。「爸從八年前就金屋藏嬌，媽明明知道這件事卻隻字不提，一副若無其事的樣子，照樣過她的日子。要我回去和他們一起吃飯，我恐怕食不下嚥。」

三個人乍然陷入了沉默，卷子腦海中浮現出父母簡單的晚餐景象：父母在共同生活多年的老房子裡，就著一盞老舊的燈，默默喝著豆腐湯……恆太郎邊吃飯邊看晚報，不時發出「嗯」的輕聲嘀咕；藤把醬油倒進丈夫的碟子，順便撿起他不小心掉在桌上的飯菜……

「無論如何，我都覺得你應該和他分手，反正你們還沒結婚啊。」卷子終於忍不住說了出來。「不瞞你說，當初知道他是拳擊手，我就覺得不妙。」

「什麼不妙？」咲子反問。

「拳擊手能做多久？聽說過了三十就不能再上場比賽了，而且，幾千個人裡才有一人能夠成爲拳王……簡直和中彩券一樣困難。」

「我小時候中過彩券。」

「不是才五百圓嗎？」

咲子伸手拿了一塊醃黃蘿蔔，卡滋卡滋吃了起來。

「即使他絕對會成爲拳王，我也討厭他，他今天做得太過分了。」

咲子沒有答腔，繼續卡滋卡滋咬著醃黃蘿蔔。

「如果只有拉麵的事……或是只有女人的事……只有其中一件事的話……退一百步……還有商量的餘地，但是，他居然兩件事都做了。」

「我……」鷹男說到一半。「還是算了。」

「什麼？」

「不，算了，不說了……」

「爲什麼？話不要說一半。」

「我不說了。」

「你說嘛，話不說完反而讓人好奇……」

在卷子的逼問下，鷹男無奈地說：「不是……我剛才聽你們說，那個女人——就是他帶回家的那個女人，身材很壯嗎？」

「像這樣……」

「手臂和大腿都很粗，感覺很俗氣吧？」

卷子點頭。「說話也慢吞吞的。」

「我多少能夠理解……不，我是說能夠理解他……」鷹男模仿拳擊的動作。「或許我說了你們會生氣，但小咲那麼體貼，對男人來說，反而更加痛苦，壓力更大。」

「但是……」

「先聽我說。假設小說家——我不認識小說家，只能憑想像。小說家不是會寫稿嗎？如果他老婆偷偷看了之後，幫他修改了寫錯的地方，小說家會有什麼感覺？我覺得他應該會大受打擊，從此再也寫不出好作品。那種即使老公埋頭苦幹、照樣呼呼大睡的女人——當然，做老公的會罵這種老婆是笨蛋，但在罵的同時，也會覺得很放鬆，覺得這樣反倒好，因爲她比起貼心的女人更能夠讓男人感到輕鬆自在。」

「但不代表他就可以不管咲子餓得眼冒金星，自己吃拉麵、搞女人……」

「對，他的確有錯。但我想要說的是，男人的心情沒辦法用道理解釋，就是這麼一回事。」

卷子沉思片刻。「要不要找人調查一下？」

「調查？」

「對啊，就是那個人……瀧子委託的那個徵信社的……」

「勝又嗎？」

「他是不是姓陣內？了解一下他……」卷子也做出拳擊的動作。「有沒有前途，還有品行之類的。」

「不要！」始終不發一語的咲子怒目相向地咆哮。「絕對不要，如果你們這麼做，我就再也不理你們了！」

卷子和鷹男互看了一眼，被咲子的氣勢嚇到了，兩個人都閉口不語。

那天晚上，瀧子獨自在圖書館空無一人的閱覽室內加班。

圖書館在晚上會關掉暖氣，閱覽室內寒氣刺骨。她邊搓著手邊整理書籍，突然聽到「叩、叩」的腳步聲，不由得驚訝地抬起頭。

「勝又哥……」

「你吃晚餐了嗎？」

「不，還沒有。」

勝又從鼓鼓的大衣口袋裡拿出裝在塑膠袋裡的麵包和罐裝咖啡，然後又拿出橘子放在瀧子的桌上。

他在拿食物時，不小心把髒手帕也拉了出來，慌忙塞了回去。

瀧子微微一笑，說了聲「那我就開動了」，拿起麵包。勝又幫她打開咖啡罐，瀧子咬麵包時，他拿起桌上的書。

「《漱石全集第三卷・虞美人草》。」

他有點驚訝地看著手上的書，翻開有作者穿著禮服大衣照片的第一頁。

「好遠，我們是從哪裡上來的？」

其中一人停下腳步，拿著手帕擦拭額頭。

「我也不知道，但無論從哪裡上來都一樣，因為山就在那裡。」有著一張四方臉，體形也方方正正的男人隨口答道。

勝又生硬又結巴地讀著。

中間凹下去、帽身微翹的茶色帽簷下，挑起濃眉仰望的頭頂上，是微茫春日一片深不見底的柔和蔚藍，彷彿輕輕一吹就會晃動的天空中，叡山屹然而立，似乎在向世人挑戰。

「真是頑固得可怕的一座山。」

瀧子啃著麵包，聽著勝又朗讀，不禁失笑。兩個人都覺得很滑稽，吃吃笑了起來。

「這就是夏目漱石嗎？」

「聽你這麼讀，覺得很奇怪。」

「原來『虞美人草』的虞是這樣寫的，哎呀，一直以來，我都以爲是愚蠢的愚。」

「愚蠢的……美人？」

「美女通常這裡……」勝又指了指自己的頭。「……不太靈光，啊，當然也有聰明人。」

「但通常是這樣。」

「也有例外啦。」

勝又把另一個麵包推到瀧子面前，瀧子拿起麵包。

「虞美人是人名嗎？」

「是中國歷史上的人物……」瀧子嘴裡吃著東西回答，勝又自信缺缺地轉著眼珠看著瀧子。「加一個草字……是不是植物的名字……」

「眞的有這種草。」

「虞美人草……」

「不是有個中國來的女子，拉著好像胡琴的樂器，用很尖的聲音唱『山丘上盛開著』……」

「……雛罌粟的花。」兩個人齊聲唱了起來。

「啊，雛罌粟——虞美人草就是雛罌粟嗎？」

瀧子邊吃東西邊唱：「山丘上盛開著雛罌粟的花。」

勝又很沒有自信地爲瀧子合聲，兩個人再度傻笑起來。

吃完簡單的晚餐，瀧子收拾未完的工作時，勝又說有事想和她談，可不可以跟他出去一下，並說就是爲此目的來接她下班。

兩個人一起離開圖書館。來到公園前，勝又停下腳步，催著瀧子，率先大步走了進去。

瀧子不安地問：「你說的重要事，到底是什麼事？」

勝又沒回答，面色凝重地往前走。

「如果有什麼話，就在這裡說……喂，我不喜歡這種地方，喂！」

瀧子伸手想抓勝又的手，勝又甩開她，走入暗處。瀧子哭喪著臉。

「這樣我很傷腦筋……喂！我回去了。」

「很快就好了。」

「很快就好……」

旁邊的暗處傳來「沙沙」聲，兩人同時回頭，見到一對情侶激情擁抱。

「啊！我……」瀧子停下腳步。

勝又停了下來，緩緩從口袋裡拿出汽油瓶，還拿出了火柴。

瀧子臉色慘白，想大叫「住手，住手」，卻叫不出聲音。「求、求、求求你。」

「不、不、不，我、我非這麼做不可。」

「求、求、求求你。」

「我、我想了一整晚，決定了，除此以外，沒有其他解決的方法！」

「沒、沒、沒這回事！其實……我對你，喜、喜、喜……不，我眞的不在意學歷，所以，想、想自殺……太傻了。」

瀧子拉住勝又，勝又愣了一下。

「不、不、不是，不是啦。」

「啊？」

勝又從口袋裡拿出捲起的資料放在地上，瀧子看了一眼，「啊——」的叫了起來。在印著「青山徵信社」的信封內，露出恆太郎情婦的戶籍謄本、兩個人在一起時的照片，以及其他鷹男要求勝又蒐集的資料。

「我決定到此爲止。」勝又鞠了一躬。「請你當作沒發生過這回事。你調查你父親的外遇……我不喜歡我們是因爲這樣的緣由開始交往。我把資料全帶出來了，一件都不剩……」

「勝又哥。」

瀧子木然地呢喃著。勝又以熱切的視線回望瀧子的眼眸，把汽油倒在資料上，用火柴點了火，丟在資料上。

火苗竄燒起來，很快延燒到周圍的枯草上。勝又「啊」的叫了一聲，瀧子也愣住了。幾對情侶從黑暗中衝了出來，有人拎著長褲，有人趕緊拉好敞開的襯衫，一溜煙逃走了。

火勢愈燒愈旺，勝又手忙腳亂地脫下大衣滅火，瀧子也脫下大衣，慌忙拍打著火焰。在熊熊燃燒的火光中，拚命甩著大衣的兩個人宛如一對雌鳥和雄鳥在跳求偶舞。如果不是附近派出所的員警剛好趕到滅了火，很可能釀成火災。

這個時候，里見家的飯廳內，卷子正在收拾晚餐後的桌子。咲子去洗澡了。

「小咲！如果你要洗頭，洗髮精在洗臉台最下面那一層！」

卷子大聲叫著，浴室傳來咲子的聲音：「不用了，我不洗！」

「如果覺得太熱，可以加冷水！別客氣！」

卷子大聲說完後，壓低嗓門問在沙發上休息的丈夫：「你不能幫對方說話啦。」

「我只是實話實說嘛。」

「這樣會讓她猶豫。」

「這不是你能決定的事。」

「話是沒錯，但這樣拖下去，以後吃苦的還是她，至少他們現在還沒有孩子……」

「即使你再怎麼堅持，當事人……」

卷子嚴肅地說：「她應該回國立，這種事還是應該找爸商量。」

「要諷刺一下你爸嗎？這招眞是一槍斃命啊。」

「我不是這個意思……」

「既然當事人沒這個意思，不必勉強……」

「但她也不能一直住在我們家啊。」卷子嘆著氣，鷹男若無其事地說：「住在裡面那間一坪多的小房間就好了，只要叫小孩子把他們的破爛收拾乾淨，睡覺應該不是問題……」

「但是……就在我們房間的……隔壁啊。」

「那有什麼關係？」

「是沒錯啦……我告訴你，雖然她書讀不好，但對一些莫名其妙的事特別敏感。」

「那有什麼關係？」

「是沒錯啦……」卷子忿忿地瞪著丈夫。「我還是覺得她應該回國立。」

「問題是她不願意回去。」

「你不會覺得心煩嗎？」

「嗯？」

「回到家裡，家裡有外人——你不會覺得心煩嗎？」

「她又不是外人，家裡熱鬧點也沒什麼不好。」

卷子嘟著嘴，把聲音壓得更低了。「有外人在，根本沒辦法談事情。」

「要談什麼事？我們又沒有什麼不能讓別人聽到的事。」鷹男窺視著妻子的臉色說。「你們是姊妹，怎麼好像是外人？難道嫁了人之後，姊妹也變成外人了？」

卷子正打算反駁，電話響了。兩個人互看了一眼，卷子做出拳擊的動作。「……他嗎？」

鷹男正打算接電話，卷子按住丈夫的手。「你告訴他，咲子要住我們家……」

鷹男點頭，接起電話，對著電話說了一聲「喂」，背後傳來「咚」的一聲，穿著內衣褲，圍了一條浴巾的咲子站在那裡。

「這裡是里見家。」

「我來接。」咲子正想從鷹男手上搶過電話，卷子用整個身體擋住她。

「什麼？警察局？」聽到鷹男這句話，咲子立刻推開姊姊，從鷹男手上搶過電話。

「喂，他到底怎麼了？」

鷹男從咲子手上搶回電話。「喂，什麼？竹澤瀧子……」

三個人頓時愣住了。

「是我小姨子……」鷹男回答。這一次，卷子臉色大變，從他手上搶過電話。「瀧子怎麼了？」

鷹男從妻子手上搶過電話。「喂？什麼？在公園內縱火……」

聽到鷹男的話，卷子和咲子啞然互望。

鷹男趕到派出所時，只見到瀧子和勝又兩人的臉全讓炭火熏黑，垂著頭與員警相對而坐，燒得滿是破洞的大衣放在腿上。他們面前的桌上放著燒焦的青山徵信社的信封，露出眼熟的資料和照片。

兩個人羞得無地自容，再加上眼前的慘況，整個人縮成一團。鷹男從上了年紀的員警立花口中得知情況後，恭敬地鞠躬道歉。

「眞是抱歉。」

「簡直亂來嘛，如果風勢更大一點，後果不堪想像。」立花似乎仍然難掩心中的氣憤。「如果全日本的情侶都在公園裡放火怎麼辦？那裡不是有告示嗎？這已經構成微罪了。」

兩個人益發瑟縮起來。

「您說的是。」鷹男再度深深鞠躬。

立花打量了一下桌上的資料。「而且，燒的竟然是公司的資料，讓這件事更麻煩了。」

「我剛才已經提過，我是委託人，我要求他中止調查。」瀧子插嘴說。

「但也不能因爲這樣就在公園直接淋汽油燒掉吧。」

勝又忍不住抬起頭。「我、我不想再這樣下去了。」

立花憤然地正想反駁，鷹男打斷了他的話問：「警官先生，請問今年貴庚？」

立花冷冷地說：「明年就退休了。」

「家庭還算和樂吧？」

「既然當了警察，就算是私底下，也不能幹壞事。」

「雖然說出來很丟臉，但實不相瞞，七十歲的老父——其實是我的岳父、她的父親。」鷹男努努下巴指著瀧子說。「似乎金屋藏嬌……」

「七十歲……金屋藏嬌。」立花再度看向殘餘的照片。

「在委託徵信社調查的過程中，該說雙方是很正常的『那個』，還是說緣分很神奇……」

「啊？」

「再加上，我們認爲即使再怎麼挖掘長輩的醜事，也沒什麼好處，所以決定到此爲止，當作什麼事也沒發生……」

立花難掩好奇地問：「在外面租了房子嗎？」

「對，是啊。」

「好像是個男孩吧，有沒有認祖歸宗？」他探出身體。

「不，那個……不是我爸的兒子……」

「喔，是喔，是喔……那個女人……」

「四十歲……」

「是嗎？」立花佩服地拿起照片，又翻了過來。「七十歲還金屋藏嬌……」

三個人不約而同地點頭。

「所以，能不能請你通融……」

鷹男向立花遞上自己的名片，行了一禮。立花用狐疑的眼神看著兩個年輕人。

「因爲你們不是什麼可疑分子，今天晚上就先回去吧，以後要小心！」

瀧子和勝又老實地點頭，鷹男必恭必敬地說了聲「眞的很抱歉」，趁立花尚未改變心意，把兩個人帶離派出所。

派出所內只剩下立花時，他拿起燒焦的照片，語帶羨慕嘆氣說：「七十歲還有豔遇哪……」

瀧子和勝又在派出所前向鷹男道別，爲給鷹男添了麻煩再三道歉。目送他離去後，兩人一起前往瀧子的公寓。瀧子既激動又感到羞恥，惱羞成怒地快步走在前面。勝又垂頭喪氣地跟在瀧子身後，來到公寓樓梯口時，兩個人停了下來。

「晚安。」瀧子說到一半，發現勝又的手指燒傷了。「你的手受傷了。」

「沒什麼大礙。」勝又舔了舔手指。

「我幫你擦點藥吧。」

「不用了。」

瀧子不由分說地把勝又推向樓梯。

「眞的……不用了，不用了。」勝又嘴上說著客套話，還是心頭小鹿亂撞地走上階梯。

瀧子的房間整理得一乾二淨，簡直毫無趣味。瀧子叫緊張得渾身僵硬的勝又坐在門口，拿了藥箱，坐在他身旁，幫勝又的手指擦藥。

猛然抬頭時，她在鏡子中看到兩人的身影。

瀧子發現自己臉上都是黑炭。「啊，眞討厭，我……」她慌忙想要站起來，勝又貼著ＯＫ繃的手按住了瀧子的手。

「不要走。」

「但是……」

「稍微有點髒，我的心情比較輕鬆，你太漂亮，我會緊張……」

「我才不漂亮。」

「你很漂亮。」

瀧子搖頭，勝又深情地重申了一次：「你很漂亮。」然後，緩緩拿下眼鏡，伸出雙手靠近瀧子。

「可、可以嗎？」

「啊？」

勝又拿下瀧子的眼鏡。

「啊。」

「可、可以嗎？」勝又用力吞了口水。

「……啊。」

「可、可以嗎？」勝又鼓起勇氣，打算一把摟住瀧子，卻因爲極度緊張和生疏，不知道該怎麼做才好，猛然撲過去，撞上了瀧子。

「好痛！」瀧子大叫起來。

「嗯？」

勝又戰戰兢兢地鬆了手，瀧子皺著眉頭說：「腳！腳！」

勝又低頭一看，發現自己踩在瀧子的腳上。

「啊，啊。」

看到勝又不知所措地收起腳，瀧子不禁笑了出來。笑著笑著，對眼前這個單純男人的愛意油然而生，忍不住忘情地主動抱住勝又。

這兩個壓抑多年的人猶如乾柴烈火，內心的激情像海浪般翻騰，再也無法克制。勝又猶如喉嚨哽住的狗，發出「呃」的一聲抱緊瀧子，瀧子也發出陶醉的聲音撲倒在勝又懷裡。他們壓到了腳下兩個人的眼鏡，鏡片都壓碎了，他們卻渾然不覺，忘我擁抱，雙雙倒在玄關前的地板上。如果一切順利，對他們來說，今晚將是一個値得紀念的夜晚……問題是，事情沒這麼簡單。

從派出所返家的鷹男心情格外暢快，想到瀧子和勝又的事，他忍不住笑個不停。在派出所憑著三寸不爛之舌巧妙地救出兩人這件事，也讓他洋洋得意。

然而，卷子卻一臉愁容。客廳的桌上放著爲鷹男出差準備的內衣褲和鞋子。

「小瀧畢竟是女人。」鷹男把瀧子他們今晚的事全告訴卷子，卷子不禁瞪圓了眼睛。

「瀧子也喜歡那個私家偵探嗎？」

「他是怎樣的人？」

「你太落伍了，如果在外面說『私家偵探』這字眼，會被人笑死。現在叫徵信社、徵信社……」

「不久後，瀧子應該就會帶回家裡吧。不過，晚上在公園淋汽油燒資料，不知道該說他們太傻太天眞，還是太滑稽可笑。」

「這不是有法律責任嗎？」

「至於這個問題嘛，我用這招……」鷹男做出拜拜的動作。「小咲已經睡了嗎？」

「她走了。」

「走了？」

「你剛才不是打電話回來嗎？接到電話後，我覺得很累，想早點睡覺，等我鋪好被子來外面一看……」卷子把紙條拿給鷹男，上面以蹩腳的筆跡寫著「晚安，咲子」。

「因爲你一再叫她分手吧。」鷹男咂了一下嘴。「這種時候，旁人最好什麼都不要說。旁人不亂出主意，當事人就會自己做出結論。你一再催她分手，反而……」

「你當時不在場，才說得這麼悠閒。雖然他們還沒有正式結婚，但已經生活在一起了，居然讓女人出去工作——恕我直言，根本就是吃軟飯的，這種男人最差勁了。」

「你這麼說嗎？」

「我覺得應該把話說清楚。」

「結果反而起了反效果。」鷹男說完，忍不住點頭同意自己的話。「因爲小咲愛他，所以才會起反效果。」

卷子拚命按捺內心的不安。「你說要住兩晚吧？」

「你是說出差……」

「大阪嗎？」

「大阪。」

「素色的比較好吧？」卷子問的是上衣的顏色。

「嗯。」

「襯衫要條紋的還是小圓點的？」

「都可以。」

鷹男拿出威士忌，倒在杯子裡。

「不知道她是不是回到家了。」卷子還是很在意咲子。

「你打個電話問一下不就知道了。」

「她那裡的電話還要管理員去叫她，時間太晚了，有點那個……」

「不然呢？她會去國立嗎？」

聽鷹男這麼說，卷子才想到也不無可能。她拿起電話，鈴聲響了一陣子。

「這裡是竹澤家，喔……」電話中傳來恆太郎的聲音。

恆太郎剛洗完澡，他一手拿著電話，另一隻手拿著毛巾擦頭髮、挖耳朵。

「有電話嗎？」浴室傳來藤悠然的聲音。

「是卷子……」

「找我嗎？」藤再度問道。

「你媽在洗澡……嗯，嗯……」恆太郎摀著話筒，對浴室大聲說：「她說沒特別的事！她說沒事！」

卷子聽著父母的對話，確認咲子並不在那裡。

「因爲最近流行感冒，所以想問你們還好嗎？我們都很好，對，好，那就這樣，晚安。」

卷子放下電話。「沒去那裡……」

「如果她直接去國立，應該已經到了。現在還沒到，可能回自己家裡了……啊！」

「怎麼了？」

「綱子姊那裡。」

「她去那裡可能比在我們家自在。」

卷子又拿起電話，但綱子很久都沒接電話。

這時，綱子和貞治正在溫存。她打開紙門，光著腳，披了一件睡衣衝了出來，看到飯廳裡散亂著吃剩的海鮮鍋、兩人份的杯子、筷子和碟子。她絆了一下，踢倒了啤酒瓶，來到電話前時，身體緊張起來，臉上掠過一絲懼色。她擔心是豐子打來的。貞治也慌慌張張披了一件睡衣，在紙門內滿臉不安地探頭張望。

綱子鼓起勇氣接起電話，但沒有應答，豎耳聽著對方的聲音。

「喂？」

「喔，是卷子……」綱子鬆了一口氣，忍不住「啊——」了一聲。

「怎麼了？」卷子問。

「沒事……這一陣子經常有惡作劇電話。」

「惡作劇電話？」

「所以這種時間聽到電話鈴聲都會嚇一跳。」綱子向貞治使了一個眼色。「有什麼事嗎？」

「咲子有沒有去你那裡？」

「沒有，沒來……」

聽到綱子說「沒來」，貞治露出「嗯？」的不安表情，綱子立刻無聲地動著嘴唇告訴他：咲子，我妹妹。

「喂，你旁邊有人嗎？有客人嗎？」

「你在說什麼啊，這麼晚了，怎麼會有客人。」

貞治拉了一條毛毯，蓋在綱子肩上。

卷子納悶地問：「你感冒了？」

「沒感冒啊，怎麼了？」

「因為你的聲音怪怪的……」

綱子和貞治互看了一眼，綱子把貞治拉進猶如帳棚一樣的毛毯中，戳著他的腰忍著笑，一起聽著電話。

「會奇怪嗎？」

「和平時好像不太一樣。」

「會不會是因為我剛洗完澡的關係？」綱子戳了戳貞治。「咲子怎麼了？」

「今天吵了一架。」

「和那個拳擊手嗎？」

「我在想，她可能會去你那裡……」

「她要來這裡嗎？」綱子臉色大變。

「我也不知道，只是這麼猜。」

「喂！」

「如果她去你那裡，記得打電話給我。」

「電話嗎？好，呃，她如果要來，大概會幾點來？啊？喂、喂！嗯，嗯，啊？啊？」

卷子把咲子昏倒的事告訴姊姊，綱子焦急地環視屋內。如果咲子要來，必須徹底清理乾淨，不能留下幽會的痕跡，但卷子喋喋不休。

綱子對著電話附和著，比手畫腳地暗示貞治趕快穿衣服回家。貞治誤會了她的意思，準備去收拾砂鍋，綱子慌忙再度暗示他，叫他趕快離開。

「那實在太過分了！」綱子心不在焉地附和著。「嗯，嗯，我雖然沒見過對方，但拳擊手原本就……是啊，是啊。咲子怎麼說？是嗎？是嗎？嗯，嗯，她是個笨女孩，用情太深，從來不考慮以後的事，倒貼也要看清對象……那不行……嗯，嗯，她來了我會說她。好，那就這樣，我剛洗完澡，連衣服都還沒穿好，我怕會感冒，那我就掛嘍，就這樣。」

綱子終於掛了電話，一放下電話，趕緊手忙腳亂地整理起來。

卷子訝異地掛上電話。

「難道她回自己家了？」她歪著頭納悶。這天晚上，她爲咲子的事擔心了一整晚都沒闔眼。

卷子猜得沒錯，咲子回了自己的家。

她惦記著陣內，坐立難安。回到家裡，屋內一片漆黑。她用鑰匙開了門，發現貼在牆上的照片和標語都撕了下來，陣內連燈也沒開，在一片凌亂中躺成大字形。

他一看到咲子，立刻轉過頭。「你來幹什麼？你不是離家出走了嗎？爲什麼又回來？」

咲子沒回答，木然站著。

「你和我鬼混，不會有出息的。」陣內瞪著咲子說。「你走！」

咲子默默撿起海報和標語貼在牆上。

「你走！你走！」陣內大叫著抱住了咲子的腳，像小孩般哭了起來。

翌日早晨，鷹男拿著旅行袋走出玄關時，宏男和洋子嘴裡吃著早餐，追上父親，衝出門外。

「我走了！」

「好！」

「爸爸今天要出差，你們怎麼連聲『路上小心』都不說？」卷子對著一對兒女的背影數落道。

「這種小事沒關係啦，嘿咻。」鷹男穿上鞋子。「旅行袋好大。」

「要去買一個小一號的，看打高爾夫球能不能撈個倒數第二獎。」

「哪有這麼幸運？」

「後天傍晚回來嗎？」

「如果有什麼事，就找我們課的袖井，他會轉告我。」

「好，這是感冒藥。」

「不用了。」

「那就路上小心……」

卷子忍著呵欠送丈夫出門，回到客廳，打算整理散亂的東西。因為睡眠不足，全身懶洋洋的。她把剩下的蘋果丟進嘴裡，一屁股坐在餐椅上。

鄰居家傳來斷斷續續的鋼琴練習曲，隱約聽得到洗衣機運轉，還有吸塵器的馬達聲、嬰兒的哭泣聲。她咬著蘋果，聽著早晨的噪音，這時，電話鈴聲響了。

雖然接起了電話，但因為嘴裡還有蘋果，一時來不及說話。

「喂，是我。」電話中傳來鷹男的聲音。

卷子咬著蘋果。「嗯，嗯嗯。」

電話中的雜音很大，似乎在修馬路。鷹男為了蓋過噪音，自顧自地大聲說：「我今晚要去大阪出差，只要在宴會之前趕到就好，我們一起吃午餐，再去你那裡，喂，喂……」鷹男說到這裡，困惑地沉默片刻，驟然掛上電話。

卷子拿著電話茫然若失，突然大笑起來。「他打錯了，他撥錯電話，打到家裡來了。真是個冒失鬼，到底在幹什麼呀！」

卷子收起笑容，伸手拿蘋果，一口接一口地吃。她瞪著電話好一會兒，但鷹男沒再打來。

心情平靜後，卷子撥了綱子的電話。正在整理房間的綱子立刻拿起電話。

「喔，是卷子啊。咲子沒來。嗯，嗯，我還以爲她會來，三更半夜地忙了半天……」說到一半，慌忙含糊其詞。「當然擔心啊，你不要這樣嚇我好不好，嗯，嗯，對啊。」

聊了一會兒，卷子說：「我等一下去國立，你要不要一起去？」

早晨還是陰天，下午出了太陽，算是冬季裡暖和的天氣。

卷子、綱子和藤正在國立家中的庭院內一起醃白菜。先將白菜洗乾淨，再放在大扁籃內晒乾，然後切成兩半，醃在大桶子裡。身穿圍裙衣、頭上披著毛巾的藤動作俐落，使用多年、已經褪成蜂蜜色的砧板、刀子和醃漬桶都訴說著一個走過五十年的家庭的歷史。

切了醋橘，把辣椒切片後撒在白菜上。「啊，眼睛好痛……」綱子用手背揉著眼睛。

「啊，你鼻水都流出來了，哎呀……」

「你在幹麼？」

藤以熟練的動作撒上鹽，繼續醃白菜。

「你不能用摸過辣椒的手揉眼睛。」

「爲什麼同樣是家庭主婦，竟然差這麼多？」

「資歷不同嘛。」

藤輕輕笑了笑。「我沒有其他的能耐。」

「姊姊，你在家裡也醃白菜嗎？」

「會用小桶醃……啊，辣椒會不會放太多了？」

「你看，你又揉眼睛了……」

「你一個人住，還真有心思。還是說，要醃給別人吃？」

聽到卷子的話，綱子聳了聳肩。「哪有什麼人，都是一個人寂寞地吃鹹稀飯。」

「真的嗎？」

「當然是真的。」

「這沒什麼好炫耀的。」藤輕描淡寫地說。

卷子目不轉睛地看著母親的臉。「咦？媽，你有時候語不驚人死不休嘛。」

「以前就這樣。」綱子說。在她說話的時候，不小心把白菜掉在地上。

「你眼睛長在哪裡？」

挨了藤的罵，兩姊妹默默地動著手。不一會兒，卷子問：「媽，你像我這個年紀的時候在想什麼？」

「嗯……在想什麼呢？」藤的手並沒有停下來。「每天都忙得團團轉，根本沒時間思考吧。」

「以前的女人都有忙不完的事……」綱子說，卷子也說：「我從來沒有看過媽坐下來休息……」

「真的沒有……」綱子附和時，玄關的門鈴響了。

「是不是我們家的？」

「來了！」

「哪一位？」

三個人同時應聲，一個年輕的店員從木門探頭進來。

「我是町田乾洗店來的。」

「謝謝！」

「辛苦了。」

綱子和卷子互看了一眼。

「町田乾洗店……」

「還是那家嗎？」

「一直都是同一家？」

「對啊。」

「町田乾洗店。」兩姊妹同時想了起來。「就是町田乾洗店！」

「就是這裡長滿青春痘的那個人。」

「很像那個明星的人，就是那個明星！約、約……」

「就是他，嘴唇很厚，看起來皮皮的痞子——穿著白色西裝像這樣……」綱子做出跳舞的動作。

「在什麼夜狂熱裡跳舞的……」

「約翰……」

「約翰．屈伏塔。」

「終於想起來了！」

「對啊！」卷子也興奮起來。「很像約翰．屈伏塔。」

「就是町田乾洗店。」

藤覺得莫名其妙。「那家乾洗店怎麼了？」

「那個人一定對媽有意思！」

「那時候我雖然是小孩子，但也看得出來！」

「對吧？」

「嗯！」

兩姊妹樂不可支，互拍肩膀。

「你們在說什麼呀……」藤聳了聳肩。

「只要一上門，就賴著不肯走。」

「他總是靠在廚房門上聊他老家的事，啊，有一次還帶來栗子。」

「對，對！」

「喔……」這時，藤才終於想起來。「好像是有這個人……」

「他已經不做了嗎？」

「搞不好回老家開店了。」

「町田乾洗店耶。」

「約翰・屈伏塔。」

兩姊妹再度笑彎了腰。

「不要笑了，趕快動手，眞不知道你們在幫忙還是搗蛋。」

「我在做啊。」

「啊，醋橘用完了。」

「廚房裡還有一個……」

「我去拿。」

綱子走去廚房時，藤問卷子：「鷹男最近好嗎？」

「好得不得了，還外遇了呢！」

「……」

「今天他也謊稱要出差，其實根本不是去出差。」

「在哪裡啊？我找不到。」綱子在廚房裡大聲問。

「冰箱那裡，右側的架子上。」藤大聲回答。

「我大概知道對方是誰，不過，我當作不知道。」

聽到卷子這麼說，藤點點頭。「沒錯，女人只要一說出來就輸了。」

這時，綱子拿著醋橘走了回來。

「醋橘一個多少錢。」

「一百五十圓。」

「好貴。」

「差不多相當於爸以前一個月的薪水。」

「眞的耶……」綱子和卷子互看著。

「鹽是不是不太夠？」

「這次換你去拿。」

卷子去廚房拿鹽時，綱子問母親：「卷子剛才說什麼？」

「嗯？」

「說我什麼？」

「她什麼也沒說。」藤回答後，對著廚房大聲問：「找到鹽了嗎？」

「找到了！」卷子大聲回答。

卷子回來後，撒了一大把鹽。

「不行啦，手要拿高一點，太近的話，鹽會集中在某一個地方，離遠一點……像這樣。」

藤示範後，綱子佩服地說：「原來訣竅在這裡。」

卷子模仿母親，從高處撒鹽。

「媽，你有沒有煩惱？」

「當然有。」

「有什麼煩惱？」

「你爸的血壓。」

「就這樣而已？」

「你們幾個女兒都長大了，我擔心也沒有用……」她回望著兩個女兒試探的眼神。「除了這些以外，還能有什麼煩惱？」

回家的路上，綱子嘆著氣說：「眞是受不了。」

「你是說媽？」

「她知道爸嘴上說去公司、其實是去那裡，卻在家裡悠閒地醃白菜……」

卷子也點頭。「我認輸了……女人到了媽那個年紀，也許就能超越嫉妒和憎恨這些感情吧。」

「實在太厲害了。」

「完全認輸了……」

「姊姊，你直接回家嗎？」

「對，傍晚有客人，你呢？」

「我要去買東西。」

兩姊妹在國立車站前分道揚鑣。

卷子說要去買東西是騙人的，她並沒有什麼東西要買，卻不想直接回家。她漫無目的地走在街上。即使她努力想要忘記，鷹男在電話裡的聲音仍然盤旋在腦海。她回過神，發現自己居然來到恆太郎情婦的公寓附近。

「討厭，我到底在幹什麼？」

卷子啞然失笑，正打算離開，卻整個人僵住了。

藤就站在那棟公寓前。她手上拿著購物籃，披肩遮住了半張臉。然而，那個人就是藤，絕對不會錯。藤茫然若失地注視著那棟公寓。

卷子立刻躲了起來，但慌張之下，不小心撞到了小孩子的腳踏車。藤回過頭，驚訝得瞪大眼睛，臉上掠過哀傷和羞恥之色，嘴唇露出羞愧的笑容，似乎想對卷子說什麼，卻倏地癱倒在路上。購物袋裡的雞蛋盒蓋子開了，雞蛋掉在水泥地上破了，黃色的汁液在路面流淌。

「媽！媽！」卷子發瘋似的大叫著衝向母親。

路人圍了過來。卷子叫了救護車，請路人幫忙照料母親後，跑向近在咫尺的那棟公寓，用力敲著掛著「土屋」門牌的那道門。

「爸!爸!爸!」

隔壁鄰居開了門，一個素著臉、頭上頂著髮捲、貌似從事特種行業的中年女人探出頭。

「土屋太太好像出門了。」

「請問……」

「他們一家三口剛才出去了。」

「請問你知道他們去哪裡嗎？」

「不太清楚耶。」

卷子失望地跑回母親身旁。

遠處傳來救護車的警笛聲。

這時，恆太郎正在附近的冰淇淋店。這是一家以玻璃打造的時尚餐廳，坐滿了帶著小孩子的年輕母親。恆太郎和友子坐在角落的桌旁，男孩手拿冰淇淋，正在遊戲區玩耍。

「你說有事要告訴我，是什麼事？」

「我打算結婚。」友子的目光追隨著兒子，靜靜說道。

「結婚……」恆太郎說不出話來。

遊戲機台似乎中了獎，男孩歡呼起來。

「媽媽!爸爸!」

兩個人對著男孩舉起手回應，投幣點唱機播放著歡樂的音樂，恆太郎和友子相互凝望。

友子對這位年長的情人戀戀不捨。她深愛恆太郎，但她知道必須和他分手。在長期苦惱後，終於下定決心。

恆太郎深受打擊，然而，因為年紀的關係，他努力克制著內心波動的情緒。他們在歡樂的音樂背景下，把哀傷埋藏在內心，靜靜交談。

男孩跑向他們，恆太郎注視著友子的眼睛。「是嗎？那恭喜了……」

友子默默地點頭。

或許是感受到氣氛不尋常，男孩滿臉詫異地看著父母。

綱子跪坐在玄關門口，與不請自來的豐子互相瞪視。

「我先生是不是在這裡？」

豐子拚命掩飾激動的情緒，臉卻醜陋地抽搐著。

綱子內心嚇得直哆嗦，但還是強作鎮定地擠出笑容說：「不，你是不是搞錯了？」

豐子觀察著玄關問：「鞋櫃裡，是不是有我先生的黑色皮鞋？」

「你可以自己確認一下，雖然有黑色皮鞋，但那是我已經過世的丈夫和兒子的舊鞋子。」

綱子克制著內心的慌亂回答，貞治正躲在裡面的房間。

「請問你先生穿幾號鞋子？」

「我丈夫穿二十五號半，我兒子穿二十六號。」

「是嗎？他們父子的體格真好，我先生個子很高，但腳不大……不需要我說，你應該也知道吧？」

綱子發出沙啞的笑聲。「你真會說笑，我怎麼會知道？」

豐子柳眉倒豎，說了聲「借我看一下」，突然伸手作勢要打開鞋櫃。

「啊！」綱子也不管腳上穿著白色布襪，直接跳到玄關的水泥地，按住鞋櫃門。

豐子一副「我早就知道」的表情說：「你也失去了丈夫，應該能夠了解我的心情，了解女人被奪走另一半的痛苦……」

綱子立刻打斷她的話：「但他還活著，我丈夫死了。」

「雖然活著，但他的心早就不在我身上，這種感覺更加痛苦。」

「這句話請你對你先生說。」綱子揚起下巴時，發出一聲彷彿被人掐住喉嚨般的慘叫。豐子從皮包裡拿出手槍，瞄準了綱子的胸口。

「你、你想幹什麼？」綱子原本想說這句話，但渾身發抖，根本發不出聲音。這時，背後的紙門打開了。

貞治察覺苗頭不對，衝了出來，看到手槍，也不禁瞪大了眼睛。

「你、你別做傻事！」

綱子和貞治都臉色慘白，無法動彈。

豐子緩緩扣下扳機，水頓時「咻」的一聲噴了出來，綱子的衣服都濕了。

「啊……」

「這把水槍不錯吧……」

「水槍……」綱子呆呆地看著豐子手上的槍。

「豐子！」貞治咆哮道，豐子丟下槍狂笑起來。下一刻，又蹲在地上放聲大哭。

貞治驚慌失措，看了看呆若木雞的綱子，又看了看失聲痛哭的妻子。他正想叫豐子，飯廳的電話響了。

綱子猛然回神，喘著粗氣跑去飯廳，拿起電話。

「喂，喔，是卷子……」手拿電話的綱子臉色大變。「媽昏倒了……喂！」

貞治看到豐子拔腿逃開的身影，也走進飯廳，但綱子根本沒時間理會他。

「醫院在哪裡？嗯，嗯，嗯，爲什麼不是在國立，而是去廣尾？喂，好，我馬上就去。」

「你媽怎麼？」貞治的話還沒有說完，綱子就冷冷地打斷他：「請你回去吧。」

「……」

「我不奢望你會挺身保護我，但剛才如果是眞槍，我現在已經沒命了。」

「不，呃……」

「謝謝你這段時間的照顧。」

綱子已經不是剛才的綱子，她的態度堅決，不容質疑。貞治追了過去，卻被綱子用力推開了。

那天晚上，四姊妹趕到廣尾的綜合醫院時，藤正在打點滴。她的臉色慘白，了無生氣。

四姊妹無助地守著母親，走廊上傳來一陣慌亂的腳步聲，鷹男扶著恆太郎走了進來。鷹男在出差途中趕了回來，四處尋找恆太郎，最後終於等到回到國立家中的恆太郎，他已經喝得酩酊大醉。

卷子走到父親面前。

「爸……爸，你知道媽是在哪裡昏倒的嗎？是在那個女人、在那個女人的公寓前，媽站在那裡。」

鷹男第一次看到妻子這麼激動，有點受到驚嚇。恆太郎也一臉愕然。卷子抓著恆太郎。

「媽很久之前就知道你星期二和星期四下午在哪裡做什麼，但是，媽隻字未提……再怎麼說，媽畢竟是女人，她拿著購物袋，站在那棟公寓前，爸，你倒是說話啊！」

「別鬧了！」

鷹男試圖保護恆太郎，但卷子舉起的手還是打在父親的臉頰上。

「你有什麼權利對爸動手！」

「這不是我打的，是媽打的！」

「你別自以為是！媽已經原諒了爸，所以才隻字未提……」

卷子大叫著打斷了丈夫。「怎麼可能原諒！既然原諒了，怎麼可能站在那個女人的公寓前！媽心裡又妒又氣，寂寞得無法說出口，媽一直愛著爸！」淚水從卷子的眼中奪眶而出。「爸，你卻做了什麼？」

鷹男雙手搭著卷子的肩。

「我努力工作，買了房子，把四個女兒養育成人，之後……我享受一點點人生樂趣，沒有造成任何人的困擾，難道這也犯了滔天大罪嗎？」

「你在享受人生樂趣的時候，媽卻在暗中流淚。」

「我在心裡一直向她說對不起、對不起。」

「既然這麼愧疚，為什麼不乾脆分手？」

恆太郎垂著頭，不發一語。綱子看不下去，出面緩頰說：「別說了！」

「不要在媽旁邊說這種事！」瀧子和咲子也大聲說道。

這時，鷹男發現一個大禮金袋從恆太郎手上滑了下來。他撿了起來，厚實的禮金袋背面寫著「竹澤」二字。

「爸……」

「這個，你代我……」恆太郎的臉扭成一團。「她要結婚了。」

「結婚……」

眾人訝異地看著恆太郎。恆太郎邁著沉重的步伐走到藤的枕邊，對昏迷不醒的藤說：「老太婆，我被甩了，我被甩了，所以回來了，哈哈。」恆太郎嘴角浮上自嘲的笑容，但很快就消失了，他呻吟般哭泣起來。

其他人走出病房，只留下恆太郎一個人。

來到走廊時，瀧子最先開口說：「那個人要結婚……」

四姊妹看著鷹男手上的禮金袋。

咲子打破沉默，喃喃地說：「和我一樣。」

「啊？」

「我快生了。」

「你快生了？」卷子瞪大眼睛。「所以，你之前不吃飯，果然是因爲害喜？」

咲子點點頭，卷子忍不住苦笑起來，鷹男也笑了。

門縫中隱約可見恆太郎的背影，他低聲哭泣，背部微微顫抖。眾人木然望著老父的背影，說不出話來。

藤沒有再張開眼睛，就這樣離開了人世。

沒有人再去照顧那些醃菜，醃菜桶棄置在庭院的角落。握柄發黑的菜刀忘了拿回廚房，仍然放在重石旁。月光下的醃菜桶經過了多年的歲月早已成了蜂蜜色，再加上風吹雨淋，漸漸腐朽了。

恆太郎獨自坐在簷廊，眺望庭院。

「喂。」他叫了一聲，沒有人回應。

「喂，喂。」

總是像空氣般出現在那裡的藤已經不在，竹澤家的火似乎熄滅了。

春意漸近的一個午後，一家人安葬了藤。

從葬禮結束到安葬的這段期間，竹澤家的人也經歷了不少事。咲子和陣內結了婚，她的肚子已經十分明顯。這一天，咲子穿著孕婦裝安葬母親。瀧子和勝又的關係並沒有進展，但已經公開交往。今天，勝又也陪在瀧子身旁。

最大的變化莫過於恆太郎的臉。這幾個月，恆太郎彷彿一下子老了十歲，走路的時候，身體也微微向前傾，比以前更加沉默寡言。

「呃……」勝又以笨拙的動作舀水淋著墓碑，在瀧子的耳邊小聲說話。

「什麼？」

「我跟你說，漱石的《虞美人草》的尾巴。」

「尾巴？」

「就是結尾，你知道結尾是什麼嗎？」

「不知道。」

勝又小聲說：「這陣子都流行喜劇。」

送恆太郎返回國立家中後、踏上歸途時，鷹男嘀咕說：「簡直就像阿修羅。」

「什麼？」

走在兩側的勝又和陣內驚愕地看著鷹男。四姊妹並肩走在他們三個人前面，鷹男看著幾個女人的背影，感慨萬千地說：「女人是阿修羅。」

勝又問：「阿修羅是什麼？」

「阿修羅是印度民間信仰的神，表面上滿口仁義禮智信，其實個性十分倔強，喜歡說別人的壞話，是憤怒和鬥爭的象徵。」

「所以是戰神嗎？」

勝又也望著幾個女人的背影。

陣內重重地吐了一口氣。「原來是阿修羅啊……」

「男人根本沒機會贏。」鷹男說這句話時，四姊妹同時回頭。

「你們在說什麼？」

三個男人慌忙說：「什麼也沒說。」

四姊妹再度往前走。

「要小心喔。」

鷹男壓低嗓門，另外兩個人一臉順從地點著頭。

花戰

卷子心不在焉地走在深夜的街道上。

藤離開人世已經一年多了，時序再度邁入冬季，街上的行人在寒風中縮起身體。上班族穿著大衣，駝著背快步向前；男人雙手交攏在棉上衣袖子裡，吐著白氣小跑步越過卷子，然而，心事重重的她絲毫沒有感受到寒意。

她不由自主地走進深夜營業的超市，拿起超市的黃色籃子，茫然地看著陳列架。她把麵包放進籃子，又拿了奶油。超市內只有幾對情侶的身影，沒有人看卷子一眼。

卷子拿起罐頭食品，沒有放進籃子，而是塞進了手提包。然後，又拿了一個，再度放進手提包。她走過收銀台時，一個嚼著口香糖的年輕男子拍了拍她的肩膀。男子嘖嘖有聲地嚼著口香糖，命令她拿出手提包裡的罐頭食品。

「偷東西……」卷子張大眼睛，臉色漸漸慘白。「我偷東西？請你不要胡說八道，我有錢……你看，我有錢……我怎麼可能做這種事……」說到這裡，她低頭看著手提包，發現裡面有兩罐罐頭。

卷子表情僵硬地把罐頭放在櫃台。「我會付錢，多少錢……」

年輕男子沒有回答，露出不耐的眼神看著她。

櫃台內還有另一個上了年紀的男人，他忙著在商品上貼價格標籤，同時看著卷子和年輕男子。

卷子心慌意亂，連她都不知道自己爲什麼偷東西。

「怎、怎麼會這樣，好、好奇怪，爲什麼會放在手提包？一定是我不小心的，我以前從來沒有做過這種事……我遇過扒手，在電車上被人扒走了現金，但是從來沒有拿過別人的東西，我沒有騙你們，只要去問問大家，就知道了……」說到一半，她停了下來。因爲她發現兩個男人露出看罪犯的眼神。

卷子內心突然湧起一股說不清是憤怒還是悲哀的激動，她忍不住脫口說道：「我老公……在外面有女人，之前不知道對方名字的時候還好……自從知道是他的祕書赤木……晚上等他回家的時候，赤木、啓子、赤木、啓子的名字，簡直像石磨一樣咕嚕咕嚕在我腦子裡轉，我根本無法繼續坐在家裡，所以……請你們不要問我的名字。」

她一口氣說完後，頓時羞愧不已，垂下了雙眼。

那個上了年紀的男人對年輕男子揚起下巴，似乎在說「這次饒了她吧」。年輕男子冷冷地報上價格，卷子匆匆付了錢，走出超市。

來到街角的垃圾回收站，她停下腳步，把超市的袋子丟了進去。袋口敞開，裡面放著那兩罐罐頭。

卷子來到家門口，靠在門柱上喘著氣，頭抵著門牌，腦筋仍然一片空白。

「你怎麼了？」身後傳來鷹男的聲音。

「你回來了。」

「你在這裡幹什麼？」

玄關的燈亮起，門打開了，洋子出來迎接。

「爸爸回來了！媽媽，原來你去接爸爸了。」

「不是，是因爲家裡沒麵包了。」

「麵包？」洋子露出驚訝的表情，探頭張望的宏男嘴裡正在吃厚片土司。「有麵包啊。」

「我以爲明天早上的麵包沒有了……原來還有。」

卷子大笑起來，聲音異常高亢。其他人都莫名其妙地看著她。

「哎喲，你們怎麼了嘛？」

「你要出門的話，也要說一聲啊。」

「哥哥嘮叨了半天，說媽媽不見了。」

「我什麼時候嘮叨了？」

「夠了！現在幾點了？」鷹男把兒女趕進屋裡，對木然愣在門口的妻子說：「你穿這麼少，小心感冒。」

卷子獨自留在玄關，準備收拾丈夫的鞋子，顫抖的手卻無法拿起鞋子。她蹲了下來，注視著丈夫的鞋子，突然抬起頭。「老公，要不要泡澡？」開朗的聲音連她自己也嚇了一跳。

「不用了。」屋裡傳來鷹男的回答。

卷子的心情終於平靜下來，走進客廳，審視著丈夫嘀咕說：「老公，你也老了。」

鷹男訝異地問：「什麼意思？」

「即使一天不泡澡，身體也不至於太髒。以前即使每天泡澡，襯衫的領子也總是黑黑的，鞋墊的皮

也因爲油脂變得黏黏的……」

洋子打斷了母親的話，插嘴說：「爸爸的腳很容易流汗。」

「我在吃東西，你們幹麼討論鞋子的事。」宏男抱怨說。

「你是男人，幹麼這麼神經質？以後怎麼出人頭地？」鷹男出聲說道，宏男嘟著嘴。

「我才不想出人頭地。」

「再過五年，就不會這樣想了。」

「小孩子趕快去睡覺。」

「吵死了，快去二樓！去二樓！」鷹男催促著一對兒女。「這麼晚了還吃那麼多麵包，難怪我連油

也擠不出來了。」

「咦？」洋子突然想到似的問：「媽媽，你不是去買麵包嗎？」

「……我去買了，但已經關門了。」

「哪一家超市，是丸……」

卷子沒有讓洋子說下去，就問鷹男：「要喝煎茶嗎？」

「車站對面的超市不是還開著嗎？」

「爸爸的茶杯……」

卷子試圖阻止洋子繼續說下去，走去廚房時，電話鈴聲響了。一家四口全看著電話。

洋子指著電話。「猜猜是誰打來的？」

「打錯的。」宏男回答。

「我想應該是很難得打電話來的人。」

卷子立刻想起超市的那兩個人，臉色蒼白地跑向電話，鷹男已經搶先接起。

「這裡是里見家，內人……在啊……」

卷子倒抽了一口氣。

「請問你是哪一位……哦，國立的都築太太。」

卷子顫抖的手接過鷹男遞給她的電話，膽戰心驚地放在耳邊。

「我爸家的鄰居……」卷子用力抓著話筒。「喂，我爸怎麼了……啊？起火……起火是指火災嗎？結果呢？」

電話是國立娘家的鄰居打來的，竹澤家發生了小火災，幸好及時撲滅，只燒掉一小部分自家房子，家裡到處都是水。恆太郎平安無事，但畢竟年紀大了，一定十分不安。

鷹男和卷子互看了一眼，首先必須通知其他姊妹。卷子立刻撥了綱子家的電話，但沒有人接。

這時，綱子正和貞治在一起。因爲豐子之前曾經找上門，這一年來，他們數次分手，但最後還是藕斷絲連，持續交往至今。

電話鈴聲響起時，綱子正想接電話，但看到客廳裡還來不及收好的火鍋、勺子、碟子，就打消了念頭，更何況身上一絲不掛。綱子決定不理會電話，「啪」的一聲關上紙門，回到男人裸露的胸前。

卷子當然不可能知道這一切，狐疑地掛上電話。

「大姊不在家嗎？」

卷子點點頭，再度伸出手指撥電話。

「瀧子家的電話……呃……」

「我來打，你趕快去換衣服。啊，我也要去吧？」

「如果你去了，回來就天亮了，你明天還要上班呢。」

「也對。」

「反正房子沒燒掉，如果有什麼狀況，我再打電話給你。」

鷹男叫住匆匆走出客廳的妻子問：「你身上有錢嗎？」

卷子從鷹男手上接過錢包後說：「你再幫我打給大姊，還有瀧子和咲子……如果沒有通知每一個人，以後她們又要囉嗦了。」

鷹男點頭，等卷子出門後，撥了綱子的電話。

聽到電話再度響起，綱子不敢再置之不理。她下了床，拿起電話。

「原來是鷹男……」

貞治也跟了出來，她用唇語告知「是我妹婿」，然後又問：「這麼晚了，發生了什麼事……」

「國立的爸爸那裡發生了小火災。」

綱子嚇了一跳。「燒起來了嗎？」

「沒有出動消防隊，但聽說整個家都泡在水裡。」

「爲什麼會這樣？」

「聽說是躺在床上抽菸引起的。」

「躺在床上抽菸！」綱子搶過貞治嘴裡的菸，伸手在餐桌上的碟子捻熄。「我就知道會發生這種事，所以媽死的時候，我就建議他和誰一起住，他還說一個人沒關係……都怪爸太頑固了。」

綱子看著貞治，依依不捨地嘆著氣，但掛上電話之前，還是答應立刻趕去國立。

那天晚上，瀧子和勝又約會。他們相約吃飯、看電影，約會過程比平時來得充實。他們看了《洛基》後，勝又送瀧子回公寓時，不知道是否受電影的影響，暗自決定今晚一定要採取行動。他模仿拳擊的動作捶向欄杆，發出巨響。瀧子瞪著他「噓」了一聲，他縮起脖子。

「晚安。」

瀧子打開門，向他道晚安。勝又遲疑了一下，「期待受邀進屋」以及「覺得不應該進屋」的念頭在內心交戰。

兩個人深情地互望了一眼，面對瀧子正視的目光，勝又退縮了。

但是，當瀧子再度對他說「晚安」，他用力吞了一口口水。「不、不行嗎？」

「不要說『不行』這兩個字。」

「……」

「不是你不行，是、是、是我缺乏女人的魅力。」

「不，不，上次是……」

「不要再提上次的事。」

他們第一次相擁時，或許因爲太興奮了，導致最後無法完全擁有對方的身體。之後，勝又就不敢越雷池一步。看到勝又爲了掩飾窘態做出拳擊的動作，瀧子移開視線。「如果還是不行……」

「你不是也說了『不行』這兩個字嗎？」

「啊……如果下次還是這樣，我們……可能眞的不行。」

「下次……」

「啊……但是，下一次……」

「瀧、瀧子，你今晚不是有這個打算嗎？你請我吃烤肉，又去看這個……」勝又對著瀧子手上的《洛基》電影宣傳單揮拳。

勝又說的沒錯，瀧子的確打算讓今晚成爲特別的日子，但在關鍵時刻卻畏縮不前。被人看穿心思的羞怯，讓瀧子忍不住語氣粗暴。

「你太沒有禮貌了。我才沒有，你怎麼亂說話！」

這時，電話鈴聲響起。

「來了！來了！我馬上接。」瀧子慌忙衝進屋裡。

「我是竹澤……原來是姊夫，國立的爸爸家……小火災。」

勝又垂頭喪氣，但瀧子早就把勝又的事拋在腦後，她握緊電話。

「現在爸沒事嗎？喔……」她鬆了一口氣。「對，我馬上過去。對了，你有沒有通知咲子？」

和陣內結婚後，咲子搬了家。新家是一棟頗具暴發戶味道的嶄新高級公寓，家裡放滿各種簇新的擺設，牆上遍掛婚禮的照片、婆婆眞紀抱著嬰兒在神宮祈福的照片、陣內成爲拳王時的照片、拳王勳章和獎盃。

咲子穿著睡袍，正在爲兒子泡牛奶。陣內穿著拳擊褲蹲在地上，正在組裝暖爐桌。

「這棟公寓有暖氣設備，根本不需要暖爐桌。」

「我老媽是鄉下人，如果不坐在裡面，就不覺得暖和……老媽！裝好了！裝好了！」

陣內把暖爐桌搬出去，卻撞到了門。

「看吧！我就說要在媽的房間裝。」

咲子嘴上數落著陣內，但臉上帶著笑意。自從得知咲子懷孕，陣內立刻發憤起來，憑著他的努力，終於成爲拳王。兩人在眾人的祝福下結了婚，陣內的母親也依著咲子的提議，從鄉下搬來和他們同住。藤死後，咲子十分擔心能否順產。當時，陣內的母親對咲子視如己出，悉心照顧，咲子也順利生下兒子，取名爲「勝利」。陣內從此變了一個人，之前總是彆彆扭扭、滿口牢騷的他變成一個善待母親、爲兒子著想的父親。他的個性變得圓融，在家裡也很放鬆。咲子每次看到丈夫都感到欣慰不已。

看著母子兩人在婆婆眞紀房間內坐在暖爐桌旁，咲子再度露出微笑，這時電話響了。勝利被電話鈴聲吵醒，放聲大哭起來。

「啊……啊，好不容易睡著了……」

「最好去買一個……」陣內雙手做出蓋起來的動作。「蓋在電話上，啊，我來接，你去看兒子。」

「我來照顧吧。」眞紀起身。

「老媽，不用了。」陣內立刻站了起來。

「媽，沒關係……」咲子把電話交給丈夫，衝去勝利身旁，把他從嬰兒床抱起，奶瓶塞進他嘴裡，勝利立刻不哭了。

「我是陣內，喔，原來是姊夫……咲子在啊，啊？」

咲子聽著陣內的說話聲，抱著勝利來到客廳。

「國立的家裡發生小火災了。」陣內說。

出來關心的眞紀慌忙把勝利抱了過去，咲子臉色大變地接過電話。

咲子趕到國立家中時，騷動已經平息了。

庭院內堆著燒焦的家具和泡水的被子，榻榻米也拆了下來，簷廊的落地窗搖搖欲墜，只能暫時關上遮雨窗。

「原來房子沒燒掉。」咲子衝進玄關時說道。

瀧子正好拿著抹布走出來，打量著咲子一身花稍的裝扮。

「如果燒掉了還得了？」

瀧子穿著卡其色的防風外套和長褲，一身俐落打扮，頭髮用絲巾綁起。

「小瀧，這是你的嗎？」

咲子看著放在玄關水泥地上的長筒雨鞋，忍不住噗哧笑了起來。

瀧子生氣地說：「有什麼好笑的？你這身打扮跑來火災現場才奇怪呢！」

「姊姊她們還沒來嗎？」

「去向鄰居打招呼了。」

這時，門外傳來隔壁的家庭主婦富子悄聲說話的聲音。「其實，之前也有好幾次聞到焦味，我還跟我媳婦說，是不是煮東西燒焦了。不過，這樣好像在告狀……」

「我爸什麼都沒提……原來有這種事……」

「我們也很擔心他。」綱子和卷子紛紛說道。

「放你爸爸一個人生活，不行啦。」

「我們嘴皮都快說破了。」綱子辯解說，富子逮著了機會。

「一旦發生火災，就不光是燒掉自己的房子而已……」說到一半。「哎喲，好高級的車子……」她看到咲子停在門外的轎車，發出感歎的聲音。富子走進大門，做著拳擊的動作。「咲子現在眞是好命。」

「託你的福，這一陣子狀況還不錯……不過，那個行業起伏很大。」

「在走下坡之前，就可以撈夠一輩子的份啦。瀧子還是在圖書館……」

「對啊……你們兩個在磨蹭什麼？」

聽到卷子這麼說，富子才發現瀧子和咲子也來了，慌忙點頭打招呼，假惺惺地說：「你們幾個女兒都很有出息，所以，你爸爸的事……對吧？」

「我們幾個會好好商量的。」

「那就拜託了。」

「眞的很抱歉。」

「那改天再聊。」

站在玄關的兩姊妹也和綱子、卷子一起恭敬地鞠躬。「晚安。」富子向她們道別離去後，四姊妹露出很受不了的表情。

「你們眞不聰明，我原本打算順路去接你們的，結果你們已經出門了。」咲子說。

綱子和卷子還來不及回答，瀧子不以爲然地說：「電車比開車快多了，馬上出門的話，剛好趕上末班車，結果你最晚才到。」

「家裡有小嬰兒，怎麼可能幾分鐘就馬上出門，還要準備牛奶什麼的。」

「是不是換尿布花了很長時間？」瀧子語帶挖苦地說。

咲子在嘴裡嘀咕說：「又不是去魚市場批貨。」

「你說什麼？」瀧子氣勢洶洶地問。只有她一身誇張打扮的尷尬讓她心浮氣躁。

「你剛才說什麼？有話就要說清楚。」

「你們兩個別吵了。」

「現在不是吵架的時候，幸虧火勢不大。」

卷子擔心恆太郎聽到。「爸會聽到啦……來，進去吧。」

綱子、卷子和咲子三人正準備走進家裡，瀧子阻止了大家。「等一下，我看是不是趁這個機會說清楚？」

三姊妹滿臉訝異。「爸的事……因爲我們一直開不了口，拖拖拉拉，所以才會發生今天這種事，不如乾脆……」

「要怎麼說？說他自以爲很硬朗，但畢竟年紀這麼大了，其實已經有點老眼昏花了？」

「咲子……」

「爸會聽到。」

「我和老年人一起生活，所以知道，第一次失禁的時候……」

「失禁？」瀧子反問。

「漏尿哇……發生這種事啊，會對他們造成很大的打擊，甚至有人因爲這樣失去活下去的動力，上吊自殺喔。」

卷子忍不住推著咲子，以開朗的聲音吸著鼻子說：「喔，好冷，好冷。趕快把門關上，進來，快進來。」

她氣鼓鼓地趕著其他三姊妹進屋，自己也走進玄關後，用力關上了門。

恆太郎穿著睡衣，坐在未受波及的被子上，茫然看著庭院。四姊妹看著水桶倒在地上、東西全泡在水裡的悽慘景象，無不瞪大眼睛，牆上的掛鐘聲音顯得格外響亮。

「房子又沒有燒掉，不需要四個人都回來。」恆太郎低聲嘟囔，目光仍然看著庭院。

「爸……」瀧子正想說話，卷子戳著她的腰。

「好痛！」

「爸，你現在終於體會到媽的好處了吧？」卷子語氣開朗地說。

恆太郎沒回答，轉頭看著幾個女兒。

「媽總是在菸灰缸裡裝水……」

「對啊，客人離開後，也會像這樣摸每一塊坐墊。」綱子也輕輕按著被子接著說。

「每次爸上完廁所，媽都去看一下菸蒂有沒有捻熄。」

「還說『一根菸也會釀成火災』。」

「是一根火柴啦。」瀧子插嘴說。

「是菸。」綱子神情嚴肅地說，眾人想起藤，不禁陷入沉默。掛鐘的聲音顯得格外哀傷。

「男人應該先死，否則……」恆太郎唐突說道，然後站了起來。「男人應該比女人先死。」

瀧子對著恆太郎離去的背影叫了一聲：「爸，我有話……」

卷子立刻搶著說：「明天再說也不遲啊。」

「爸，你要睡哪裡？」咲子問。

「那裡，偏屋……」

「被子都泡水了吧？」

「我會拿客人用的被子。」

「我……」卷子正想起身。

「不用，不用了。」

「我來幫忙啦。」

「我說不用就是不用。」恆太郎語氣堅定地說完，走了出去。

四姊妹目送著老父的背影，同時嘆著氣。

「太逞強了。」卷子很生氣地說，綱子啞然失笑。

「有什麼好笑的？」

「因爲最像爸的人說這種話。」

四姊妹再度動手清理。

恆太郎頭靠著偏屋柱子，閉上眼睛，聽著女兒說話的聲音，自我厭惡的感覺愈來愈強烈。上了年紀、死了老伴的男人的不中用，讓他無地自容。他抬起頭，用力撞向柱子。除了疼痛，內心更湧起無盡的哀傷。他閉上眼睛，重重地吐了一口氣，腿一軟，滑坐在榻榻米上。

時鐘指向深夜，四姊妹嘆著氣，賣力清理家園。

「一、二、三、四……一張榻榻米一萬圓……大概要六萬圓。」

咲子暗自計算，卻被瀧子聽到了。

「小咲，如果你要做什麼，記得事先和大家商量。」

「啊？哎喲，我又沒有說要一個人做，你幹麼這麼緊張？」

「我是在擔心，你老公狀況好的時候固然不錯，萬一被對手打倒可就慘了。」

咲子不以為然地說：「短暫而燦爛，這樣不是很好嗎？」

「我之前去看了《洛基》。」瀧子對卷子和綱子比著拳擊的動作說。「就是這個。」

咲子在一旁插嘴說：「那個洛基對老婆超好。啊，勝又哥——徵信社先生最近還好嗎？」

瀧子不理會她。「洛基原本一貧如洗，後來成了拳王，就得意忘形，變得愛慕虛榮，花錢如流水。買了一棟暴發戶似的大房子，又買了車子，還買人家根本不需要的高級手表送人，就連狗也戴項鍊，轉眼間，就把錢花光光了……」

「但總比那些人生沒有目標、猶豫不決的人有人情味。」咲子還以顏色，瀧子頓時皺起眉頭。「你在說誰？」

咲子一副事不關己的表情。

「其他的等明天再整理吧？」

「眞是永遠都做不完。」

綱子和卷子不約而同地停下手。

「今天先睡吧，啊，還是來泡茶？」

但是，瀧子緊咬不放。「你剛才在說誰？誰猶豫不決……」

「你們兩個都別吵了。」

「如果要吵架，你們還是走吧。」

「做妹妹的眞是無憂無慮……」

「現在應該煩惱的是爸以後的生活問題，哪還有心思聊什麼洛基啦洛克希德。」

瀧子氣不過。「你們自己還不是在說冷笑話？」

咲子探出身體說：「那你們做姊姊的有什麼打算……」

「這個嘛……」

綱子和卷子互看了一眼。

「至少不能繼續這樣下去。」

「誰要接爸回去？」

「不然就是有人搬回來這裡住。」

「不好意思，我沒辦法。」咲子搶先說道。「我有婆婆，小孩又小。」

「這裡是不缺房間啦。」瀧子說。

「最有可能的應該是綱子姊吧？」

綱子慌忙說：「我可不行，如果這麼難搞的人住在家裡，學插花的學生都不敢上門了。」

「學插花的學生啊……」卷子意有所指地說道，卷子和綱子互瞪了一下。

咲子看了看她們的表情。「原來還有男學生。」

「當然有。不管是學三味線還是茶道，全都是女生可不行。班上有一個男學生，女人才會愈來愈漂亮，這是經驗之談。」

「綱子姊，你在冒汗。」瀧子不饒人地說，綱子結巴起來。「我差不多快更年期了，很容易流汗。」

「完全看不出有這種徵兆。」卷子笑著說，咲子再度插嘴說：「如果在暗處遇到，小瀧看起來更蒼老吧？」

綱子瞪著咲子。「你怎麼可以對戀愛中的女人說這種話？」

「我說的是實話，如果要擰水分的話，絕對是綱子姊比較多汁。」

「又不是蘿蔔泥……」

「說到蘿蔔……」綱子拚命轉移話題，不希望繼續討論自己的事。「上次有人送我一種鼠蘿蔔，眞的是灰鼠色的，吃起來乾乾的，但有點辣味……」

瀧子益發怒不可遏。「反正我就是鼠蘿蔔啦。」

綱子不知所措。「味道很不錯啊，加在蕎麥麵裡當佐料剛剛好。」

「徵信社先生搞不好也這麼說，『雖然外表不怎麼樣，吃起來的味道卻很讚』……」咲子再度插嘴。

瀧子忍無可忍，用力推了妹妹一把。卷子和綱子看不下去，想勸開她們，但瀧子甩開她們的手，抓著妹妹。「這種低級笑話回你自己家裡再說。」

「反正我家很低級啦。」咲子也不甘示弱。

「你們都給我住手。」

綱子和卷子終於把兩人拉開了。

瀧子狠狠瞪著咲子。「咲子，你到底是來幹什麼的？七十多歲的老爸爸家裡失火了，你戴著鑽戒來幹什麼？」

「戒指拿不下來啊，呵呵，生了孩子後，我變胖了。」

「唉，有四個姊妹，難免有好有壞，也很難相處啦。」綱子誇張地嘆著氣。

「誰好誰壞啊？」

瀧子回嗆時，掛鐘敲響了。已經半夜兩點了。

四姊妹同時看著時鐘，大家都筋疲力盡，決定暫時告一段落，一起睡在飯廳。

雖然躺下來了，但因爲太過疲倦，久久無法入睡。四姊妹都張著眼睛，看著天花板。

「如果沒有發生那件事，不知道媽現在會不會還活著。」瀧子幽幽地說。

一陣沉默。

卷子腦海中出現母親站在父親情婦的公寓前、用披肩遮住臉的樣子。藤看到卷子時，露出尷尬的笑容，下一刻，就昏倒在路上。

「如果爸沒有外遇，媽就不會大冷天在那個女人的公寓前昏倒……」瀧子嘆著氣嘟囔道。

媽！媽！——卷子看到藤昏倒在地上，立刻衝過去。雞蛋從藤手上的購物袋裡掉出來破了，黏稠的黃色液體在地上擴散……

「這是命啦。即使沒有發生那種事，媽也會先走，留下爸一個人，這就是他們的命。」

綢子好像要說服自己般說道，四姊妹再度陷入凝重的沉默。

「那個女人，我忘了叫什麼名字……就是爸的……」咲子問。

「友子，土屋友子。」

「他們完全沒有來往了嗎？」

「對方已經再婚了，怎麼可能繼續來往？」

「帶著那個小男孩改嫁嗎？那小孩子叫什麼名字？」

「叫什麼來著，那個時候還記得。」

卷子回想起遇見土屋友子和她兒子那一天的情況。那是什麼時候？男孩站在滑板上經過卷子、綢子和瀧子面前。友子和卷子迎面相遇，四目相對，然後，友子向她微微欠身，擦身而過……

「人心眞是難測。」瀧子深有感慨地說。「我還以爲至少爸絕對不會做那種事。」

「爸很久以前也外遇過一次。」綢子說。

其他三個人「啊——」的驚叫起來。

綢子繼續說道：「我啊，一直忘了這件事，上次突然想起來。那時候戰爭剛結束，爸在一家鋁工廠幫忙，那時候爸的手頭很寬裕。」

「那時候我還沒出生呢。」瀧子插嘴說。

「那時候，有一個在戰爭中死了丈夫的女人，在黑市開了一家小餐廳……」

卷子頓時張大眼睛。「是不是穿很花稍的縐褶絹裙褲的那一個？」

「你也發現了嗎？」

「我半夜上廁所的時候，看到媽在推石磨子，把鄉下寄來的小麥用石磨子磨成粉。咕嚕咕嚕，咕嚕咕嚕，咕嚕咕嚕，咕嚕咕嚕。媽的表情好可怕，雖然那時候我還小，但還是清楚地知道：啊，爸又去那個女人那裡了……」

我老公……在外面有女人，之前不知道對方名字的時候還好……自從知道是他的祕書赤木……晚上等他回家的時候，赤木、啓子、赤木、啓子的名字，彷彿石磨子般咕嚕咕嚕在腦海中轉動……我無法繼續坐在家裡，所以……請你們不要問我的名字。卷子哀求超市店員那時，腦海中也響起推石磨子的悲哀聲響。

卷子在黑暗中嘆著氣，這一晚，顯然又睡不著了。

這個時候，在里見家，鷹男坐在電視機前的沙發上打瞌睡。電視開著，桌上放著喝到一半的威士忌。電視節目早就結束了，只有電視的白色螢幕發出陣陣雜音，在黑暗中亮著光。

起來喝水的洋子打開客廳的燈，關上電視。

「原來是洋子。」

「媽媽不在家，你就這樣。」洋子撿起散在地上的花生殼。「爸爸，你吃得滿地都是殼，下次要買剝殼花生。」

鷹男睡眼惺忪地看著洋子。宏男手拿著啤酒和雞腿，躡手躡腳地從廚房溜出來。

「哥哥！」洋子大叫一聲，宏男愣在那裡。

「媽媽不在家，你就亂來。」

「你還眞是不夠機靈。」

洋子和鷹男異口同聲說道，宏男咂了一下嘴。「我眞衰。」

「拿過來。」鷹男指了指桌子。「你今年幾歲了？」

「你不要明知故問。」

「喝這種東西，怎麼可能讀得好書？」

「總比吸強力膠好吧？」

鷹男苦笑著，自己走到碗櫃前，拿出三個杯子。

「把拉環拉掉，快！」

一對兒女互看了一眼，鷹男神情嚴肅地幫他們倒了啤酒。

「只能喝一公分。」

他幫宏男倒了半杯，爲洋子倒了少許，把杯子遞給他們，三個人默默地喝乾了啤酒。

「如果媽媽死了，我們家就像是這種感覺嗎？」洋子唐突地問。

「啊？」鷹男愣了一下。「你這麼說，小心你媽媽變成鬼也要來找你。」

「她怎麼可能死？」宏男聳了聳肩。「不管是地震還是火災，她一定是最後一個死的。」

「媽媽的生命力很強……」

洋子笑著去廚房拿下酒菜。宏男看著她的背影小聲說：「眞受不了。」

鷹男忍不住嚴肅起來。「你要小心，女生比大學聯考更麻煩。」

不知道是不是聽到他們父子的對話，洋子笑容可掬地從廚房走了回來。

「不知道媽媽現在是不是已經睡了？」

破曉時分，咲子開始發出均勻的鼻息，其他三個人依然輾轉難眠，望著天花板。令人窒息的寂靜中，卷子重重地嘆了一口氣。

「你的嘆氣還眞大聲。」綱子說，瀧子小聲說：「鼻子挺的人，嘆氣聲也比較大聲。」

「我第一次聽到這種說法，你看。」綱子戳了戳卷子的被子，轉頭看著咲子，瀧子也看著熟睡的咲子。

「她眞是無憂無慮。」

「她要給兒子餵奶，又要照顧婆婆，當然累壞了。」

「你不要這麼咄咄逼人。」

聽到卷子這麼說，瀧子用力轉過頭。「既然這樣，幹麼找她來？」

「不是姊妹嗎？」說到一半，卷子「噓！」了一聲，豎起耳朵。

外面的地板發出吱吱咯咯的聲音，接著傳來廚房門打開的聲音，突然又是一聲「喀嚐」的巨大聲響。卷子、綱子、瀧子三個人立刻起身衝向廚房，打開電燈，見到身穿睡衣的恆太郎彎著腰僵在那裡。一個一公升的酒瓶滾落在他的腳邊，打翻的酒味撲鼻而來，酒流到三姊妹的腳下，腳底都濕了。

恆太郎沒有辯解，默默地彎下腰，準備撿起玻璃碎片。卷子覺得心裡有什麼東西破裂了，忍不住推開父親。

「爸，這裡不是你的家嗎？如果睡不著，想喝酒，可以大大方方開燈倒酒喝，我不想看到你現在的樣子。」

恆太郎被推到一旁，一動也不動地蹲在那裡。

瀧子皺著眉頭抬起被酒沾濕的腳，故意用很公事化的口吻說：「爸一個人住眞的不行啦，如果下次再發生火災，怕就不是向鄰居道歉一聲就能解決了。畢竟這裡不是荒郊野外，四周都沒有其他房子。」

「我戒菸總可以了吧？」恆太郎吐出這句話。

「戒菸……」

三姊妹張口結舌。

「我戒菸，這樣你們沒話可說了吧？」

「爸！」

恆太郎把杯子重重放在地上，推開三姊妹，走出廚房。

「他連腳也沒擦……」

瀧子嘆著氣，用抹布擦拭父親的腳印。綱子皺著眉頭。「你要先把自己的腳擦乾啦。」

「啊，一股酒臭味。」

「抹布要拿去浴室擰乾。」

瀧子走出去後，綱子打開廚房的櫃子翻找。

「不知道家裡還有沒有酒……」

「你要拿去給爸喝嗎？」

「爸這樣反而更睡不著了。」

卷子探頭看向櫃子，看到泡麵的袋子，驚訝地說：「有泡麵。」

「他以前從來不吃這種東西……」綱子嘆著氣。「我覺得他這樣很可憐。雖然這麼說很對不起媽，但如果他有交往的對象，不時去對方家裡吃頓飯，我們心情反而比較輕鬆。」

「我才不要，這樣媽死得多不值得。」卷子說。

「我剛才不是有言在先，說這麼說很對不起媽。」

「姊姊，你只是說說而已，其實心裡根本不覺得爸對不起媽。」

綱子面露慍色。「是不是鷹男外遇了？」

「他又不是你。」卷子反脣相稽。

綱子充耳不聞，再度在櫃子深處尋找。「找到了……」

「沒問題吧？會不會已經變成醋了？」

「沒問題，沒問題。」綱子確認味道後，把酒倒進杯子。這時，瀧子走了回來。

「我跟你們說，咲子躺成了大字……啊，酒嗎？」

「她說要拿去給爸喝。」

「長女眞貼心。」

綱子拿著杯子走出廚房，卷子和瀧子也跟在後面。

來到父親的房間門口，綱子叫了聲「爸，給你拿酒來了」，然後悄悄打開紙門。

「爸。」

恆太郎站在窗邊，伸手打開窗戶，手上捧著之前買的菸，頭也不回，接二連三地把菸丟向庭院。

三個女兒啞口無言地注視著父親的背影。

清晨，咲子第一個醒來。她走到飯廳，拿起電話。

「是我。」咲子用嬌媚的聲音對著電話說道。

「啊？對啊。」

咲子打電話給陣內，她時而拉著、摸著電話線，時而纏在手上，扭著身體，簡直就像在和電話恩愛。她輕聲地對著電話說：「該起床了。」

「嗯。」電話彼端傳來陣內帶著睡意的聲音。

「快起來。」

「嗯。」

「記得去練習喔。」

「我會。」

「你有穿衣服睡覺嗎？」

「有。」

「騙人，你什麼都沒穿。」

恆太郎穿著外出服走了出來，在飯廳門口停下腳步，看著咲子。

「這樣你也知道？」陣內在電話那一頭說，咲子再度扭著身體。

「我當然知道。萬一你肩膀著涼了怎麼辦？」

「我付罰款。」

「先別管罰款了，趕快起床……啊，勝利晚上有沒有哭鬧。」

「哭了一次，老媽哄他睡了。」

「我中午前會回去，幫我跟你媽……」

「你那裡的情況怎麼樣？」

「只有被子和榻榻米燒焦而已，姊姊她們太大驚小怪了。嗯，我爸有點受到打擊……啊，嗯，嗯……」

恆太郎躡手躡腳地離開飯廳，匆匆出門了。

幾個女兒起床後，發現父親不在家，個個嚇得面無血色。她們擔心父親想不開，但恆太郎在房間留了紙條。看到瀧子鬆了一口氣的樣子，咲子笑著說：「小瀧，你眞傻，爸怎麼可能自殺。」其實她前一刻也在擔心相同的事。

「咲子！」

「沒錯啦，人的臉皮沒那麼薄，即使出了再大的糗，過不久就會拋在腦後，照樣活得好好的。」綱子也忘記自己剛才嚇得臉色發白，自以爲是地說。

卷子再度想起偷東西被逮到時的羞恥。

「爸今天要去公司嗎？」早餐時，咲子塞了滿嘴的飯問道。

「不，今天不用去。」綱子也邊吃東西邊回答。

「他可能不想看到我們吧。」卷子伸手夾煎蛋。

瀧子忙著低頭吃飯。四姊妹的食欲都很好。

「不知道他現在在做什麼？」咲子自言自語地問。

綱子偏著頭。「不知道。」

「他已經沒地方可去了。」

「搞不好正在哪裡喝咖啡。再來一碗嗎？」

「不用了。」

「雖然最重要的事還沒談，不過，這陣子爸應該會小心。」綱子若無其事地說。

卷子也跟著點頭。「等一切都恢復正常、心情平靜了，再來談以後的事。」

「現在談，等於把爸逼得無路可退。」綱子放下筷子。「啊，對了，我上次提到的那件大島*，我就帶走嘍。」

「大島……就是那件泥大島嗎？」

「像煙火的那一件嗎？我也想要那件。」卷子一臉正色，瀧子也說：「我也最喜歡那一件。」

「你們根本不穿和服！」

「正式場合還是要穿和服。」

「大島根本不是正式場合穿的和服。」

「可以在過年的時候穿呀。」

「那件和服最貴吧？」連咲子也探出身體。

綱子不滿地說：「我是工作時要穿的。」

「這麼說就沒意思了。」

「要不要乾脆分一分？」卷子提議。

「把媽遺留的……」

「分遺物嗎？」

「爸之前就說讓我們商量一下，看要怎麼處理。」

譯注

＊「大島紬」的簡稱。奄美大島生產的手工蠶絲，用當地盛產的植物煮出來的汁液以及泥土中的鐵質染成茶色後，所織成的布料。

「我們四姊妹難得聚在一起。」

全體贊成後，咲子說：「猜拳後，一件一件分怎麼樣？」

「猜拳？」

「還是抽籤？」

「媽沒什麼值錢的東西。」卷子苦笑著。「媽給爸穿好的，自己很節儉。」

「那就猜拳決定。」

「誰贏誰先選！」

綱子和瀧子也表示同意。

四個人舉起手正準備猜拳，玄關的門鈴響了。

「爸……」

瀧子正準備衝出去，卷子推開她。「來了！該不會是我老公吧。」她滿面笑容。「我叫他不用來了，但他覺得他不出面，事情就搞不定。來了！馬上就來！」

來到玄關，看到毛玻璃外有一個男人的身影。

「你怎麼跑來了……公司沒關係嗎？我就猜到你會來。我跟你說，爸不好意思看到我們，啊，門鎖好緊……」

卷子以少女般嬌羞的聲音說話，一打開門，發現站在門口的是勝又。

「啊……」

「你、你好，今天……」

跟在卷子身後走出來的瀧子叫了一聲「勝又哥」，就說不出話，愣在那裡。

勝又來到飯廳，綱子幫他倒了茶。

瀧子生氣地說：「你不要嚇人好不好？你來幹什麼？」

「呃……那個，因爲我送你回家的時候，剛好接到你姊的電話……」

「哇噢！所以昨天你們一起回家？」咲子調侃道，勝又脹紅了臉。

「不，那個……」

「才不是這麼一回事。」瀧子瞪著咲子。「看完電影後，你只是送我回家而已，說得不清不楚，才會讓人誤會。」

「幹麼這麼生氣？」綱子緩頰道。

瀧子將視線移回勝又身上。「你來幹什麼？」

「來幹什麼……探、探……」

「當然是來探望爸嘛。」卷子爲他解圍。

「對啊，有人還不來呢……」綱子看著卷子的臉。

「對啊……」卷子嘆了一口氣。

瀧子因爲覺得難爲情，臉色比剛才更難看。「眞不懂規矩，這種時候來湊什麼熱鬧。」

「勝又哥，你怎麼會和這種人交往？」咲子笑了起來。「如果我是男人，早就把她甩了。」

勝又很不自在地挪動著身體。「不，我也不能太挑。」

這句話更加惹惱了瀧子。

勝又出現後，大家在飯廳內熱鬧談笑。卷子悄然起身，拿起角落的電話走去廚房，打電話回家，是宏男接的電話。

「爸已經出門了。」宏男冷冷地說。

卷子壓低嗓門問：「這麼早就出門了？去公司嗎？」

「我怎麼知道……」

「我要晚一點回去，你出門要記得鎖好門。」

卷子正打算掛電話，洋子接過電話。「媽，我跟你說。」

「怎麼了？洋子……」

「今天我要參加課外教學去目黑，回程的時候，可以去爸爸公司吧？」

「爸爸說可以嗎？」

「他說可以。」

「那記得不要影響爸爸的工作，要早點回來。啊，還有，記得跟爸爸說，媽媽生氣了。」卷子掛上電話。

吃完早餐，收拾完畢後，四姊妹走去偏屋，從壁櫥裡拉出籐條箱和大木箱，把衣櫃的抽屜也拉了出來，排在榻榻米上。

四姊妹一臉認真地猜拳。勝又在一旁幫忙清理榻榻米，納悶地看著她們。

「剪刀、石頭、布！」

「剪刀、石頭、布！」

卷子贏了，她欣喜若狂地拿起大島。第二個贏的綱子拿起藤出席正式場合時用的腰帶。

「大家都把好的搶走了。」瀧子嘟著嘴。

「下一個。」

「小咲……」

咲子環視了所有物品後，說：「算了，我不要了。」

「你不要？」綱子顯得很意外。

「只有那兩件比較像樣，其他的不是很舊，就是已經磨損了，根本沒辦法穿。」

卷子面帶慍色地說：「我告訴你，遺物和能不能穿沒有關係。」

瀧子也語帶指責地說：「不管你出多少錢，外面都買不到。」

「沒關係啦。」綱子聳了聳肩。「有人不想要，不需要勉強分給她，啊，這件也不錯。」

卷子攤開和服。「你看，這很適合用來做襯坐墊。」

「襯坐墊是什麼？」咲子問，綱子在一旁問：「你連襯坐墊也不知道嗎？」

「就是墊在和服屁股位置的襯墊布，以前媽總是很細心地縫在和服內側。」

「她經常在晚上縫。」

「操勞，操勞，她操勞了一輩子……」

卷子伸手去拿壓在衣櫃底的一件傳統圖案和服，輕輕一甩，把和服攤開後，緩緩站了起來，正打算披在肩上，四、五張紙飄落在榻榻米上。卷子和綱子探頭一看究竟，兩姊妹同時「啊！」的叫了起來。

那是幾張色彩十分鮮豔的春宮畫。

瀧子和咲子也伸長脖子。「這是什麼……啊！呃！」兩人同時語塞。四姊妹當場愣住，時間彷彿停止了。

咲子的笑聲打破了沉默。

「有什麼大驚小怪的，討厭，趕快把這種東西收起來啦！」

瀧子眉頭緊蹙，甩著雙手，卷子也別過臉。「撕了吧。」

「有什麼好生氣的。」驚訝平息後，綱子竊笑著說。

「趕快收起來啦！」瀧子尖聲叫著。「我討厭這種東西。」

四姊妹你一言我一語之際，勝又聽到動靜衝了過來。

「怎、怎麼了？是不是有、有蟑螂……」說到這裡，他也看見了春宮畫，整個人僵住了。

「不要看啦！」瀧子大叫。

「他已經看到了。」咲子聳了聳肩。

「男人不要過來湊熱鬧。」

「你在說什麼啊，這本來就是男人看的，女人看才奇怪呢。」

「這、這種東西爲什麼藏在這裡？」

雖然五個人內心都想看個究竟，但在眾目睽睽之下，也不能堂而皇之細看，只能不時瞥著那些春宮畫。

「媽放的。」綱子說。

卷子恍然大悟。「該不會是媽？」

「應該是出嫁的時候帶過來的。」

卷子也點點頭。「我聽說過，以前的……那個。」

「我也聽說過，以、以前老一代的人在女兒出嫁時，都把這種東西……塞在女兒的嫁妝底下……」勝又說。

瀧子語帶含糊地說了聲「是喔」。

「眞令人意外，如果是別人……」咲子說到這裡，終於忍不住再度笑了起來。「還能夠接受，沒想到媽……」

「雖然聽別人說過，但沒想到我們家也有……」綱子也感慨地嘀咕。

「我不想看到自己的媽……把這種東西藏了幾十年，太活生生了……」瀧子表情嚴肅地說，綱子笑著說：「媽也很可愛嘛，不知道爸知不知道。」

「應該不知道吧？」

「如果知道，應該會自己收起來吧。」

咲子笑著環視幾個姊姊。「大家的嘴巴都闔不起來了。」

「哪有人大白天看這種東西的。」瀧子搶過春宮畫，藏在背後。

「我不能接受，我、我……」卷子嘆著氣。「我們眼中的媽整天都在洗衣服、洗米、縫衣服，難以想像她十九歲帶著這些嫁進這個家，就一直藏在衣櫃底下，一直到死爲止。」

大家都說不出話，不約而同地看著神龕上藤的照片。

「這些要怎麼處理？」綱子故意用格外開朗的聲音問，似乎心情已經調適過來了。

「猜拳後，大家分一分？」咲子搶先回答。

瀧子一臉悵然地瞪著妹妹。「我才不要這種東西。」然後，把蓋住的春宮畫放在大家中間。

鷹男坐在公司的辦公桌前打電話。

「嗯，嗯，你每次都提到規定，嗯，喂？我並不是叫你違反規定。」他正在教訓外地分店的下屬。

「但如果傻傻照做，根本沒辦法提升業績。嗯，嗯，所以，照理說應該受到管制的米不是也都在超市賣嗎？『笹錦十公斤、四千八百五十圓』，就好像開車上路，沒有不違規的。這些問題……嗯，要懂得通融！嗯。」

這時，恆太郎走了進來。他向辦公室的其他員工欠了欠身，站在門口，注視著鷹男。他在女婿身上看到了自己年輕時的影子。

「總之，九州只有你的業績沒有起色……」鷹男大聲吼到一半，發現了恆太郎，露出驚訝之色。恆太郎對他揮了揮手，示意他繼續講電話。

「嗯，我知道你應該有你的難處，不過就拜託你了，嗯，那就這樣吧。」掛上電話，鷹男慌忙起身。「爸……」

「不好意思，打擾到你。」恆太郎走向鷹男的辦公桌。

「我正想去抽根菸，要不要出去坐一下？」鷹男努著下巴指向門口，恆太郎看著辦公桌旁的沙發。

「坐這裡就好。」

「我已經……戒菸了。」

兩個人面對面在沙發上坐了下來。鷹男從口袋裡拿出菸，遞給恆太郎。

恆太郎把伸出去的手又縮了回來。鷹男說了聲「別管這麼多」，從菸盒裡抽出一根菸，塞進恆太郎手裡。恆太郎把菸放在嘴裡時，鷹男立刻爲他點燃。

「是不是遭到圍攻了？」鷹男笑著問。

恆太郎露出苦笑。「早知如此，就不該生四個。」

鷹男笑說：「錯就錯在不該四個都生女兒。」

「沒錯。」

「當年有沒有想過，再生一個，搞不好是兒子？」

「我倒是還好，老太婆好像曾經這麼想。」

「是不是覺得不生一個兒子傳宗接代，太對不起祖先了？」

「以前的確有這種想法。」

一陣沉默，鷹男神情嚴肅地看著岳丈的臉。「找我有什麼事嗎？」

恆太郎沒有回答，不一會兒，擠出一句：「不，我剛好路過而已。」

這時，鷹男下屬赤木啓子送咖啡過來。「歡迎。」

「我爸不喝這個，要喝日本茶。」

「對不起。」

「沒關係，這個就可以了。」

恆太郎打量著轉身離去的啓子，吐了一口煙。

岳丈抽著菸，吐出了沒有兒子的悲哀、被幾個女兒罵得狗血淋頭的悲哀，以及成爲唯一樂趣的菸也無法自由享受的悲哀……看到岳丈細細品嘗般的抽菸模樣，鷹男感慨萬千。

抽完一根菸，恆太郎小心翼翼地在菸灰缸裡捻熄，緩緩地站起來。

「爸，你找我……」

「不，沒事。」恆太郎舉起手，走向門口。

門打開了，恆太郎走了出去。鷹男情不自禁追到門口叫住了他：「爸！」

恆太郎停了下來。

「要不要搬來我家？」

「……」

「只是家裡比較小，要忍耐一下……」

恆太郎一時說不出話，對著鷹男露出淡淡的苦笑。「我想死在自己家裡。」

恆太郎走了。鷹男站在走廊，目送著岳父孤獨的背影離去。

四姊妹清理結束，離開國立的娘家後，回到了各自的生活。卷子和綱子直接回家；瀧子前往圖書館；咲子前往東洋攝影棚，接受某女性週刊雜誌的採訪……

瀧子在整理圖書時，不時停下手，若有所思。勝又的事、父親日後的生活，以及在母親衣物中發現的春宮畫……許許多多的事在瀧子的腦海中盤旋。

東洋攝影棚內，攝影師為咲子拍照，她的表情格外燦爛。

「我要拍你回答問題時的樣子……」

咲子很自然地撥了撥頭髮，露出燦爛微笑。一陣快門的聲音響起。

「身為拳王的妻子，你在哪方面最花心思？」

「應該算是飲食生活吧，我買了計算熱量的書，很認眞地貫徹。」

「性生活方面呢？」

「我也買了計算熱量的書……」

記者笑了起來。「我記得你們的兒子叫勝利。」

「讀成katsu-toshi。」

「在你們家，『輸』這個字是禁忌嗎？」

「我在我先生面前不會說這個字眼，但在蔬果店和老闆討價還價的時候，還是免不了說『老闆，算便宜一點嘛』＊……」

咲子把記者逗笑了，自己也笑了起來。無論在誰眼中，她都是一個幸福絕頂的年輕妻子。然而，記者和攝影師都沒有發現在閃光燈閃爍的空檔，咲子突然露出的嚴肅表情。

綱子回到家中，立刻站在鏡子前試穿母親留下來的和服。她把好幾件和服披在身上時，簡直就像在穿十二單衣＊＊，領口露出嬌豔的色彩。

綱子突然望向電話，眼前出現了情人的臉。她敞著和服，身體一斜，拿起電話。手指不加思索地撥了熟悉的號碼，心情激動地等待著。鈴聲響了幾次後，傳來老闆娘豐子的聲音：

「您好，這裡是『枡川』。」

綱子整個人都愣住了。

「喂，這裡是『枡川』。」

綱子慌忙掛了電話，渾身無力，癱在地上。沉沉暮色中，綱子坐在地上一動也不動地看著黑色電話。五彩繽紛的腰帶和腰帶繩宛如蛇一樣繞在電話旁，綱子不禁為自己身為女人的執著感到駭然。

卷子回到家，一臉茫然地在客廳桌前坐了下來。

桌上放著鷹男公司員工旅行的照片。可能是宴會上拍的照片：鷹男坐在正中央，女職員都穿著同款棉袍，擺出各種不同的姿勢；鷹男的手搭在身旁的赤木啓子肩上。雖然卷子不想看，但目光還是情不自

譯注

＊「便宜一點（ma-ke-te）」和「輸（ma-ke-ru）」同源。

＊＊日本平安時代貴族女性的正式禮服。

禁地看向她。

這時，電話鈴聲響起。卷子回過神，衝到電話前，是女兒洋子打來的。

洋子說她正在鷹男公司。對了……卷子想起洋子說，今天要去鷹男的公司……

「我要和赤木小姐一起吃飯……」

聽到女兒這句話，卷子張大眼睛。「赤木小姐？是祕書赤木啓子嗎？」

電話另一端傳來洋子興奮的聲音。「爸爸臨時有工作，不能陪我。嗯，我今天晚上不回家吃飯。」

洋子說她去了鷹男的公司，但鷹男臨時要開會，啓子看到洋子滿臉失望，便邀她共進晚餐。

卷子內心五味雜陳，但還是強作鎮定，說要向赤木啓子打聲招呼。

「啊？喔……我媽說要跟你說話……」

洋子說完後，傳來一個年輕女孩充滿朝氣的聲音。「找我嗎？」

卷子等啓子接電話後說：「謝謝你對我先生的照顧，眞不好意思，會不會給你添麻煩？」

卷子強忍著不安問，啓子很乾脆地說：「不會，反正我今晚有空。」

「是嗎？她只是小孩子，就去吃碗拉麵或是漢堡……眞不好意思，那就……」

掛完電話後，卷子茫然若失地看著電話，內心響起石磨子咕嚕咕嚕的推動聲。

「赤木、啓子……赤木、啓子……」

石磨子的聲音聽起來就像是那個討厭的名字。卷子眼前再度浮現出藤推石磨子的身影，與色彩鮮豔的春宮畫重疊在一起。

那天晚上，完全不了解母親心思的洋子在鷹男公司附近的餐廳吃飯，兩個年輕女孩聊得不亦樂乎。

「根本不需要什麼特別的專長，如果會打字和速記當然更理想，但目前日本很少有這麼厲害的祕書。你想當祕書嗎？」啓子問。

洋子害羞地點頭。「我覺得當祕書很神氣。」

「可是很容易引起誤會喔，有些人一聽到是祕書，就覺得很可疑。」

「但如果說『secretary』就不會有這種感覺了。」

「就和toilet一樣。說toilet，就覺得是抽水馬桶；如果說是『廁所』，感覺就是蹲式馬桶，但兩者感覺應該差不多。」

「對喔。」

「這個話題很適合在吃飯的時候聊吧？」

洋子露出的嚮往眼神令啓子陶醉不已，啓子的活潑健談也令洋子樂在其中，兩個人的頭依偎在一起笑了起來，她們已然成爲好友。

「你們家有四個人。」啓子看著洋子的臉。

「十分典型的核心家庭。」

「你爸……」啓子偏著頭，似乎在問鷹男在家裡的情況。

「我們叫『爸爸』。不是抽水馬桶，而是蹲式馬桶……」

兩人不約而同笑了起來。

「叫『爸爸』、『媽媽』嗎？」

「他們這對夫妻很奇怪。」

「爲什麼？」

「他們小事會商量，比方說，哪一種牌子的殺蟲劑最不刺鼻，但重要的事反而不說，總是一天拖過一天。」

「重要的事？」

洋子突然壓低了嗓門。「比方說，外遇的事……」

「誰外遇？爸爸？媽媽？」

「我爸爸有外遇嗎？」洋子注視著啓子，她的眼神很認眞。

啓子有點不知所措。「因爲，你說外遇……」

「是我外公……七十歲了，在外面金屋藏嬌，不過現在已經分手了。」

「日本眞進步。」

「祕書的行業也會得到認同。」

「不知道能不能變成抽水馬桶。」

兩人再度放聲大笑。笑了一陣子，兩個年輕女孩食欲大開，吃起晚餐。

洋子興高采烈地回家了，興奮地拿出啓子送的胸針給母親看。

「禮物……是赤木小姐送你的禮物嗎？」卷子滿臉驚訝。啓子的親切更加深了卷子的疑慮。

「她說要送我禮物。」

「你們聊些什麼？」

「聊很多事！我們家的事，她還問了你的事。」

「是喔。」

「她很漂亮，腿又細又直。」

卷子沒好氣地說：「年輕的時候誰不是這樣？」

洋子走去廚房後，卷子拿起桌上的胸針。她看著胸針，耳邊再度響起石磨子推動的聲音。卷子打開胸針的別針，用針刺向手背，紅色的鮮血頓時湧出。

深夜，卷子穿著母親留下的和服，在臥室內摺丈夫的衣服。

鷹男趴在地上抽菸。

「我原本也打算上班前去看一下，然而一想到你爸的心情……如果是我，我不會希望別人來看我。」

鷹男想起白天在公司看到恆太郎的表情，還是忍不住說出了自己的想法。「你們四姊妹一起趕過去眞的妥當嗎？其實，只要我和你兩個人去……」

「這樣的話，就變成我們要負責照顧爸。」卷子反駁道。

鷹男嘀咕說：「也對。」

一陣沉默。

「那個赤木小姐，祕書……」

卷子還沒說完，鷹男就打斷了她的話。「我就覺得眼熟，原來是你媽的。」

「會不會有霉味？」

鷹男皺著鼻子嗅聞。「嗯，有點。」

「昨天找到了很驚人的東西。」卷子故弄玄虛地說。

「私房錢嗎？」

卷子搖頭。

「不然是什麼？」

「畫……」

「畫？」

「……」

「是喔，什麼畫？」

「什麼畫……」

看到卷子難以啓齒的樣子，鷹男恍然大悟。「有很多嗎？」

「好像四張，還是五張。」

「很、很清楚嗎？」

「我沒看過其他的，所以也搞不清楚……不過，眞是嚇到了。」

鷹男難掩好奇心。「大家露出怎樣的表情？小瀧……」

卷子沒有理會鷹男的問題。「我覺得我媽眞可憐。得知我爸外遇、我媽晚上獨自在家裡等待的時候，我們並沒有特別的感覺，因爲我們覺得我媽能夠忍受這種事。她向來端莊嚴肅，總是表現出自己和性感、女人味這種事扯不上關係。但是，其實並非如此，我媽把那些畫藏在衣櫃抽屜裡，一藏就是好幾十年……」

「……」

「藏在衣櫃底，就代表我媽……」卷子摀著胸口，情緒好像有點激動。她用亢奮的口吻說：「這裡還是有……」

鷹男情不自禁伸手撫上卷子的腿，卷子用力甩開他。

鷹男把菸放進盛了水的菸灰缸裡，菸蒂「咻」的一聲熄滅了。

卷子站了起來，鷹男伸手用力抓住了卷子的白色布襪。

這天晚上，瀧子回家後，做了一件極爲難得的事。

她打開抽屜，拿出化妝品，搽上口紅，畫了眼線，又塗了眼影。之前基於好奇心買的這些化妝品只在家裡試了幾次而已，從來沒用過。她不習慣化妝，再加上手不夠靈巧，口紅超出了嘴唇輪廓，眼線也畫歪了，塗完眼影後，簡直就像個小丑。

但是，瀧子最後還刷了睫毛膏。她關上電燈，脫下毛衣，又脫了裙子，一絲不掛地躺在床上。閉上眼睛時，白天看到的春宮畫歷歷在目。

發呆的時候，敲門聲傳來，似乎已經敲了好一會兒，但她沒有察覺。

「來了！來了！」瀧子跳了起來，穿起亂丟的衣服，衝到玄關。

「哪一位？」

「是我。」

「勝又哥……」一股電流貫穿瀧子的身體。

「我突然想見你……」

「我也……」

正當她就要開門，瞥了一眼玄關旁的小鏡子，看到自己臉上異樣的化妝和赤裸的身體，忍不住按住門，驚慌失措。「啊，不行。」

「我們不是約定好不能說『不行』這兩個字嗎？」

「眞的不行，我……我在敷、敷臉。」

「我想看……」

瀧子心潮澎湃，心臟幾乎要跳出來了。她把門打開一條縫，不讓勝又看到她的臉，從門縫裡把手伸了出去。

「下一次……」

勝又在門外緊緊握住瀧子的手，嘴唇貼著她的手掌，一次又一次地親吻。看到勝又無法克制衝動跺腳的樣子，瀧子幾乎無法抵擋開門的誘惑。

瀧子終於依依不捨地把手縮了回來，用沙啞的聲音呢喃：「下一次……」

「晚安。」勝又失望地說。

門關上了，這對可憐的情人彷彿凍僵般不願離去。門外，勝又整個身體貼在門上；屋內，瀧子整個人靠在門上。熱情的夜已深。

「血壓這種東西，要是一直想著說太高、太高，就會眞的愈來愈高了。」恆太郎走出醫院時，一臉得意地說。

「是沒錯啦……但你就當成是媽的遺言，每隔三個月還是要來檢查一次。」

卷子幾乎是架著討厭上醫院的恆太郎就診，血壓檢查結果正常，父女倆走在回家的路上。

「爸……」

「我走了。」

「你直接回家嗎？」

「不，我去公司看一下。」

「如果你有什麼要買的，我陪你去……內衣或是襪子之類的。」

「不用，暫時還夠用。」

「是嗎……」

途經大馬路，看到一家菸店。卷子停下腳步。

「爸，家裡沒菸了吧？」

「不，不用了。」恆太郎頭也不回地走了過去。「我戒菸了。」

卷子注視著父親的背影，快步追上。

「我在想，國立的家……找一個寄宿的人，你覺得怎麼樣？」她不經意地觀察著父親的表情。「如果我們幾個女兒和你同住，你可能會不自在，不如找一個外人。找一個男人，至少能幫忙打掃家裡。」

「聊天說話太麻煩了。」

「那個人也不多話，不用擔心，而且那個人你也認識。」

恆太郎露出訝異的表情。「誰？」

「勝又。」

「和瀧子交往的……那個？」

「爸，你討厭他嗎？」

「不會啊。」

「雖然收入和學歷不太令人滿意，但這些方面如果不稍微讓步，瀧子永遠都嫁不出去。」

「你真聰明。」恆太郎苦笑著。

「這種程度的算計，女人都有。」

「是嗎？」

恆太郎忍不住笑了起來，卷子也跟著露出笑容。這時，她整個人僵住了。

迎面走來一家三口：一名中年男子和土屋友子，還有她的兒子省司。友子立刻發現了他們父女，露出不知所措的表情。這時，原本東張西望的男孩也發現了恆太郎。

「爸爸！」男孩叫著。

卷子和恆太郎屏住呼吸，站在原地。

友子拉著男孩的手，一家三口從他們身旁走了過去。男孩被母親拉著手，一次又一次地回頭，無聲地叫著「爸爸！爸爸」。

三個人的身影從視野中消失了。父親的雙眼發亮，表情已經不是剛才那個對人生感到疲憊不堪的老人，而是男人神采飛揚的臉，有自己深愛的人，有自己必須保護的人。

後鬼門

這天，勝又搬進國立的家。

自從藤撒手人寰後，始終堅持獨居的恆太郎因爲之前小火災的風波，不得不接受卷子的提議。當卷子和鷹男向勝又提起這件事，他既不知所措又欣喜地答應了與恆太郎同住。對怕生的勝又來說，跟看起來就很嚴肅難纏的恆太郎同住，雖然心情很沉重，但考慮到和瀧子的未來，又認爲是絕佳的機會。

恆太郎坐在簷廊上等勝又，他空洞的眼神望著庭院，心卻不在那裡，不時回頭看著黑色的電話。之前，在路上巧遇省司。爸爸！爸爸！——男孩當時的叫聲仍然縈繞耳際。省司會不會打電話來？眞希望再次聽到那個聲音……想到沒有血緣關係的省司叫自己爸爸，至今仍然沒忘記自己，就覺得孤獨的日子隱約亮了起來。

「爸，行李搬來了。」

門外傳來瀧子的聲音，接著，卡車在門口停下來。

恆太郎來到門口，勝又和瀧子正從貨車上卸下書櫃。恆太郎想幫忙，瀧子對他搖了搖手。

「爸，不用了，勝又沒什麼東西。」

勝又靦腆地向他欠了欠身。

「是嗎？」恆太郎縮起手，幫忙拿一些小行李。瀧子和勝又把書櫃搬進去後，又回到車旁，準備搬五斗櫃。

恆太郎發現貨車司機正在看他們，輕輕碰了碰女兒的腰。

「怎麼了？」

「小費……」

「不用了啦。」

「那怎麼行？」

瀧子向勝又咬耳朵說：「勝又哥，我爸說要給小費。」

「啊？喔……」勝又摸著口袋，掏出一張皺巴巴的五千圓紙鈔。恆太郎從口袋裡拿出一千圓，說：「我給他吧。」

「不好意思。」

勝又恭敬地一鞠躬，把五斗櫃從貨車上搬了下來，喘著粗氣準備搬進屋。原本正在幫勝又的瀧子跑到恆太郎身旁。

「爸……」

「什麼事？」

「我又還沒有決定。勝又哥還是外人，錢的事要算清楚……」

「我知道。」

瀧子和勝又搬著五斗櫃進了屋，恆太郎露出苦笑。「眞是死腦筋。」

恆太郎把小費交給司機，等貨車離開後，抱著小件行李進屋。

瀧子和勝又在裡面的小房間跟五斗櫃奮鬥，這是以前瀧子和咲子的房間，勝又以後就睡在這裡。

「啊！不要拖！小心弄壞！」

「啊！」

五斗櫃「咚」的一聲撞到了柱子。勝又看著牆上撞凹的洞，嚇得臉色慘白。

「這個不是剛才撞壞的，以前就有了……」

「啊……嚇死我了。」

「我和咲子打架……我們不是同住一間房嗎？整天都在打架，因爲我們的個性差太遠了……這個呢？」

「放那裡吧。」

放好五斗櫃後，兩個人重重地吐了一口氣。

「她從小就和我們其他人格格不入，功課很差，卻坐在我媽的梳妝台前這個……」瀧子做出搽口紅的樣子。「然後就跑出去玩了。不管是內衣褲還是其他衣服，自己的不洗，總是穿別人的。」

勝又看到紙門上花朵形狀的千代紙問：「這個呢？」

「應該是我弄的吧。」

「看起來好像是……」勝又做出丟東西的動作。

瀧子偏著頭說：「可能是用紙鎮丟的。」

「紙鎮？」

「我們家每個人都會丟。」

瀧子做出丟東西的樣子，勝又瞪大眼睛問：「兩個姊姊也會嗎？」

「嗯、嗯……」

「長那麼斯文也會？」

「可能是遺傳吧。」瀧子若無其事地說，勝又嚇得縮起脖子。

「我出去一下。」

不知道是否想讓兩個年輕人獨處，傍晚的時候，恆太郎出門了。

勝又的房間內，兩人已經大致整理完畢，正在釘架子。瀧子站在小板凳上，用鐵錘敲著釘子，忍不住笑了起來。

「即使有懼高症，也從來沒聽人說過連小板凳都怕的。」

「我不怕上二樓。」

「二樓不是更高嗎？」

「有扶手啊。」

「倒是沒聽說過板凳也有扶手的。」

瀧子終於忍不住放聲笑了起來。勝又用力吞了一口口水。

「你、你笑的時候，身體的肌肉好像地震，或是說海嘯……尤其是這裡。」

勝又突然抱住瀧子的屁股，把臉貼在上面。

「哎喲，你在幹麼？」

「瀧子。」

瀧子想掙脫，勝又更加用力抱緊她。

「住手，我爸快回來了。」

「沒關係。」

「我不要，我不喜歡在這種地方草草了事，一輩子……的第一次，你放手！」

瀧子愈是抵抗，勝又的手臂愈用力。慌亂之中，瀧子情不自禁用鐵錘敲了勝又的頭。勝又鬆了手，抱住了頭，發出青蛙般的叫聲倒在榻榻米上。

瀧子丟下鐵錘，抱著臉色蒼白的勝又。

「勝又哥！你沒事吧？勝又哥。」

「啊……」

勝又張開眼睛，發出呻吟，玄關的門鈴在這時響了。

「菊壽司！讓您久等了！」

瀧子一臉訝異。「我們沒叫菊壽司！」

「菊壽司！您好！」

「不是我家叫的！」瀧子大叫道，壽司店的店員卻沒有回去的意思。

「真是的！」瀧子咂了一下嘴，走去玄關。打開玄關門，店員把兩大盤壽司遞到她面前。

「這是五人份特級壽司。」

「我不是說了嗎？我們沒有叫壽司。」

「不，呃，錢已經付了。」

瀧子偏著頭納悶。「是我爸嗎？」

「不，是一個女人。」

「女人？」

這時，聽到了咲子的聲音。「剛好趕到，你辛苦了。」

穿著毛皮大衣的咲子甩動著車鑰匙走了進來，臉上笑嘻嘻的。瀧子頓時火冒三丈。「小咲？這是什麼意思？」

「我有叫他們多放你最愛吃的鮪魚肚和星鰻，快吃吧。」咲子說著，大步走進家裡。

「咲子……你要去哪裡？」瀧子抱著壽司盤，慌忙追上咲子。

咲子走進家裡，在神龕前跪坐下來。

「要先向媽打聲招呼。」

瀧子皺著眉頭，看著妹妹身上那件花稍的毛皮大衣。「你穿著拜嗎？」

「家裡很冷，又捨不得開暖氣，而且……」她「叮」的敲了敲了佛鈴。「我想給媽看……」咲子一臉虔誠地合掌祭拜。「我和我老公在一起後，一直沒有大衣，天氣冷的時候，只好跑步禦寒。媽說過要用她的私房錢幫我買一件，結果就昏倒了。」

「這是什麼？貂皮嗎？」

「美國紅狐。」

「所以，你是把狐狸穿在身上。」

咲子不理會瀧子的挖苦。「勝又哥……在哪裡？」她四處張望。這時，勝又摸著頭走了過來。

「你怎麼了？」

「被鐵鎚打到了……」

咲子探出身體，想看勝又傷勢如何，瀧子凶巴巴地說：「他沒事啦。」

「鐵鎚怎麼會打到頭？」

「呃……」瀧子吞吞吐吐，勝又在一旁說。「我站在高處敲打……」

「掉下來了。」

咲子滿臉狐疑地看著他們，聳了聳肩，緩緩地從皮包裡拿出雜誌。封面上寫著《拳擊迷》。

「有一個不錯的工作。」咲子把雜誌塞到勝又手裡。「這本雜誌的編輯部，因爲是我老公推薦的，所以月薪很高。」

「等一下……」瀧子驚訝地看向勝又。「是你拜託的嗎？」

勝又手足無措。「不，我是拜託里見姊夫……」

「是鷹男姊夫問我有沒有理想的工作……」

「我怎麼不知道這件事……」瀧子瞪著勝又。

「大哥……」咲子的話還沒說完，瀧子就打斷了她。「把話說清楚。」

「什麼？喔，你是說我叫他大哥……我沒特別的意思。」

「那就是和魚店的大哥、壽司店的大哥一樣的意思嗎？」

「小瀧……」

「男人的職業不是靠薪水衡量的。」

「你的意思是說，徵信社的工作比拳擊雜誌的編輯更高尚嗎？」

「至少對社會有貢獻。」

「是啊，當初也是靠他才查到爸外遇的事。」咲子極盡諷刺地說。

勝又戰戰兢兢地看著她們兩姊妹。「呃，這件事……」

「流汗總比流血好。」瀧子說。

咲子怒不可遏地回說：「拳擊是運動，是根據遊戲規則在比賽。雖然我不知道實情，但被人用鐵鎚敲頭，比拳擊危險多了。」

瀧子和勝又驚訝得互看了一眼，頓時啞口無言。

「我在路上遇到爸，他要去哪裡？」

「不知道，可能去買週刊了吧。」

「要不要先吃？鮪魚的顏色都快變了。」

「我吃飽了。」瀧子冷冷地拒絕，咲子嘟著嘴：「你就是愛鬧彆扭。」

瀧子故意大笑起來。「我有什麼好鬧彆扭的？我有正當工作，也有存款……」

咲子露出誇張的笑容。「女人只要有工作和存款就幸福了嗎？」

「……」

「雖然我沒有工作，也沒有存款，但整天都慶幸自己生爲女人。」

瀧子一臉悵然地閉了嘴，咲子笑著對勝又說：「勝又哥，都怪你，你沒有做好男人該做的事，小瀧才會這麼歇斯底里……」她臉上雖然帶著笑容，話中卻帶著刺。

「你可以走了。」瀧子怒氣沖沖地說。

「幹麼當眞……」

「你走吧。」

「這是爸的家，你別自以爲是。」

「你把爸丟給我們，別想靠這種東西來彌補！」

瀧子怒不可遏地尖聲大叫，用力把壽司盤推翻在地。

咲子憤然離開了。

瀧子的情緒惡劣到極點。她對自己無法坦誠回應勝又的求愛氣結不已。她想回應勝又，卻無法回應；像小孩子一樣打鬧時，又不小心弄傷了勝又。而且，偏偏讓咲子說中了自己的欲求不滿。她因爲羞恥和自我厭惡，氣得怒火中燒。

她氣鼓鼓地撿起散落一地的壽司，勝又誠惶誠恐地伸手想要幫忙。

「勝又哥，不用了。你是男人，不需要做這種事！」瀧子斥責道，勝又嚇了一跳，看著瀧子的臉，慌忙垂下雙眼。他正想跨過去，沒想到一腳踩上壽司，急忙撥著腳底沾到的米粒。看到勝又滑稽的樣子，瀧子更加自我厭惡了。

咲子被趕出國立娘家後，直接前往里見家。她想要向卷子傾吐滿腹的牢騷。

卷子聽了咲子的話苦笑起來。「是你不對。」

「我是為他們好。」咲子嘟起嘴。

「你做事的方法有問題。」

兩姊妹正在聊天，洋子和宏男走了過來。

「啊，咲子阿姨。」

「阿姨，你來了。」

咲子從皮包裡拿出紙袋。「來，給你們零用錢。」

「謝啦。」

「謝謝。」

卷子皺起眉頭。「裡面有多少錢？」

「一點小意思啦。」

「你每次來都給他們……這樣讓我很傷腦筋。」

「下不為例。」

「還給阿姨。」卷子瞪著一對兒女。

「呿！」

「爲什麼嘛？」

兩個人嘴上抱怨，還是乖乖把錢還給咲子。

「卷子姊……」

「不管是姊妹還是親戚，都要講究禮尙往來，如果你錢太多了，就存起來。」

咲子雖然很不服氣，但突然正色說：「如果這麼做，可能就會輸。大手筆地揮霍，錢就會再進來。如果小家子氣地把錢存起來，可能會在下次衛冕賽被打下拳王的寶座……拳擊這一行的人都這樣，眞的，我沒騙你。」

「那你在自己家裡揮霍。」卷子直截了當地說，看到洋子穿上了咲子那件花稍的紅狐大衣，立刻從洋子身上扯了下來，把兩個孩子趕出客廳。

咲子嘆著氣，重拾剛才的話題。「小瀧根本就是欲求不滿，這一陣子，我都看在眼裡。走在街上的時候，和女人擦身而過，立即就能知道那個人是欲求不滿還是身心都得到滿足。」

「那我呢？」

「我不說，我才不想一天和兩個人吵架。」咲子很乾脆地說完，拿起卷子幫她倒的茶。「姊夫常常晚回來嗎？」

「好像……是吧。」

「要不要找徵信社的人調查一下？」

卷子忍不住發火了。「就是因爲你這麼說話，人家才會忍不住跟你吵架。」

咲子聳了聳肩，老實地喝茶。

在國立竹澤家，瀧子正在打掃廚房，勝又無所事事地在瀧子身旁打轉。房子舊了，風從縫隙鑽了進來，家裡冷颼颼的。兩個人不時搓著手，擤著鼻涕，忍受著寒意。

「不能說，這件事絕對不能說。」瀧子表情嚴肅地說。

「但是……故意不提，心裡會有疙瘩，所以我想坦誠一切，然後請求原諒。」

「做爸爸的不會在意我們在哪裡認識這種事。」

「但我覺得很愧疚。」

「如果覺得愧疚，可以幫忙我打掃啊。」

瀧子這麼說的時候，聽到恆太郎叫她的聲音。恆太郎不知道什麼時候回來了，正站在他們身後。

「你今晚住在這裡吧。」恆太郎很自然地問，瀧子一時詞窮。

「爸……你是我爸，怎麼說這種話？」

「呃，不是啦……」他看向勝又，勝又也一臉呆滯的表情站在那裡。恆太郎苦笑著說：「在說什麼啊？不必介意我，小傻瓜……」

勝又回望著恆太郎，兩個男人微妙的視線交織在一起。

「綱子的兒子正樹要從仙台調回來了，他們家也要安定下來了。」

恆太郎若無其事地說完，走向飯廳。瀧子和勝又仍然愣在原地。

三田村家。綱子正匆匆忙忙地準備壽喜燒。她準備了兩人份的筷子和碟子。今天晚上，她要和兒子正樹共進晚餐。

準備好之後，綱子坐在梳妝台前，搽了比平時更深的口紅。她打開抽屜，才驚覺貞治的男用爽膚水仍然放在裡面。她在屋裡轉來轉去，想找個地方藏起來，這時，玄關的門鈴響了。

「來了！」她慌忙應了一聲，衝到廚房，把爽膚水藏在醬油瓶後方。「來了，來了！」

綱子衝向玄關，打開門。

「阿正，你不要嚇我。隔壁蓋了公寓，我想你冒冒失失的該不會找不到家吧，所以擔心了半天。」她興奮地一口氣說完，驚訝地看著正樹的背後。

正樹察覺到母親的視線。「陽子……媽，這是坪田陽子。」

「喔……」

綱子說不出話，陽子向她鞠了一躬。「您好。」

空中飄著雪。

「進了門再寒暄嘛，外面很冷。」正樹爲了掩飾靦腆，故意用力把陽子推進玄關。「哇，好冷。」他誇張地抖著身體。

被正樹推了一把的陽子踉蹌了一下，撞到了綱子，把綱子的腳踩了個結實。

「好痛……」綱子跳了起來。

原本打算親密無間地共度母子倆難得的晚餐時間，沒想到兒子帶了女朋友回來，令綱子很不是滋味。

走進飯廳時，綱子故意用開朗的聲音說：「你過年的時候不是沒有回來嗎？你說要去滑雪，我就覺得納悶。如果有女朋友，幹麼不早說嘛。」

「寫信說不清楚，電話中說又好像不夠慎重，所以我一直跟她說，改天再說，改天再說，對吧？」正樹看著陽子的臉，陽子吃吃笑著。

綱子看著正樹，又看看陽子。「玲子，你……」綱子原本想問她有幾個兄弟姊妹，正樹立刻糾正：「她叫陽子。」

「啊，陽子，不好意思。」

「是太陽的陽。」

「你屬什麼？」

「駱駝。」看到綱子錯愕的表情，正樹說：「她可以一整天都不喝水，而且走再多路也不覺得累。」

「我比他大一歲。」陽子插嘴說。

「是嗎？你有幾個……」

綱子打算再度問剛才的問題時，電話響了。她接起電話，突然聽到一個女人大聲地問：「陽子嗎？」

「啊？喔，請等一下。」綱子把電話交給陽子。

陽子接過電話。「對不起，我原本打算在車站打電話給你，但是有好幾個人排隊。嗯，嗯，我在他家……嗯，嗯，今天晚上？還沒有決定……」陽子瞥了正樹一眼。

「住我家就好，對吧？」

「對啊，對啊……」綱子嘴上回答得很親切，內心卻大受打擊。她走進廚房，打開水龍頭，看著水龍頭流下的水，背後傳來兩個年輕人的歡聲笑語。

這天晚上，陽子住了下來。吃完壽喜燒，綱子燒了洗澡水，在正樹房間裡鋪了兩床被子後，回到廚房整理。

走廊上傳來兩個年輕人說話的聲音。正樹可能正要帶洗好澡的陽子去自己房間，用興奮的語氣說：

「我老媽很客氣，還問我：『可以把她的被子鋪在你房間嗎？』」

接著，傳來陽子嬌羞的含笑聲，兩個人的腳步聲上了樓。

綱子拿出先前藏起來的男用爽膚水，拿到流理台前，原本打算倒掉，但臨時改變了主意。已經不需要顧慮兒子了……她撫摸著瓶子，抱在胸前，貞治的臉龐浮現在她眼前。

國立竹澤家，恆太郎、勝又和瀧子圍坐在桌旁吃飯。

恆太郎像往常一樣緩緩動著筷子，但瀧子和勝又緊張不已，尤其是勝又，因爲極度緊張，臉上的肌肉都抽筋了。他咬了一口醃黃蘿蔔，啪哩啪哩發出極大聲響。

「啊……不好意思。」

「啊……」

「哎喲……」

三個人各自發出語意不明的聲音，再度尷尬地拿起筷子。勝又小心翼翼地咬著醃黃蘿蔔，以免再度發出聲音，沒想到愈在意，反而發出更大的聲響。看到勝又縮頭縮腦的生澀樣子，恆太郎想說點什麼，讓他心情放鬆下來，沒想到瀧子用失常的聲音說：「阿、阿拉伯石油的……」

「啊？」兩個男人驚訝地抬起頭。

「他們的石油部長，有一個人的名字很像日本人，雅、雅雅……」

「雅麻尼嗎？」

「雅麻尼石油部長。」

「對，對對，雅麻尼石油部長。我每次聽到這個名字，就覺得他的名字應該寫成山二（ya-ma-ni）……」瀧子伸出兩根手指。「……每次都這麼覺得。」

「我也覺、覺得……」勝又好像遇到救星般插嘴說。

「之前不是還有一個？披頭四的鼓手。」

「林格．史達（Ringo Starr）。」

「他的名字也很像日本人。蘋果的漢字不是很難寫嗎？但聽到那個名字，我就會立刻想到蘋果這兩個字*。」

「你在圖書館上班，很容易和字聯想在一起，哈哈，哈哈哈。」勝又笑了。他笑得極爲勉強，所以聲音很尖，很不自然。

談話中斷後，再次陷入沉默。咀嚼和餐具碰撞的聲音顯得格外響亮。

恆太郎原本就不多話，而且，在自己家裡，沉默並不會讓他感到不自在，相反地，他很享受寂靜。然而，對新搬來的勝又而言，事情沒這麼簡單。他太緊張了，飯粒卡到喉嚨，用力咳嗽起來。

恆太郎和瀧子嚇了一跳，緊張地望著他，他搖著手示意沒有問題，勉強繼續吃飯，不料又噎到了。這次他把嘴裡的東西全吐了出來，呼吸困難，彎著腰痛苦得在地上打滾。

瀧子趕緊挪到勝又身旁。「怎麼了？噎到了嗎？」

勝又想要說話，卻發不出聲音。

「背！背！」恆太郎大叫著。

瀧子慌忙拍著勝又的背。勝又扭著身體，似乎在說沒有問題，卻喘不過氣，流著鼻水，抓著榻榻米痛苦不堪。

「怎麼了？沒辦法呼吸嗎？」

「嗆到氣管了，順他的背！」

「你還好吧？啊？」

勝又流了滿臉的眼淚和鼻涕，但還是拚命想要點頭。恆太郎有力的手使勁撫摸他的背，好不容易才緩和下來。

「啊……啊……」看著勝又一臉呆滯地喘著粗氣，瀧子鬆了一口氣。

「哎喲，嚇死我了，我還以爲你會死掉。」

「不，眞的有人就這樣死了。」

「啊啊……」勝又仍然說不出話，拚命呼吸。

「你不要管我們，如果不放鬆，等一下又要嗆到了。」恆太郎說著，放下了筷子。

「爸，我幫你添飯。」瀧子伸出雙手，恆太郎揮了揮一隻手站了起來。

「上廁所？」

「嗯，嗯……」恆太郎含糊其詞，走出客廳。

「你還好嗎？」

瀧子爲吸著鼻涕的勝又拿來面紙，勝又一臉沮喪地說：「我總是在緊要關頭出糗。」

譯注

＊蘋果在日文中讀成「rin-go」，兩者同音。

「這又不是什麼緊要關頭。」

「這是我搬來這裡的第一個晚上，也是第一次和你爸三個人一起吃飯，我可能命中注定第一個晚上要出糗。」

「哎喲，眞討厭！」

「啊，啊，我不是這個意思。」

兩個人想起在瀧子公寓眞情告白的那晚慘不忍睹的失敗經驗，忍不住都羞紅了臉。

這時，外面傳來腳步聲，瀧子走向玄關，發現恆太郎正在穿鞋子。他已經穿上大衣，圍好了圍巾。

「你要出門嗎？」

「嗯。」

「要去哪裡？」

「我想起有點事。」

「什麼事？」

勝又也跟了出來。「如果要買菸，我這裡有。」

「不，是其他事……」

「其他的什麼事？」

「你們慢慢喝茶吧。」

聽到恆太郎的話，瀧子柳眉倒豎。「爸，我不喜歡這樣，你想太多了，我討厭你這樣。」

「我沒有想太多。」

「不然是怎麼一回事？」瀧子因爲羞恥和憤怒，說話時咄咄逼人。

勝又不知如何是好，走到他們父女面前。

「呃，我……我還是不要好了，我還是、不要住在這裡好了。」

「勝又哥……」

恆太郎突然笑了起來。「你還要再搬一次家嗎？」

他推開兩人，走了出去。

那天晚上，瀧子睡在恆太郎的房間。只有睡在父親身旁，才能證明自己是清白的。她喜歡勝又，但想到和勝又相擁，又羞得無地自容。而且，一想到父親如果知情，整個臉都發燙了。

瀧子抱著被子進來時，恆太郎還沒睡著，但他什麼都沒說。父女兩個各有心思，默默地看著天花板。裡面的小房間內，勝又也輾轉難眠，注視著天花板。

卷子不是睡不著，而是根本不想睡。凌晨一點多了，鷹男還沒有回家。她坐在客廳的桌旁吃著花生，苦苦等待丈夫歸來，眼前不斷浮現丈夫和赤木啓子纏綿的景象。

這一陣子，我看得很清楚，知道那個人是欲求不滿還是身心都得到滿足——咲子的話在她腦海中甦醒。

——那我呢？

卷子看向碗櫥，看著映照在玻璃中的臉龐。咲子當時暗示卷子欲求不滿。沒錯——卷子心想。

卷子用花生丟向玻璃上的臉龐。

翌日早晨，小孩子出門上學時，正樹恰好帶著魚板來訪。卷子把正樹帶到客廳，爲他泡了茶，鷹男才匆匆起床。他深夜回家，一臉睡眼惺忪。

鷹男一邊繫領帶一邊說：「這麼早，最近銀行都是一大早就要上門催帳嗎？」

正樹恭敬有禮地欠身後說：「因爲怕這些魚板放久了會壞掉。」

「你一定是怕留在家裡要聽你媽嘮叨。」

卷子插嘴說：「綱子姊剛才已經在電話裡說了，說你『不打一聲招呼就帶女朋友回家』。」

「啊？已經說了？」

「你一出門，你媽就馬上……」

「你媽守寡，你們可不要在她面前太恩愛了。」

正樹神情嚴肅地問：「這樣子好嗎？」

鷹男和卷子互看了一眼。

「我是說我老媽……她無意再婚嗎？」

鷹男沒有回答，把菸遞了過去。正樹拿了一根。

「我只是覺得我媽就這樣年華老去，好像很可憐。」

「聽起來好像很孝順……但其實該不會是想把你媽推銷出去吧？」

鷹男把打火機丟了過去。正樹接過打火機，聳了聳肩，用力吸了一口菸。

「四月之後，我們就會搬回家住了，我只是想，這樣對彼此都好……」

「綱子姊怎麼說？」

「我也不清楚，阿姨，可不可以請你幫我問一下？」

卷子沒有回答。不，她是無法回答。綱子愛上了有婦之夫……日後還打算繼續走下去嗎？

卷子坐立難安，走進了廚房。

這天下午，貞治來到綱子家。

聽完綱子的話，貞治用爽膚水擦在洗完澡後的臉上。「駱駝的說法還眞妙。」

「你不要袒護他。」

「他會不會是暗指有拖油瓶？」

「對喔，也有這個可能……」

「我是開玩笑啦。」

綱子嘟著嘴。「現在的年輕人眞沒有羞恥心，即使關係再親密，回來的第一天晚上，總應該一個人睡在家裡。即使住在這裡，也應該睡不同的房間吧……」

「這只是形式而已。」貞治對綱子察言觀色。「你的態度和之前差太多了。你之前說，棉袍和這個……」他搖著爽膚水。「統統都要丟掉。還說『我兒子也要娶媳婦了，我想抱孫子，拋開所有煩惱安度晚年』……你改變主意了嗎？」

「早知道不該這麼認眞的。」綱子正準備起身，身體搖晃了一下。

「頭會暈嗎？」

貞治讓綱子坐了下來，從碗櫃裡拿出紅葡萄酒，倒進大杯子裡，放在綱子手上。

「眞想好好發洩一下。」綱子用空著的手做出甩向紙門的動作。

「那就丟吧。」

「丟了之後還要重新糊紙門，很麻煩。」

「我幫你糊。」

綱子把紅葡萄酒潑向紙門。紅色飛沫好像血一樣濺在白色紙門上。

這時，玄關的門鈴響了，他們驚訝地互看一眼，悄悄拉開紙門，毛玻璃外出現了一個人影。

「綱子姊。」是卷子的聲音。

玄關的脫鞋處放著男人的高爾夫鞋，門口還放著高爾夫球球袋。貞治出門時謊稱去打高爾夫，所以現在根本不可能開門。

綱子和貞治屏住呼吸。

「綱子姊，你不在嗎？」卷子又叫了一聲，咔答咔答推著門，隔著玻璃向內張望，但是無人應門。她無奈地走了出去，在門口被枡川的老闆娘豐子叫住了。

「你是她妹妹嗎？」

豐子自我介紹後，邀卷子一起去喝咖啡。卷子得知對方是姊姊外遇對象的妻子，有點不知所措，卻也無法拒絕，只好跟著她走進附近的一家日式咖啡館。

她們面對面坐了下來，都點了麻糬紅豆湯。等紅豆湯送上來後，豐子說：「出嫁之後，雖說是姊妹，但其實也是兩家人……」豐子重重地嘆了一口氣。「我並不是要求你幫我做什麼，只是希望你聽聽我的心情……」

一陣尷尬的沉默，卷子爲姊姊辯護。「之前，我聽姊姊不經意地提起，她每次去參加葬禮後，回家都很痛苦。因爲沒有人幫她撒鹽，只好在出門前把鹽裝在一個碟子裡，放在玄關。回家的時候，把門打開，身體將就著站在門外，把鹽撒在身上。聽了就讓人覺得鼻酸。」

「這世上有人不寂寞嗎？」豐子幽幽地說。「一個人當然很寂寞，但明明有丈夫，卻經常獨守空閨，那才更加寂寞。」

豐子的話直直地刺進卷子的心裡，卷子沒有答腔。

「幸福的人可能無法理解吧。」豐子露出諷刺的笑容。

卷子猛然抬起頭。「我懂。」

「沒關係，你不用勉強……」

「不，我懂。因爲我老公也有外遇……不光是我老公，其實我爸也有……」

意想不到的發展讓豐子傻了眼。

「還生了一個年紀和我們差很多的男孩……我們四姊妹擔心得不得了，以爲只有我媽不知道，所以我們隻字不提，也不敢表現出來……沒想到，她在像今天一樣冷的天氣裡，獨自站在情婦的公寓門口……」

豐子張大眼睛，注視著卷子的臉。

卷子嘆了一口氣。「然後，在那裡昏倒了……」

豐子忍不住探出身體。「結果，你母親……」

「她沒有再醒來，就這樣撒手人寰。」

「應該是受到打擊了。」

卷子不顧豐子的話。「她在代官山昏倒了……手上的雞蛋打破了，蛋黃流了一地，滑溜溜的，看起來好像玩具。」

當時的景象歷歷在目。兩人陷入凝重的沉默，各自想著心事。

不一會兒，豐子回過神問：「你父親現在仍然和那位……」

「不，聽說她帶著孩子，和更年輕的人結婚了。」

兩個人再度沉默。

豐子嘆了一口氣。「這種時候，到底該說什麼？我們都要保重自己，不然死了太無趣了。這樣說似乎很奇怪。」

「不會啊。」卷子說完，站了起來。「我等一下還有事……我先生今天去做全身檢查，去年做胃鏡檢查，吞了那個東西後，覺得反胃……」

卷子準備伸手拿帳單，豐子趕緊搶了過來。「不，我來付。」

「不行。」

「是我邀你的。」

「不能讓你請啦。」

兩個人僵持不下，突然看向牆上的鏡子，瞥見彼此在鏡子中的身影，不禁啞然失笑。

「我們兩個有什麼好爭的。」

「對啊，有點搞錯對象。」

兩人互看了一眼。

「那……」

「各付各的。」

她們各自從錢包裡拿出硬幣放在帳單上，同時說「三百五十圓」後，相視一笑。

兩人走出咖啡店，微微欠身道別後分道揚鑣。

和豐子道別後，卷子用公用電話打電話去醫院。

「請問是向井診所嗎？喔，我是今天去做全身檢查的里見的太太，請問他做完檢查了嗎？里見，里見鷹男，對……是喔？」

對方回答說，鷹男的檢查很快就結束了，卷子急忙趕去醫院。

當她趕到醫院櫃台一問，得知鷹男剛做完檢查果然又覺得不舒服，正在病房休息。

卷子急忙趕去病房，一推開病房的門，頓時一愣。鷹男躺在病床上，赤木啓子陪在旁邊，正用手帕為鷹男擦拭額頭上的汗水和嘴邊的口水。

卷子頓時慌了手腳，叫了一聲「不好意思」，衝出病房，把門關上了。喘了一口氣後，才頓覺自己沒有理由慌亂，笑著再度推開病房的門。

「你在幹麼？」鷹男坐起身來問道。

「我以為走錯病房了……」

「眞是個冒失鬼。」鷹男苦笑著，轉頭對啓子說：「我們去蜜月旅行的時候，她一個人去大浴池泡完澡回到房間，看到我正在換衣服，也大叫一聲『不好意思』，就跑出去了……」

「哎喲……別再提以前的事啦，他每次都……」卷子故作平靜，向啓子道謝。啓子也起身鞠躬。

「彼此彼此……」

「我聽說他又和去年一樣，覺得不舒服了。」

「我可能不適合做胃鏡。」

「不好意思，給你添麻煩了。」卷子再度向啓子鞠了一躬。

「我剛好拿緊急資料過來……」啓子說。

鷹男也點頭說：「幫了我的大忙。」

「你手帕是不是髒了？」

「不……」啓子慌忙準備把手帕放回皮包。

「先放在我這裡，等洗乾淨後再還你。」

「不用了。」

「眞的啦，你別客氣。」

卷子很堅持，但啓子笑著把手帕塞進了皮包。三個人都顯得很尷尬。

啓子無法忍受沉默的尷尬，起身說：「我來倒茶……」

「菸……」卷子也同時說。

兩個人都呑吐起來，這次卷子說「喝水」、啓子說「香菸」，兩人分別以詢問的眼神看著鷹男。

「那就抽根菸吧。」鷹男回答說。

卷子心裡很不是滋味。「現在應該還不能抽菸吧。」

「已經沒有反胃的感覺了……」

卷子從鷹男掛在置物櫃裡的西裝口袋裡找菸，但沒有找到。啓子從皮包裡拿出七星淡菸。

「因爲剛好抽完了，所以我託她幫我買。」鷹男辯解似的說完，從啓子手上接過菸。

「你不是抽七星嗎？」卷子訝異地問，啓子說：「部長三個月前改抽七星淡菸了。」

「你沒有發現嗎？」

「因爲我不抽菸嘛。」

「其實這兩種菸很像。」啓子爲她緩頰，卷子雖然心裡十分氣惱，卻沒有怒形於色，目不轉睛地看著一臉陶醉地抽菸的丈夫。

「菊村先生打電話來。」啓子向鷹男報告。

卷子忍不住插嘴：「眞難得，不知道菊村先生家買房子了沒。」

鷹男冷冷地說：「不是那個菊村，是千北銀行的菊村先生。」

「貸款金額的明細……」啓子繼續說。

「明天一大早就打電話給他。」

「好。」

卷子完全無法融入，只能默默站在一旁，內心的怒火愈燒愈旺，但她拚命克制，面帶微笑地走到床邊。

「呃，工作的事，如果可以的話，晚一點我再……」

「請多保重。」

啓子微微點頭後站了起來，有點尷尬地從衣籃裡拿出皮外套。居然和卷子的外套同色同款。

「哎喲……好像啊……」卷子低喃，啓子有點不知所措，但還是鼓起勇氣穿在身上。

卷子目瞪口呆，兩件外套不是很像，而是一模一樣。

鷹男發出誇張的笑聲。「眞是不能做壞事。」他瞥了啓子一眼。「其實也沒有這麼嚴重啦。」

「我用年終獎金買了這件衣服，部長說很好看，也要幫太太買一件，還問我在哪裡買的……」啓子爲鷹男解圍。

「是嗎……」卷子雖然臉上帶著笑容，但聲音很不自然。

啓子離開後，卷子立刻脫下外套丟在一旁。「我不知道和她的一模一樣。」

「我最不會買衣服了。」

「她那一件也是你買的吧？」卷子厲聲問道，鷹男苦笑著說：「如果是我買的，怎麼可能買兩件一樣的？」他用下巴指了指門的方向。「人家有男朋友……」

「對方是誰？」

「我不知道對方的名字。」

「綱子姊也有交往中的人啊……」

她不知道爲什麼這個時候突然提到姊姊的事，難道是因爲在姊姊家門口遇到豐子、一起在咖啡店聊天，聊天的內容始終盤旋在耳邊嗎？

「我忘了那家日本咖啡館的店名……」卷子注視著丈夫的眼睛。「我遇到那個人的太太了，還一起喝了紅豆湯。」

「是喔。」

卷子把剛才的事一五一十地告訴鷹男。

鷹男面不改色，他早就察覺了綱子和貞治之間的關係。

「她說，遭到背叛的感覺很寂寞，還說兩個人在一起，對方的心卻不在自己身上，比一個人時更寂寞。我聽了覺得很心酸……」卷子借豐子的話說出了自己的心聲，她只能用這種方式責難丈夫。

鷹男一言不發，仰躺在床上。

卷子突然想到似的說：「綱子姊還是再婚比較好。」

「……」

鷹男閉上眼睛。

「你睡著了嗎？」

鷹男沒有回答，卷子看著丈夫的臉，深深地嘆了一口氣。

那天晚上，綱子來到里見家。她很在意白天假裝不在家讓卷子撲了個空這件事。

卷子立刻向綱子提起再婚的事。

「我還以爲你要說什麼。結婚這種事，一次就足夠了。」

綱子一笑置之，卷子卻難得露出嚴肅的表情。「如果一輩子都和一個人廝守當然好，但是……」

「但是什麼？」

「但是會讓別人流淚啊。」

綱子假裝沒聽懂。「誰在流淚？」

「不是有嗎？」

「有人笑，有人哭，這個世界本來就人各有命。」

卷子戳了戳丈夫的腰。「對不對？」

「大姊，要不要喝一杯？」鷹男起身，拿出酒杯。

「你除了勸姊姊喝酒以外，也勸一勸那件事嘛。」卷子斜眼瞪著鷹男。

鷹男苦笑著說：「她非要讓你再婚不可。」

「我新做了一件和服，想找機會穿嘛。我去拿冰塊……」

卷子走去廚房時，鷹男向綱子使了一個眼色。

「她這個人很守規矩。」

「她不光是守規矩，根本就是教育敕語*的信奉者，『兄弟友愛，夫妻和合，朋友互信』……」

「大姊，你還眞是老古董。」

「還有博愛什麼？」卷子說著，一手拿著水瓶從廚房走了出來。

三個人絞盡腦汁地回憶教育敕語時，玄關的門鈴響了。

「來了！」

卷子開了門，瀧子站在寒風中。

「小瀧……」

「我可以進去嗎？」

「可以啊，綱子姊也來了……」卷子用下巴指了指客廳。

瀧子不以爲意地走進客廳，生氣地說：「我不想再理咲子了。」

「怎麼了？」

「她太看不起人了。」

「雖然我不知道她說了什麼，但畢竟是姊妹嘛。」

「即使是姊妹，我也討厭她，像她這樣整天炫耀自己有錢……」

鷹男請瀧子坐下。「小咲是無心的。」

「她只是假裝無心，其實是在報復。她功課不好，就她成績最差，又和沒出息的拳擊手同居，被我們看不起，所以她現在要以牙還牙。」

「別管她，隨她去嘛。」卷子說，綱子也說：「別人是別人，自己是自己，人比人，只會氣死人。」

「不要，反正我就是討厭她。」瀧子歇斯底里地堅持己見。

「小瀧，你的no太多了。」

鷹男說中了瀧子的痛處。

「No？」

「這個討厭，那個錯了，這個不喜歡……你整天都在說no。」

綱子佩服地說：「說的好，男人的眼光果然不一樣。」

瀧子有點不安起來。「我真的整天說no嗎？」

「對。對女人來說，這一點很吃虧，往往會在關鍵時刻讓幸福溜走。」

「說的太好了！」綱子大力讚賞，卷子立刻說：「你和綱子姊完全相反。綱子姊整天都說yes，所以才那麼有男人緣吧。」

綱子瞪了卷子一眼。「原以爲姊妹是最好的朋友，沒想到是最大的敵人。」

卷子笑得合不攏嘴。「你到現在才知道嗎？」

瀧子不理會兩個姊姊的談笑，一臉嚴肅地陷入沉思。她想的是勝又的事。

這一天，咲子家依慣例舉行聚會。

玄關半開的門外都聽得見的眾人念經聲，跟這棟現代化的公寓格格不入。放著獎盃的台座旁，掛著

譯注

＊明治天皇在一八九〇年頒布的「對教育的敕語」，提倡忠孝作爲國民教育的中心，成爲日本教育的最高準則。一九四八年，經過日本國會通過該敕語失效。

那件紅狐毛皮大衣，地上堆滿穿舊的和服鞋以及有點髒的鞋子，身穿樸素和服、掛著佛珠的老婦人接二連三地走進眞紀的房間。

陣內的母親每個月都邀集附近的老婦人在家裡聚會，大家一起念經，爲兒子的健康和勝利祈禱。

陣內在走廊上射飛鏢。他看著貼在牆上的標靶，定睛瞄準目標，把飛鏢射了出去。咲子從廚房端著一大盤橘子走了出來，差點撞到他，慌忙讓到一旁，沒想到橘子還是滾落一地。

陣內撿起橘子放在托盤上。「對不起啦。」

「嗯？」

陣內用下巴指了指眞紀的房間。「你不喜歡吧？」

「反正又不是每天。」咲子雖然嘴上這麼說，但不悅全寫在臉上。

「我老媽只有這點樂趣，只能請你包涵了。」

陣內對咲子做出拜託的動作，咲子頓時笑容滿面，依偎在丈夫身上撒嬌，結果剛撿起的橘子又滾落一地。

這時，裡面房間傳來嬰兒的哭泣聲。

陣內從咲子手上接過托盤，讓咲子去照顧孩子，自己把橘子送去母親房間。一打開門，六張榻榻米大的房間內坐滿了老婦人，全背對著門念經。眞紀撥開人群走了出來，從陣內手上接過托盤，踮起腳向兒子咬耳朵問：「今天有什麼要特別拜託的嗎？」

陣內指了指自己的眼睛。

「你眼睛不好嗎？」

「等不好再拜託就來不及了，老媽，要記得好好幫我拜託。」

看到眞紀點頭後，陣內輕輕掩上門，站在走廊上，聽著念經聲片刻，撿起腳下的飛鏢，瞄準了標靶，但標靶在搖晃，看起來好像有兩個。

他眨了眨眼，這時，臥室的門打開了，咲子抱著勝利走了出來，正柔聲哄著。陣內拉住正準備去廚房的咲子，把勝利抱了過來，臉貼在他的頭髮、臉頰、手腳上。咲子幸福洋溢地看著丈夫。

和勝利玩了一會兒，陣內把他交還給咲子。咲子拿奶瓶碰碰臉頰確認溫度，走進了廚房。

陣內再度拿起飛鏢，看著標靶。標靶很模糊，的確變成了兩個。他下定決心丟了出去，結果完全射偏了。念經的聲音驟然變得大聲。陣內皺起眉頭，木然地愣在原地。

國立竹澤家，恆太郎坐在簷廊上眺望庭院。

勝又在廚房和飯廳之間來回，笨拙地把小盤子排在餐桌上，又放了蘸醬油的碟子，專心忙著準備晚餐。

恆太郎回頭問：「要不要幫忙？」

「不用，不用了。」勝又回答，一個人忙得團團轉。

這時，電話鈴聲響了，恆太郎猛然回頭。電話鈴聲斷了之後，又再度響起。恆太郎用完全不像是老人的矯健身手衝向電話，但勝又搶先一步接起了電話。

「喂！」

「爸爸？」是省司打來的。

「啊？」

「你……不是爸爸？」

「你打幾號？」

電話咔嚓一聲掛斷了。

「打錯電話嗎？」恆太郎問。

「小孩子……」

恆太郎強忍激動。「小孩子……」

「小男生，可能想問大人，補習班放學後可不可以去看電影之類的吧。」

「我想也是。」恆太郎走回簷廊，再度看向庭院。

勝又把砂鍋端上桌，開始添飯。

「勝又……」恆太郎頭也不回地叫了一聲。

「嗯？」

「你知道『初時閃亮奈良刀』這句話嗎？」

勝又眼珠溜轉。「初時閃亮奈良刀……是什麼意思？」

「好像是室町時代，奈良一帶大量生產品質不佳的廉價刀，稱爲奈良刀。」

「喔，所以叫奈良刀……」

「雖然剛買的時候看起來亮閃閃的，好像很好用，但表面的電鍍很快就剝落了。」

「是、是說我嗎？」

「我並不是在罵你，只是說你太辛苦了。」

「……」

「老年人很容易依賴別人，如果我往後就此認爲這是理所當然的，你應該會吃不消吧？」

「沒關係，反正我身強力壯。」

「你不需要這麼賣力。」

勝又沒有回答，然後，換了一種口吻問：「要不要吃飯了？」

恆太郎坐在餐桌旁，盯著勝又的臉。「還是說，你對我有什麼愧疚嗎？」

「怎、怎、怎麼可能？」

「那就應該公平，我們輪流做飯。」

恆太郎微微點頭後拿起筷子，兩個人默默開動。

不一會兒，電話響了。恆太郎丟下筷子，慌忙準備起身。勝又制止了他，飛奔過去接起電話。雖然接起了電話，但嘴裡都是食物，發不出聲音。恆太郎一把搶過電話。

「喂……」電話中傳來一個甜膩的聲音。

「怎麼是你？」

「爸，怎麼是你……」

恆太郎悶不吭氣地把電話交給勝又，回到餐桌前。

「喂，瀧子……」

「你在那裡還好嗎？」

「馬馬虎虎。」

「是你下廚嗎？」

「反正我已經習慣了……」

「我爸不吃芋頭。」

聽到瀧子的話，勝又「啊」了一聲。「今晚我煮了芋頭，切成小塊和馬鈴薯一起燉煮。」勝又瞥了恆太郎一眼。「他在吃……」

「啊，我也好想吃！」

瀧子今天和平時不一樣。不知道是不是因爲昨晚鷹男說的話對她發揮了作用，她坦誠地說出了內心的想法。和勝又閒聊時，她的心情更加放鬆，同時在心裡發誓，以後再也不說「no」了。

吃完晚餐，勝又在廚房洗碗時，省司再度打了電話。這一次是恆太郎接了電話。

「爸爸，你最近好嗎？」

「很好。」恆太郎臉上情不自禁地漾出笑意。「小鬼你也好嗎？」

「不好。」

「那怎麼行？要打起精神。」

「沒辦法。」

「眞傷腦筋。」

「只要見到爸爸，就有精神了。」

恆太郎的表情頓時亮了起來，但他強自壓抑著喜悅。「這可不行。」

「爲什麼？」

「我要掛電話了，晚安。」

「我可以再打電話嗎？」

恆太郎沒有回答就掛上電話。雖然並沒有血緣關係，但省司是這個世上唯一、也是第一個叫他爸爸的男孩，他想要見省司……然而，他拚命告訴自己不能見面。

他思緒萬千地坐在簷廊，廚房傳來「喀嚐」一聲打破碗的聲音。

這天晚上，恆太郎輾轉難眠。他看著天花板，眼前浮現出省司的臉。他乾咳著想要趕走幻影，走廊上傳來腳步聲。

「竹澤先生……」紙門拉開一條縫，勝又探頭進來。「我、我有話要對你說……可以進去嗎？」

恆太郎坐了起來，勝又有點顧慮地走了進來。他在睡衣外披了一件外套，光著腳。

勝又在恆太郎面前正襟危坐後，突然坦承說出：「竹澤先生，當初就是我負責調查你的外遇，是我查到你每個星期去土屋友子那邊兩次，而且那個男孩不是你的親生兒子。」

恆太郎沒回答，目不轉睛地看著勝又的臉。勝又用手背擦著額頭上的汗說：「因爲這個原因，我才會認識瀧子。」

「……」

「雖然現在還不知道我們會不會結婚，但如果結婚，我會好好疼愛她來補償，我保證一輩子都不外遇。」

恆太郎笑了起來。他笑得愈來愈大聲，終於變成了開懷大笑。勝又瞪大眼睛，看著恆太郎的臉。

「我已經好幾年沒這麼笑了。」笑完之後，他拍了拍勝又的肩膀，示意勝又出去。

去見省司吧——不知道爲什麼，恆太郎突然下了決心。

幾天後，省司打電話來，恆太郎在省司的央求下，約好在省司住家附近的咖啡店見面，又在省司的央求下教他寫功課。

「不對喔，爸爸，你不行啦。」

「現在的功課都太難了，我以前沒學過。」

「應該這樣！」省司探出身體，但恆太郎說：「既然你不滿意，就自己寫。」省司慌忙說：「我不說了，不說了，啊，你眞厲害。」

「拍馬屁也沒用。」

「還是媽媽比較厲害。」

雖然兩個人鬥著嘴，但感情親如父子。

咖啡店外，一身素雅和服、用披肩遮住臉的友子深有感慨地看著他們。

同樣的時間，瀧子來到國立娘家。她站在小板凳上，拿鐵錘敲著牆。勝又和之前一樣負責扶著小板凳。

是瀧子提出要把架子裝上去的，勝又一臉狐疑地問：「你特地來敲釘子的嗎？」

「因爲上次做到一半啊。」

瀧子在內心激勵著自己，用力敲著釘子，而後冷不防停下手，對一臉訝異的勝又說：「你可不可以逗我笑？說些好笑的事……」

「你突然這麼說……」勝又露出不安的眼神看著鐵錘。

瀧子察覺到勝又的視線。「今天鐵錘不會掉下來……」

勝又更加疑惑不解。「沒什麼好笑的事。」

瀧子垂下雙眼。「我在想，你會不會有和上次一樣的想法……」

「啊？」

「今天，我不會說……不要了……」瀧子用幾乎聽不到的聲音說。

勝又驚愕得抬起頭，瀧子以快要哭出來的表情俯首看著勝又。

勝又用力吞了一口口水，戰戰兢兢地抱住瀧子的腿。瀧子把勝又的手往上拉到自己的腰。勝又把臉貼在瀧子的屁股上，瀧子的身體抖了一下，勝又也在顫抖。

瀧子把鐵錘輕輕放在榻榻米上，兩個人相擁滾落在榻榻米上，發出「咚」的巨響。然而，兩個人都沒有發現，繼續熱情地相擁。

幾天後的晚上，瀧子來到里見家。

這天晚上，瀧子穿了一件以前從來沒穿過的柔色毛衣，化著淡妝，渾身閃亮動人。

「你說要和我談事情，到底是什麼事？」卷子問。瀧子瞥了一眼洋子，語帶吞吐地說：「嗯……等一下再說。」

「什麼事嘛？」

「要不要我迴避？」

「不，姊夫，請你留下來……」

「啊？喔，我知道了，洋子，去二樓……」卷子用眼神向洋子示意，洋子吃著零食說：「瀧子阿姨，你是不是要結婚了？」

瀧子瞪大眼睛。「洋子，你聽誰說的？」

「眞的嗎？」

「眞的假的？」

卷子和鷹男異口同聲地問，瀧子羞澀地點頭。

「和勝又嗎？」

「嗯……」

「我猜對了！」洋子歡呼起來。「我就知道……因爲瀧子阿姨和平時完全不一樣，整個人閃亮亮的。」

「馬上要當新娘子的人怎麼可能垂頭喪氣？快去二樓……」

「二樓……」

被父母趕去二樓的洋子走出客廳前，嘟著嘴說：「每次我只要說實話，就被趕去二樓。」

鷹男對著她的背影大聲說：「所以家裡才勉強建了二樓啊，小傻瓜！」

「現在的小孩子眞不可愛。」卷子也嘆著氣。

「他們的體格和直覺比大人強多了。」

「姊姊，你們也很辛苦。」

「有時候，我傻傻的沒察覺的事，這孩子也會發現。」卷子瞥了丈夫一眼。「根本不容有半點大意。」

「往往是『言者無意，聽者有心』。」

瀧子面帶笑容地聽著他們夫妻的對話，卷子看著妹妹的臉說：「你早就該這麼做了。」

「對啊，四姊妹中，你的臉蛋最好看，如果五年前就開竅，就會更……」

「更什麼？」

「更……」

「你想說，可以找到比勝又更好的對象嗎？」

鷹男慌忙說：「不，不，我是說，可以更早有眉目。」

「對啊，害我們這麼擔心。」卷子也在一旁打圓場。

然而，這天晚上，無論別人說什麼，瀧子都笑容可掬。

「沒關係，不管姊夫和卷子姊說什麼，我都不會生氣，不過……」

鷹男打斷了瀧子的話。「婚禮什麼時候舉行？」

「不舉行婚禮不行嗎？」

「那當然，別人都辦婚禮，你當然也要。」

「我們兩個都很討厭這種繁文縟節。」

「這不是喜歡或是討厭的問題，否則，小孩長大以後，你們就傷腦筋了，他們一定會要求看你們的結婚照……」

「不然就舉辦一個只有家人參加的小型婚禮。」

「衣服也可以用租的，但一定要辦。」

「嗯……」瀧子勉強點頭答應。

「問題是要請什麼人。」

「父母、兄弟姊妹，還有……」說到這裡，瀧子陷入沉思。「姊妹喔……」

這時，宏男走了進來。

「怎麼連一聲『我回來了』都不說？」

「我回來了。」

「看到阿姨來了，要說『歡迎』啊……」

「歡迎。」

鷹男苦笑著說：「你是鸚鵡嗎？」

瀧子也笑著說：「宏男好像又長高了。」

「他一天要吃四餐，如果不長高，就虧太大了。」

「又登了。」

宏男丟出一本週刊雜誌後走了出去。卷子翻開週刊，發現在「拜訪名人家庭」的專欄中，出現了陣內和咲子夫妻恩愛的照片。

瀧子皺著眉頭說：「我不想請這個人。」

「瀧子……」

「我無所謂，不管她說什麼，我都不會放在心上，但勝又哥太可憐了。好不容易建立了身爲男人的自信……」

「啊？」

「嗯，呃……我不想讓他在決定向前衝的時候就出師不利。」

「你不請她嗎？」

瀧子點頭。

「勝又也同意嗎？」

「沒有。」

「原來是你的個人意見。」鷹男低哼了一聲。「到時候心裡會留下疙瘩。」

「我也這麼想。」卷子也說。「如果沒有受邀參加姊姊的婚禮，無論咲子還是陣內，一輩子都……」

「女人眞膚淺。」

聽到鷹男這麼說，兩姊妹都露出訝異的表情。

「……」

「我是說，勝又的心裡會留下疙瘩。」

「如果是我，知道老婆爲我操這種心，會傷了我身爲男人的自尊心。」

兩姊妹沮喪地互看了一眼。

「所謂見面三分情，即使在江戶時代的村落，也會邀請已經絕交的人參加婚喪喜慶。」

瀧子猛地抬起頭。「不對，只有葬禮的時候才會邀請參加。」

「你就是這個毛病改不了。」卷子拉著瀧子的袖子。「現在不是爭辯這種事的時候。」

瀧子吃吃笑著點頭。

「咲子那裡，我會不著痕跡地暗示她一下，可以嗎？」

「……」

「其實陣內並不是喜歡出風頭的人，只是咲子有點得意忘形了，所以……」

聽了卷子的話，瀧子終於用力點頭。

離開里見家後，瀧子前往國立娘家。聊起咲子的事，勝又滿臉脹得通紅抱怨說：「瀧子，這太奇怪了！你竟然去你姊姊家說這種事，實在太奇怪了。」

「但是……」

「你們不是姊妹嗎？既然是姊妹，當然必須邀請她參加。不管她是像洛克菲勒一樣的億萬富翁，還是殺人犯，都不是問題。」

「……」

「當然，我也是凡夫俗子，心裡當然會鬧彆扭，也覺得很不甘心，但這是兩碼子事。」

手拿進口威士忌來到飯廳的恆太郎在門口停下腳步，聽著兩個人談話。

勝又的反應讓瀧子感到竊喜，但仍然無法消除不安。

「萬一她做了什麼惹人討厭的事……」

「我這個人容易緊張，應該不會察覺。」

「呵呵呵。」

恆太郎走了進來，在勝又面前搖了搖威士忌。

「哇噢，好高級。」

「我特地留下來的。」

瀧子趕緊拿來酒杯，恆太郎在三個杯子裡倒了酒，三個人乾了杯，細細品味著威士忌。

到了婚禮當天。這場小型婚禮只邀了雙方的親戚參加。

巴掌大的休息室內，勝又穿了一件不合身的禮服，大家圍著他，你一言我一語。

「勝又，很不錯喔。」鷹男拍了拍勝又的肩膀。

「這件衣服太大了……」綱子調侃著。

「綱子姊……」卷子在一旁瞪了她一眼。「他穿起來很帥氣。」

「一眼就看出是租來的。」

勝又靦腆地扭了一下身體。

「大家還不都是用租的，反正只有今天穿一次而已，自己買和租的有什麼差別。」

「你要抬頭挺胸。」卷子說，綱子卻說：「我喜歡有點駝背的男人。」

鷹男苦笑著說：「你們七嘴八舌的，他都不知道該聽誰的……」

恆太郎坐在角落的椅子上，笑盈盈地聽著他們閒聊。

這時，門口傳來一陣騷動。陣內和咲子走了進來。陣內穿了一件有很多飾邊的襯衫，配了一套紅色西裝。咲子的服裝顏色雖然並不花稍，卻是一件引人注目的晚禮服。

卷子和綱子互看了一眼。

「她是怎麼回事？」

「我已經再三叮嚀……」

陣內和咲子走了過來。

「恭喜……」陣內正準備向新人道賀，屏風外響起一陣歡呼。

「那不是陣內嗎？」

「是拳王陣內英光。」

「陣內在這裡耶！」

「哪裡？在哪裡？」

一道人牆頓時把夫婦倆團團圍住，民眾紛紛遞上紙和手帕索取簽名。服務生聽到騷動，也拿著簽名板跑了過來。陣內被人群擠得東倒西歪，但還是為眾人簽起名來。

卷子和綱子拉著咲子的手，把她從人群中拉了出來。

「之前不是和你說了嗎？要穿得比新娘低調。」

「今天的主角不是你們。」

咲子惱火地說：「我當然知道。」

「既然這樣，為什麼讓他穿成這樣？」

「我幫他準備了黑色西裝，但臨到出門，他臨時改變主意，說不想穿黑色，想穿明亮的顏色……」

「他本來就夠醒目了。」

「他又不是街頭的廣告看板人。」

「我去跟他說……」

兩姊妹走向人群，很有禮貌地欠了欠身，向那些民眾說：「不好意思，今天是我們家族喜宴，請大家見諒。」

「婚禮已經開始了，不好意思……可不可以結束之後再說。」

然而，陣內卻欲罷不能。

「大姊、二姊，沒有關係，我的工作必須重視支持我的人。」

勝又也露出親切的笑容。「熱、熱鬧一點比較好，這樣反而比較好。」

卷子和綱子憤然瞪著陣內。

陣內比平時更加投入，其實是有原因的。雖然他面帶笑容地簽名，但內心卻很惶恐。這一陣子他視力急遽衰退，現在看到的字都是兩、三個重疊在一起搖晃扭曲，如果繼續惡化，會有怎樣的後果？不僅會失去拳王的寶座，甚至可能無法參賽吧？他內心惴惴不安，卻不敢向任何人啓齒。爲了掩飾內心的不安，他才表現得異常興奮。

陣內突然抬起頭，看著勝又的臉。「恭喜啊。」

「謝謝。」勝又回答，看著陣內的手指。他覺得有點不太對勁，卻不知道哪裡出了問題。

「爲什麼不把燈光調亮一點？」陣內嘀咕道，推開人群，搖搖晃晃地走向勝又。

「呃？」

「一輩子一次的大喜事，燈光太暗了啦。」

「啊？」

會場內燈火通明，周圍的人都驚訝地看著陣內。這時，服務生剛好拿來果汁。

「把燈都打開。」

陣內對服務生說話時，整個人搖晃起來。勝又「啊」了一聲，伸出雙手，卻無法拉住他，兩個人一起倒向服務生。果汁灑了出來，不偏不倚淋在勝又的頭上，勝又雪白的襯衫沾上一片橘色污漬。

瀧子在不遠處看著這場騷動，看到勝又跌倒時，忍不住慘叫起來，拉起婚紗的下襬衝過來。她一把推開跑向陣內的咲子，狠狠瞪了她一眼說：「你走吧。」

卷子和綱子慌忙抱住瀧子，免得婚紗也沾到果汁。瀧子轉頭看著陣內和咲子大叫：「你們給我回去！如果你們不走，我們走！」

咲子以仇視的眼神回瞪她，拉著陣內的手說「我們走吧」，轉身準備離去。

這時，在一旁看不下去的恆太郎走了過來，摟著瀧子和咲子的肩膀。

「十年之後，這件事就會變成笑話。」他用平靜的語氣說道，然後轉頭看向勝又。「你穿我的吧，這套衣服實在不適合你。」

「但是，爸……」

「我向這裡租一套衣服就好。」

這時，負責主持婚禮的工作人員來叫他們。

「勝又先生、竹澤小姐，請兩位進入會場。」

「來了。」綱子故意用開朗的聲音回應。

「請等一下！」卷子也拜託工作人員。卷子和綱子率領一行人緩緩走出休息室，只剩下陣內和咲子。

咲子摸著陣內的手臂問：「你是不是哪裡不舒服？」

「不，沒有。」

「剛才怎麼會跌倒？」

「因爲有人推我。」

雖然咲子並不相信，但陣內的表情拒絕她繼續追問。在房間角落，一個矮小的男孩害羞地拿著簽名板看著陣內。陣內露出笑容，向男孩招了招手。

「老公……」

「我馬上就過去。」

陣內用眼神示意咲子先走，咲子內心充滿不安，但還是走向會場。

咲子離開後，陣內主動走向少年，接過簽名板。他拿著簽名筆的手微微發抖。「衝啊！陣內英光」——他按照平時的感覺簽了這幾個字，但字跡凌亂，扭成一團。

男孩驚訝得抬頭看著陣內的臉，就在這時，簽名筆從陣內的手中滑了下來。他彎下身要撿起來，但整個身體往下一沉，倒在地上，失去了意識。

勝又換上恆太郎那身印有家紋的和服褲裙後，頓時顯得威風凜凜，身穿婚紗的瀧子也喜不自勝。他們站在神主面前接受祝福，沉浸在幸福中。

在這個喜慶的場合，只有咲子幾乎被不安壓垮了。身旁的座位仍然空著，陣內還沒有進來。她終於按捺不住、準備起身察看時，身穿黑色服裝的工作人員走了進來，悄聲對咲子說話。

咲子頓時臉色大變，搖晃著站起身。卷子、綱子、鷹男面面相覷，不知道發生了什麼事。卷子作勢要跟著咲子出去，被恆太郎用眼神制止了。他似乎用眼神告訴女兒，不能破壞這個莊嚴的儀式。

一行人掩飾著內心的不安守候著這場婚禮。卷子、綱子和恆太郎凝視著站在幸福顛峰的瀧子，內心卻爲即將降臨在咲子身上的不幸預感翻騰不已。

叮噹

陣內英光被送進附近的醫院後，直接住了院。咲子趕到醫院後，再也沒回到婚禮現場。婚禮結束後，恆太郎和三個女兒、鷹男、勝又才得知情況。綱子、卷子、瀧子三姊妹想立刻趕去醫院，卻被恆太郎阻止了。他說在情況穩定之前，先讓咲子夫妻獨處。

第三天下午，卷子和瀧子聯絡後，相約一起前往醫院探視。陣內所在的腦外科病房內有許多頭上包紮繃帶的病人。看到那些坐著輪椅或是把點滴架當成枴杖走路的病人，卷子感到一陣心痛。確認病房門口的名牌後，她敲了敲門。

「請進。」裡面傳來瀧子的聲音。

卷子打開門，看到病房內的情況，驚訝得愣在原地。病床上沒有棉被和床單，只見瀧子孤伶伶坐在床墊上。

「陣內……他……他……」卷子說不出話。「該不會死……」

「聽說他出院了。」瀧子聳了聳肩。

「出院？」

「我也嚇了一跳。我來之前匆匆吃了一碗蕎麥麵，不停地打嗝，不知道該怎麼辦。走進病房一看，心想，啊，死了——結果就不打嗝了。」

「不要說這麼不吉利的話。」

「呵呵，你自己不也是在想同一件事……」她笑了起來，沒想到又「呃、呃」的打起嗝來。「哎喲，怎麼又來了……」

卷子偏著頭問：「是不是病情好轉了？」

「好像並沒有。我剛才問了護士，聽說是他們堅持要回家，醫生只好勉強同意他出院。」

「她不是知道我們今天要來嗎？」卷子說著，突然「啊」的叫了一聲，拍著瀧子的背。

「你眞是的，這種小把戲哪有用。」

「是嗎？」卷子苦笑著。「如果要出院，至少該打個電話通知一下。」

瀧子用打嗝回答了姊姊的問話。

「況且，不是她指定我們今天來的嗎？」

瀧子不停地打著嗝說：「小咲從小就很自私。」

「眞是本性難移。」卷子和瀧子互看了一眼。「啊——早知道不該買玫瑰花。」她把花束丟在床墊上。

「我也買了一顆三百圓的柳丁，要不要吃？」瀧子用下巴指了指放在一旁的紙袋。

「不要，在這種地方吃，怎麼會好吃。既然來了，要不要乾脆帶這些東西去咲子家？」

瀧子看著手表。「不……不行，我約了人。」

「勝又嗎？」

瀧子打著嗝點頭。

「那我去看看。」卷子說。瀧子把水果袋遞給姊姊，兩姊妹走向門口時，不約而同地回頭看著空病床。

「勝又也說……」瀧子打了一個嗝。「是不是眼睛出了問題。」

「你們心裡應該很不舒服吧？他在你們婚禮前昏倒，如果眞有什麼萬一……」卷子深有感慨地說，然後，驟然變了個人似的「哇！」一聲拍了瀧子的背。瀧子翻著眼珠子。

「啊，好了……」

兩姊妹笑著走出病房。

這時，咲子家的客廳內，陣內在睡衣外穿著睡袍，無法聚焦的雙眼飄忽不定。牆上掛著他成爲拳王時的照片，大小不一的獎盃陳列在櫃子上。

眞紀的房間傳來念經的聲音，或許是因爲愈來愈投入，聲音益發響亮。

咲子拿著一盤橘子從廚房裡走了出來，以擔心的眼神看向發呆的丈夫。

「頭會不會痛？」

不知道是否心不在焉，陣內沒回答。

咲子走到陣內身旁問：「你的頭……」話還沒有說完，看到陣內空虛的表情，一時說不出話。她吸了一口氣又問：「頭會不會痛？」

陣內沒有看咲子，小聲地回答：「不會……」

「要不要我去跟你媽說，叫她不要念了好不好？」

聽到咲子這麼說，陣內露出笑容。「謝謝你。」

「啊？」

咲子看著丈夫的臉。陣內露出溫柔的眼神，低吟了一句「謝謝你」，雙手靜靜合掌。

咲子不安起來，卻故意用笑容掩飾。這時，裡面傳來嬰兒的哭泣聲。陣內從咲子手上接過托盤。

咲子把奶瓶放回兒子嘴裡，回到走廊，準備走回客廳時，發現丈夫站在玄關。他在幹什麼……咲子正準備走過去，整個人卻愣住了。玄關的水泥地上堆滿了那些老婦人的和服鞋，陣內用橘子一一瞄準後，朝那些和服鞋丟過去。橘子落進和服鞋後，他再度用其他橘子瞄準，把之前的橘子塞進和服鞋裡面。如果沒丟進，再重新瞄準。他拿著橘子單眼瞄準的專注神情，令人感到毛骨悚然。

「你在幹什麼?」咲子問，陣內不理會她。

「你在幹什麼?」咲子又問了一次。

「彈珠。」陣內回答。

「彈珠……」

「小時候，我很會玩彈珠。」

咲子走到水泥地上，準備把和服鞋裡的橘子拿出來，陣內一把推開她。

「你不要干擾我。」

「老公……」

陣內無視咲子，再度拿起橘子，單眼瞄準和服鞋。

「別鬧了，別鬧了!」咲子撲到丈夫身上。

陣內用力推開咲子，咲子撞到了門，發出巨大聲響。

陣內不顧呆若木雞的咲子，繼續把橘子舉到眼前單眼瞄準，成為標靶的和服鞋裡的橘子變成了二、三個。

這時，念經的聲音更大聲了。

「吵死了!」陣內心浮氣躁地把橘子丟向門，橘子裂了，汁液流了出來。

「別念了!別念了!」

聽到吵鬧聲，房門開了，一群老婦人跟著眞紀紛紛探出頭。

「你……」

「你們走吧。」陣內狠狠瞪著那群老婦人。

「你在說什麼？大家都是爲了你……」

「滾！快滾！」

「不是你說要幫你祈禱嗎？」

「滾！快滾！」

陣內用托盤上的橘子丟向那些老婦人。

「住手，阿英！住手。」

「老公，你別這樣。」

咲子和眞紀一起撲向陣內，陣內惡狠狠地甩開她們，發瘋似的丟著橘子，不斷撿起來再繼續丟。那些老婦人承受著橘子炸彈，驚慌失措地東躲西閃，尋找自己的和服鞋。突然，其中一人小聲念起經來，其他人也跟著念了起來。

「滾！快滾！」

那群老婦人念著經，魚貫而出。

這時，捧著花束和水果袋的卷子剛好站在門外，差點被奪門而出的老婦人撞倒，陣內丟的橘子剛好命中她，黃色污漬濺到卷子大衣的肩膀。

「卷子姊！」咲子瞪大眼睛。

眼神空洞的陣內不理會呆立的卷子，轉身又叫了一句「滾！」，搖搖晃晃地走進裡面的房間。

咲子和卷子來到公寓的樓頂，那裡有一整排標了房號的晒衣架。咲子把卷子的大衣掛在晒衣竿上，用濕毛巾拍打、擦拭，試圖擦去污漬。她的表情很開朗，強忍著衝擊和不安，故作輕鬆地大聲談笑。

「都是他媽媽的錯。出院後，本來就夠煩躁了，她還找一堆人來念什麼南無阿彌陀佛、南無阿彌陀佛的。」

卷子一臉茫然地注視妹妹。

「如果我老公沒那麼做，搞不好我也會忍不住。」

「但是……」

「如果沒有這種鬥志，怎麼可能在拳擊這一行打滾？」

咲子愈是強顏歡笑，她的話愈顯得空虛無力。卷子一陣揪心。

「出院沒問題嗎？」

「沒問題，再說有人等著要住進去，單人病房很不好申請，我們也不好意思一直住下去。啊，污漬還是擦不掉，我賠你一件新的。」

「不用了，這種事不重要啦。你接下來有什麼打算？」

「接下來？」

「陣內的……這個……」卷子做出拳擊的動作。「是不是沒辦法再打了？」

「爲什麼？只要休息一陣子，等到春天的時候，應該能夠參加防衛賽吧。」

「……」

「小瀧的情況怎麼樣？有沒有多一點女人味……」

「嗯。」

「這麼說，他們之間很順利。很難想像小瀧向勝又哥撒嬌的表情。」

卷子想要笑，但只能擠出一個僵硬的笑容。

咲子一臉認眞地說：「不要告訴小瀧。」然後又咯咯地笑了起來。「不能讓新娘子太操心。」

卷子點頭，她感受到妹妹是在故作平靜。雖然知道，卻又無能爲力，只能看在眼裡，難過在心。卷子坐立難安地垂下雙眼，寒風吹在她的臉頰上，風吹起的衣物飄落在她們的腳邊。

那天晚上，鷹男、洋子和宏男三人在燈光調暗的房間內看八釐米影像。畫面中，洋子和赤木啓子正在打網球，啓子的白色百褶迷你裙不時翻起，露出白色內褲，修長結實的雙腿在球場上穿梭。她一頭隨風飄揚的頭髮，微微揚起的下顎，白皙的手臂，露出雪白牙齒的笑容……雖然外行人拍攝的畫面有點粗糙，反而令觀者有一種身臨其境的感覺。

「這是誰拍的？」

身後突然響起卷子的聲音，三人「啊？」的一聲回過頭，八釐米影像突然中斷了。

「原來是媽。」

「你回來了。」

「啊，嚇死我了。」三人紛紛說道。

「誰拍的？爸爸嗎？」卷子又問了一次，聲音有點尖銳。

「怎麼可能是我拍的？」鷹男回答，洋子說：「是君子，網球社的女孩子拍的。她最近迷上了八釐米攝影機，不管我去哪裡都跟著我狂拍。」她將視線移回宏男身上。「哥哥，快放嘛。」

八釐米攝影機發出咔答咔答的聲音，宏男調整後，再度播放影像。客廳的牆上再次出現洋子和啓子打網球的景象。四個人同時看著畫面，卷子加入後，氣氛在不知不覺中變得有點尷尬。

「是喔，我還以爲是爸爸拍的。」卷子嘀咕說，鷹男假裝沒聽到，問她：「醫院的情況怎麼樣？」

卷子還來不及回答，洋子就插嘴問：「赤木小姐是不是很漂亮？」

「一下子是漂亮，一下子又說厲害，媽媽……」說到這裡，卷子被椅子絆了一下。

「不要動啦，很危險耶。」宏男說。

卷子似乎沒有注意到自己被絆到了。「你沒告訴我和赤木小姐打網球的事。」

洋子生氣地說：「怎麼沒有告訴你？」

「你沒說。」

「我說了！」

「什麼時候……」

「我說的時候，你正在打毛線。」

「我之前不是說過，不要在我算針數的時候跟我說話嗎？我不記得你說過。」

「有什麼關係嘛，反正她又沒做壞事。」鷹男緩頰說，這時，畫面中啓子的裙襬翻了起來。

卷子又絆了一下，但根本沒人注意。

「哇！帥呆了！」聽到宏男的叫聲，卷子皺了皺眉頭。「簡直就像脫衣舞……」

「什麼？」其他三個人都露出驚愕的表情。

「難道不穿這麼短的裙子就不能打網球嗎？」卷子不悅地說這句話時，影像結束了。鷹男起身開了燈，房間頓時亮了起來。

洋子打量著母親的臉。「爲什麼我不能和爸爸的祕書打網球？」

卷子有點不知所措。「我沒說不可以，只是……」

鷹男插嘴說：「醫院那裡的情況怎麼樣？醫院！」

卷子回過神。「我去了之後才發現陣內已經出院了。」

「那不是很好嗎？」

「一點都不好，咲子不想讓我們看到陣內，硬把他帶回家的。」

「不想讓你們看到陣內？」

「他的情況很嚴重，還對我……」她做出丟橘子的動作，察覺到兩個孩子的視線，吞吐起來。

「怎麼了？」

「我想他可能不行了。」

「不行，拳擊……」

「他不能打了嗎？」宏男和洋子紛紛問道。

「不知道咲子有什麼打算？」說到這裡，卷子的目光停在宏男面前的啤酒杯上。「今天是什麼日子？」

「什麼日子？」

「既不是過年，又不是生日，居然趁我不在家就亂來。」

「他只喝了點泡沫而已，對吧？」

「你只會討好小孩子……」卷子一臉悵然地瞪了丈夫一眼，走進廚房，鷹男跟在她的身後。

「喂！」卷子聞聲，回過頭來。「你家有四姊妹，難免有各種情況，但是不要把情緒帶回家裡。」

「……」

「我是說，你不要回來亂發脾氣。」

「你說我在亂發脾氣嗎？」

洋子和宏男在鷹男身後豎耳聽著父母的爭執，卷子故意用小孩子也聽得到的聲音說：「看到咲子這樣，我覺得很難過。」

「不也有人新婚燕爾嗎？」

卷子無奈地笑了笑。她的不悅不是因爲擔心咲子，而是不喜歡赤木啓子。卷子喝完水回到客廳，忿忿地瞪著剛才映出啓子身影的白牆。

兩個孩子回房後，鷹男再度提起咲子的事。卷子正在擦拭大衣上的污漬。

「是不是應該叫你爸去了解一下情況？」

「我爸？」

「小咲……不願意向你啓齒吧？」

「一眼就能看出她在強顏歡笑。當初她和陣內在一起的時候，大家不是都反對嗎？她獨排眾議才結婚，事到如今，也不敢在我們面前說喪氣話。」

「如果她願意開口，我也會盡力幫忙，但她不肯說，總不好意思厚著臉皮上門，對吧？」

卷子停下擦拭污漬的手，嘆了一口氣。

「找你爸是最佳方法，他除了每週兩次去公司以外，都無事可做吧？」

「你是問他的外遇嗎？」

「嗯，嗯，對啦。」

「現在應該沒有了，之前那個叫土屋的女人帶著孩子改嫁了。啊，對了，上次我們剛好在路上遇到。」

「找一些事和他商量，老年人也比較不會痴呆。」

「其他人都不安定……」卷子注視著丈夫。

鷹男一臉訝異。「我們家哪有不安定？」

「你說呢？」卷子的視線再度在白牆上徘徊，突然想起什麼似的問：「對了，綱子姊的相親對象找到了嗎？」

「五十歲的男人要再娶很容易，五十歲的女人就……」

「綱子姊才四十幾歲。」

鷹男壓低嗓門問：「差不多啦。她還在和那家餐廳的……交往嗎？」

「託你幫她找對象，爲的不就是了結這一段嗎？」

「原來是這樣啊。」

「一輩子都無法公開的交往不是很寂寞嗎？如果等幾年就可以結婚，問題就簡單了，但對方是二、三十年的老夫老妻，不可能輕易離婚和綱子姊再婚，你不覺得嗎？」

「按常理來說，應該是這樣。」

卷子似乎在丈夫背後的牆上看到啓子打網球的身影，她用堅定的語氣說：「綱子姊這樣下去絕對不行。」

「你到底在說哪一件事？」

「啊？」

「你不是在擔心小咲嗎？」

「對啊。」卷子嘆了一口氣，將視線移回大衣。「啊，還是擦不掉。」

國立竹澤家，晚餐後，恆太郎和勝又下起了將棋。

在勝又輕咳一下時，恆太郎「啪」的一聲，放下棋子。

「啊……」

勝又抓了抓頭，似乎在說「又輸了」；恆太郎探頭看著勝又的臉，似乎在說「要不要讓你」；勝又搖了搖手，似乎在說「沒關係」。恆太郎「啪」的又走了一步。

勝又再咳了一下，瀧子走過去時，把一件外褂披在他身上，一言不發地轉身離開。勝又靦腆地笑了笑，恆太郎也含笑。兩個人互看了一眼，立刻俯首看著棋盤繼續下棋。

不一會兒，紙門後方傳來咔答咔答的聲音，瀧子正在關遮雨窗。關了二、三扇之後，不知道是否卡住了，發出了咔答答、咔答答的巨響，連紙門也跟著搖晃起來。

勝又打了聲招呼，站了起來。恆太郎看著棋盤，把放歪的棋子擺正。

「可能是第三扇或是第四扇卡住了。」說著，他「嘿咻」一聲站了起來。「要往外用力，再往上面推一把，這有訣竅的……要不要我幫忙？」

來到走廊上，恆太郎發現他們倆站在遮雨窗旁。瀧子拉著遮雨窗，勝又從身後抱住了她。瀧子的臉頰泛著紅暈。

恆太郎回到座位，把棋子放在棋盤上。

「原來不需要我幫忙……」

不一會兒，又聽到遮雨窗咔答咔答的聲響。新的紅色水壺在瓦斯暖爐上冒著熱氣，一股暖流流入了恆太郎的心。

翌日，勝又去枡川談工作，老闆娘豐子在門口迎接。

「歡迎光臨。」

「米本先生……」

「他已經來了，請進……」豐子看到勝又進門，「哎喲」一聲張大眼睛。「這位先生，我們以前好像見過。」

「對，我來過一次……」

「對了，我想起來了，您和三田村太太一起的，就是以前在我們這裡插花的三田村綱子太太……」

「她現在是我大姨子。」

「這麼說，您就是娶了她妹妹的……徵信社的……」

「對，因爲幫了客戶一點小忙，他說要請我吃飯，就約在這裡。」

「那眞是太好了。」豐子露出親切的笑容。「謝謝您時常光顧，您大姨子之前幫了我們不少忙，她最近好嗎？」

「很好。」

「是嗎？麻煩您幫我問候她。」

「好。」

勝又正打算把脫下的鞋子放整齊，豐子制止了他，幫他放好鞋子，然後，滿臉笑容地問：「您是哪一家徵信社……可不可以惠賜一張名片？」

貞治在帳房內悶悶不樂地聽著他們的對話。

那天晚上，卷子和綱子相約來到國立娘家，準備與父親商量咲子的事。兩姊妹先走向神龕，把帶來的點心供在藤的照片前，敲完佛鈴，合掌祭拜時……

「要喝日本酒還是啤酒？」瀧子在廚房問。

「日本酒。」

「啤酒。」

綱子和卷子同時大聲答道，說完之後，兩人互看了一眼。

「聲音好像和以前不一樣？」

「你是說瀧子吧？我也正想這麼說。」

兩姊妹忍不住竊笑起來，一起走向飯廳。

勝又正在飯廳準備壽喜燒，瀧子拿著碟子和筷子在飯廳和廚房之間穿梭，焦急地看著掛鐘。

「你們難得回來，爸怎麼這麼晚，眞拿他沒辦法。」

卷子坐在餐桌前。「沒關係……反正我們會等到大家到齊後再回去。」

「爸有沒有說去哪裡？」綱子也在卷子身旁坐了下來。

「他只說『和朋友在一起，晚一點回家』，就咔嚓一聲掛了電話。」

「原來爸也有朋友。」

聽到卷子的話，綱子立刻說：「當然有嘍，男人如果沒有朋友就完蛋了。他當年的老同學應該都還活得好好的吧。」

「呃，還有蒟蒻條。綱子姊，你要日本酒吧？」

「要不要幫忙？」綱子和卷子同時站了起來。

「不用了。」

「我……」

「不用了……不好意思……」瀧子拿了啤酒給勝又。「先喝這個吧。」

勝又在杯子裡倒了啤酒，三個人喝了起來。

綱子喝了一口說：「不知道咲子到底有什麼打算，她上有婆婆，下有還在餵奶的孩子……」

「他們住的房子還要繳貸款吧？」瀧子把蔬菜排在大盤子裡插嘴說。

卷子點頭。「我之前跟她說過，不要花錢如流水，要存一點錢。」

「我也說過她，結果你猜她怎麼說的？她說如果我們用錢小孩子氣的話……」綱子說。

「她是說小家子氣吧？」

「原來她也對你說過。」

「她是不是說出手不闊綽，就可能會輸？」

「她說那個行業的人都這樣……她說話時的神情還很認眞喔。」

「跟我說的時候也一樣。」

「如果陣內生病就生病嘛，有什麼好隱瞞的，我們不是姊妹嗎？」

「正因爲是姊妹，女人對女人更是難以啓齒呀。如果我們是男人，情況可能不一樣。」

「好像有道理。」

「尤其是……她應該不想讓瀧子看到她這麼落魄。」

「對，好像是。」

「爲什麼？」瀧子嘟起嘴。「我們的年紀最相近，小時候還住同一間房……」

綱子打斷了瀧子的話。「你們不是相互看對方不順眼嗎？」

「哪有不順眼？」

「說得簡單一點，你總是第一名，卻從來沒收過情書。咲子雖然功課很差，但整天有一堆蒼蠅圍著她。」

「哎喲，雖然我沒有告訴你們，但也不至於一個人也沒有……」

「我不是有言在先，是『說得簡單一點』嗎？」

綱子和瀧子你一言我一語的節奏極快，勝又簡直就像在看打乒乓球一樣，左右晃著腦袋，看著她們的臉。

綱子繼續說：「大家一直都說她最沒出息，後來陣內當上拳王，她終於揚眉吐氣，一吐二十多年來的怨氣，整個人都這樣了。」她做出耀武揚威的樣子。「現在等於一下子跌到了谷底，事到如今，當然不甘示弱嘛。」

卷子也點頭。「況且，小瀧現在這麼幸福。」

「她可不想聽到別人說『看吧，我早就知道』。」

「我怎麼可能說這種話？」

「誰會笨到說出口？只是人一旦落魄，就會鑽牛角尖，覺得別人心裡這麼想。」

「是喔。」勝又有一種「聽君一席話，勝讀十年書」的感覺。

「你也說句話啊。」

被瀧子這麼一說，勝又縮了縮脖子。

「你們說話的節奏太快了，我才想開口，你們已經說到下一件事，我根本沒辦法插手。」

「是插嘴。」瀧子立刻糾正他。

卷子苦笑說：「有什麼關係嘛。」

綱子也說：「還不都一樣。」

瀧子表情嚴厲地說：「日語根本亂七八糟。」

「勝又的日語嗎？」

「他說話的順序和別人不一樣，好比如果我說『我昨天在東京車站撿到一個錢包』……」

「撿到錢包了？」

「裡面有多少錢？」卷子和綱子紛紛問道。

「我在舉例*！」

「哎呀，原來裡面一毛錢都沒有。」

「眞失望。」

「不是，我不是說零——而是說舉例。」

「原來是這個意思……」

「通常不是這樣說嗎？他卻只說『我撿、撿、撿到了』。」

「不好意思。」卷子輕輕瞪了瀧子一眼。

「瀧子……」綱子也拉著瀧子的袖子，但瀧子滿不在乎地說：「有什麼關係，我說的是眞的啊，對吧？」

「嗯，是啊。」勝又也不以爲意地點頭。
「要等人家問『撿到什麼？在哪裡？什麼時候？』，他才會把事情說完整。」
「有什麼關係嘛。」卷子說。
綱子也附和說：「瀧子，你太一板一眼了！」
「我幫綱子姊倒啤酒……」
瀧子說完，起身走去廚房，勝又往兩個大姨子杯裡倒啤酒。瀧子拿著碟子走了回來，卷子和綱子看到碟子裡放著切成薄片後汆燙過的馬鈴薯，像女學生一樣歡呼起來。
「啊！馬鈴薯！」
「我們家吃壽喜燒都放這個！」
「我一直想吃！」
「你們平時吃的時候不放嗎？」瀧子問。
卷子苦笑著說：「他們說放了芋類食品，壽喜燒就會變甜，所以不喜歡。」
「我們家也一樣。」綱子說。
「反正姊夫已經不在了，你想放就放啊。」
「沒這麼簡單，在他的牌位前，總覺得有點愧疚嘛。」
「哇噢……聖女貞女。」
「中村汀女。」

譯注
＊「舉例」的日文，「例」和「零」的發音相同。

勝又一臉錯愕。「什麼意思？」

「寫俳句的詩人！」

「是不是差不多了？」卷子看著鍋子。

「油……！好燙！」

綱子正準備倒油，手倏地一縮。勝又叫著「好燙好燙」，往鍋裡倒油。

「醬油……」

「說要醬油啦。」

綱子把肉放進鍋子時說：「又不是在坐雲霄飛車，即使飛得再高，還是會掉下來，不是大叫幾聲就沒事了——不管是徵信社還是什麼的都一樣。」

「綱子姊……」即使卷子拚命使眼色，瀧子仍然不以爲意。「我們家只能算是三輪車或是腳踏車……」

「搞不好你們還略勝一籌。」

「如果薪水再多一點的話。」

「做這種工作，誘惑也很多吧？」

「雖然也有人會趁機撈點油水，不過他不行啦。」

這時，勝又嘀咕了一句：「怎麼辦呢？」

「嗯？」

「既然你提到這件事，那我就自首好了。」

勝又遲疑了一下，從長褲口袋裡拿出一個白色信封交給瀧子。「今天拿到這個。」

瀧子看了一下。「哪來的錢？」

勝又張開一隻手。

「五萬！」

三姊妹瞪大眼睛。

「有個女人叫我調查她老公的外遇，除了給我錢，還把我找去咖啡店……」

「她一定是拿出自己的私房錢。」

「那個女人豁出去了……」

勝又又從上衣內側口袋拿出一個牛皮紙信封。

「這也是嗎？」

瀧子張大眼睛，勝又攤開雙手。

「十萬圓？」

「一天之內拿了兩份？」

「眞是好賺哪。」

三姊妹笑了起來。

「也是女人嗎？還是誰的太太？」卷子問。

勝又說：「不，這個是男人。」

「男人？」

「這個的……」他張開一隻手。「老公。」

「她丈夫？」

「那個男的立刻就來找我，還對我這樣。」勝又在榻榻米上做出磕頭的動作。
「喔……」
「啊！」
「是喔。」
三姊妹各自點頭。「所以，那個做老公先手下爲強。」
「他說，大家都是男人嘛，能不能看在同性情誼上……」
「就睜一隻眼，閉一隻眼！」
「這個老公也很拚嘛。」
「難怪會露出馬腳。」
大家你一言我一語地聊了半天，卷子說：「那就收太太的五萬，收先生的十萬，兩個人的都照收不誤。」
綱子忍著笑說：「雖然你在笑，但五萬對女人來說不是小錢。」
「一定是從私房錢裡拿出來的，簡直就像是割肉啊。」
瀧子問：「你有什麼打算，要調查嗎？」
「遇到這種事該怎麼辦？」勝又看著三姊妹問。
「當然應該去調查，徵信社的工作不就是調查嗎？」卷子說。
綱子左思右想。「所以，就收五萬——收太太的錢，把十萬退還嗎？」
「考慮到家計，還五萬比較划算。」
「呃，那個……」勝又正打算說什麼，瀧子打斷了他：「勝又哥，你不會收吧？」

綱子一臉驚訝。「你還叫他勝又哥？」

「我兩個人的錢都不收。一旦兩邊收錢，馬上就那個了。」勝又單手做出砍頭的動作。

「我覺得可以收其中一個人的錢。」綱子說。

卷子指著白信封說：「當然是收這個。」

「太太的……」

「應該是這樣吧……」

「你剛才不是說，女人的五萬不是小錢嗎？」

「好！決定了！」綱子用力拍了一下手。「不要太死腦筋，這個嘛……」她做出切手刀的動作*，然後又做了放進口袋的手勢。「這個要這樣！」她把白色信封交給瀧子。

「小瀧，要請客喔！」

「不……」瀧子露出爲難的表情。

「這個就還回去！」綱子把裝了十萬圓的牛皮紙信封交給勝又。「就這麼決定了！」

「就這麼決定了！」

卷子也在一旁起鬨，勝又心神不寧地說：「還有……」

「還有？」

「不是，有人叫我向大姊問好。」

綱子驚叫起來：「我嗎？」

譯注

＊相撲比賽中，獲勝的力士領取獎金時，右手做出手刀的動作，按中、右、左的順序切三次，表示對造化三神的敬意。

勝又點頭。

「誰？」

「那位太太。」

「是誰啊？叫什麼名字？」

「是那家『枡川』餐廳的老闆娘。」

綱子啞口無言，卷子驚訝地看著姊姊，毫不知情的瀧子看著兩個人的臉。「喔，就是綱子姊之前打工插花的地方……」

「是、是啊……」綱子嚇得臉色發青。「是喔，原來那個人去找你……是喔，去找你。」

卷子忍不住笑了起來，然後笑得一發不可收拾。

「眞是冤家路窄，日本太小了。」

瀧子不解地看著捧腹大笑的卷子，也附和說：「是啊。」

「是喔，原來去找過你……」綱子一臉木然地重複著。

卷子終於收起笑容。「那個太太說，她完全不知道對方是誰嗎？」

「好像是。她說之前他們好像一度分手，之後又勾搭上了。」

「之前綱子姊在那裡打工，受他們的照顧，你不幫這個忙說不過去吧。」

聽了瀧子的話，卷子再度笑了起來。「當然說不過去啊。」

綱子擰了卷子的屁股一把。「但如果你去查，他們夫妻又要吵架了。」

「綱子姊，你剛才不是說，就這麼決定了嗎？」

綱子又擰了卷子的屁股。

「好痛、痛！」卷子扭著身體。

瀧子有點火了。「你們在幹麼？哈哈哈哈笑個不停，根本一點都不好笑。」

「嗯，所以呢……」卷子探出身體。「就收這個，把那個還回去。」她拿起裝了五萬圓的信封，做出把裝了十萬圓信封還回去的動作。

勝又翻著白眼。「不，這個……」

「瀧子，給我酒！」綱子大叫。

「這裡不是還有嗎？」

「哪裡有，我要溫酒！我想用那個有南天竹的小酒盅喝。」

「你突然提出這種要求，我哪來得及找？」

聽了瀧子的話，卷子也說：「用哪一個酒盅喝還不都一樣嗎？」

綱子卻很堅持。「我要南天竹的！就在上面的櫃子裡，快去拿！」

瀧子離開後，綱子向廚房張望了一下，動作俐落地把裝了五萬圓的信封推開，把十萬圓的信封塞進勝又的口袋。

「呃，這……」勝又瞪大眼睛。

「你就說，之前好像有這樣的對象，但現在已經沒來往了。」

「大姊……」

「那個人就是我！」

勝又目瞪口呆地看著綱子。

卷子也從一旁探出身體。「勝又，你說話眞的顚三倒四，爲什麼不先說名字？」

「呃……」勝又拚命眨眼，終於聽懂了綱子的意思。

「我從來沒有笑得這麼開心過。」卷子再度按著肚子。「原本爲了咲子的事心情很悶，現在心情好舒暢。」

綱子也笑著說：「不要告訴瀧子，她很死腦筋……」

「喔。」勝又點頭。

「你是徵信社的，應該會保守祕密吧。還有，記得對那個五萬圓的太太說，那個女人最近要改嫁了。」

聽了卷子的話，綱子又擰了卷子的屁股。

「好痛！眞的很痛耶！」

這時，瀧子走了回來，拿出滿是灰塵的酒盅。「是這個嗎？」

「就是這個……」

綱子和卷子說著，又一起笑了起來。勝又也俯首竊笑，爲了忍住笑，慌忙在嘴裡塞了一塊肉。

「有什麼好笑的？」只有瀧子一個人覺得莫名其妙。「有這麼好笑嗎？」

三姊妹在國立娘家談笑風生時，恆太郎來到咲子的公寓，但並沒有進去屋裡，只是站在門口說話。

咲子擋在門口，不讓父親看到家裡的情況。

「他很好。」咲子露出開朗的笑容。「他原本體力就很好，連醫生也驚訝他怎麼恢復得這麼快，現在他去健身房了。這一陣子都沒動，身體都變得懶散了。」

咲子說話時，屋裡傳來陣內的聲音。陣內像小孩子一樣大叫：「老媽！老媽！」

咲子假裝沒聽到。「身體不是變懶散了嗎？所以打沙包也會喘，他說是因爲食物的關係。」

這時，陣內又大叫起來。「老媽！老媽！咲子！咲子！」

恆太郎努力克制內心的不安，忍不住移開目光。咲子露出僵硬的笑容。

「你完全不必擔心我，他春天的時候應該就可以上場比賽了，所以眞的不必擔心。」她一口氣說完，立刻改變了話題。「爸，你要多小心，如果再像上次那樣睡覺時抽菸，引起火災就慘了。」

「……」

「我眞的沒事。」

「咲子！咲子……」陣內愈叫愈大聲，咲子終於放不下心，把恆太郎推出門外。

「我婆婆在叫我……對不起，都沒有倒茶給你。」

恆太郎沒有多說什麼，低吟了一句「晚安」，猛然看著咲子的臉。

咲子擠出一個笑容，關上了門，在門縫中伸出一隻手揮了揮。

當恆太郎的腳步聲遠去，咲子靠在門上，強忍著湧現的淚水。

這時，陣內從裡面的房間走了出來。他的睡袍衣襟敞開，露出胸膛，臉上毫無生氣，失焦的視線在空中徘徊，一看就知道很不尋常。陣內走到門口時，突然搖晃了一下。咲子慌忙衝到丈夫身邊，扶著他的身體。

陣內嘟囔了一句：「青蛙在叫。」

咲子驚訝地看著陣內的臉。

「你聽……我沒說錯吧？」

咲子豎起耳朵，卻沒聽到任何聲音。

「對吧，哈哈。」

咲子只聽到嬰兒的哭泣聲。眞紀抱著孫子出現在走廊上，看著他們。陣內看到母親，視線再度在空中徘徊。

「青蛙在叫。」

咲子注視著神智不清的丈夫，感受到無盡的哀傷，彷彿被拉進了黑暗的深淵。

翌日，咲子去圖書館找瀧子。她穿著那件紅狐毛皮大衣，外表看起來神采奕奕，與平時沒什麼兩樣。

瀧子嚇了一跳，忍不住嘟囔：「小咲……」

咲子笑著說：「讓你們擔心了。」然後，遞上一個大禮金袋。

「咲子……希望陣內早日康復……」

「小瀧，你搽口紅了，啊，還噴了香水，你眞是變了。」

咲子喋喋不休地說話，似乎不讓瀧子開口。

「咲子……」

「既然已經改變這麼多，乾脆重配一副眼鏡，你戴粉紅色鏡框應該會更亮眼。」

瀧子覺得妹妹的興高采烈有點不太對勁。

「要不要去喝咖啡？」

「不好意思，我還要回去照顧小鬼，我婆婆也在家……大家都在等我，呵呵呵。」

「……」

「勝又哥和爸相處愉快嗎？」

「沒有問題。」

「太好了。」

「這麼說有點多管閒事……」

瀧子的話還沒有說完，咲子就轉過身，揮了揮手說：「拜拜！」瀧子手足無措地看著妹妹的背影。

綱子外出回家時，相親對象的照片已經送來了。照片上那個五十六、七歲的男人表情很一本正經。

綱子來不及換衣服，就伸手拿起電話，斜眼看著榻榻米上的照片和經歷表，撥著電話。

「你突然寄限時信，我還以爲出了什麼事。」

綱子邊講電話邊伸手打開瓦斯暖爐的開關。她斜坐在榻榻米上，脫下濺到泥巴的布襪。

電話那一端是卷子。卷子拿著打到一半的毛線問：「已經送到了嗎？」

「我原本以爲你在開玩笑，沒想到是當眞的。」

「當然是當眞的。」卷子回答。「一針，兩針的上針……呃，啊，對不起，剛好是緊要關頭，要趁現在織，一、二、三……」

「編織比我相親更重要嗎？」

「話不是這麼說，但編織花樣，一、二，扭加針……只要弄錯一針，圖案就會亂七八糟……一、二、三，好了……」

卷子念念有詞地計算針數，綱子把電話擱在榻榻米上，爬到熱水瓶旁，在杯子裡倒了一杯熱開水。

「讓你久等了，喂，喂……喂！喂！」

聽筒中傳來卷子的聲音，綱子慌忙拿起電話。

「對不起，我冷死了，去倒杯熱開水喝。」

「你看了照片嗎？」

「拜見過了。」

「有何感想？」

綱子又看了照片一眼，雖然照片中的男人看起來很老實，但光看照片並沒有什麼特別的感想。

「我想對方的條件很不錯，有不錯的頭銜，小孩子也都長大了。」

「你接下來要說『但是』吧？」

聽到卷子這麼說，綱子呵呵笑了起來。

卷子苦笑著說：「還是十萬圓先生比較好嗎？」

「你在胡說什麼呀。」

卷子突然收起笑容。「也該是見好就收、勇退激流的時候了。」

「『海上的海鷗聽聞激流』。」綱子故意打趣說。

「『我是該啓程的鳥兒』，歌詞不也這麼唱嗎？」

「原來你這麼有情趣。」

卷子臉色一正。「四月之後，正樹不是要帶著老婆從仙台回來嗎？」

「還沒決定要不要住在一起呢。」

「即使不住在一起，只要住在東京，會比以前更常去你那裡吧。小孩子雖然表面上不說，但其實全都看在眼裡。」

「也要考慮一下五萬圓太太的心情……」

「我的話被你搶走了。」

綱子嘿嘿笑了起來。

「總之，先找時間見一下面，怎麼樣？」

「嗯。」

「我老公既然已經幫你找了，就見一下吧！啊……竟然掛我電話。」卷子對著電話哼了一聲，這時，手拿球拍的洋子走了過來。

「去打網球嗎？」

「穿這樣總不能去打棒球吧？」

「現在的國中生都流行這樣說話嗎？爲什麼不能乖乖地回答『是啊』就好？」

「即使不問，看我穿的衣服不就知道了。」

卷子氣鼓鼓地問：「和誰？」

「赤木啓子小姐。」

卷子說不出話，洋子觀察著母親的表情說：「怎麼可能嘛，她要上班，只有週六、週日才有空。」

「對長輩怎麼可以稱『她』呢？」

「媽媽，你討厭她……像赤木小姐那樣的人嗎？」

「喜歡哪。」

「喜歡哪。」洋子學著卷子說話，卷子再度啞口無言。「對了，上次的八釐米帶子要拿給她看。」

洋子故意用刺激卷子的口吻說話，然後，又學著卷子的口吻說：「不是她，是赤木啓子小姐。」說完，就轉身離開了。

卷子被女兒耍得團團轉，徹底被她打敗了。

「小心不要感冒了。」無奈之下，只好對洋子的背影喊了一句。

女兒出門後，卷子陷入了沉思。

這天，綱子來到國立娘家。

正準備進門時，停下了腳步，看著門柱上的兩塊門牌。其中一塊寫著「竹澤」，另一塊寫著「勝又」。勝又的門牌有點歪斜，她扶正後，撿起掉在腳下的修花剪，從屋側的門走進了院子。

恆太郎正在飯廳講電話。

對方是土屋友子的兒子省司。省司現在三不五時打電話和恆太郎聊天，雖然明知道不該見面，但每次聽到省司「爸爸，是我」的可愛聲音，恆太郎就很想見到他。「我不是說過不能打電話嗎？不可以這麼……你是用公用電話打的吧？嗯，嗯。」他一副和小孩子說話的口吻，然後側耳聆聽對方說話，聽著聽著忍不住笑了起來。「你滿嘴的歪理。」

恆太郎平時很少用這種充滿關愛的口吻說話。他的雙眼發亮，全身洋溢著喜悅。

爸在和誰說話——綱子悄悄探頭向飯廳內張望。

「那不行，眞的不可以。之前不是說好了，下不爲例嗎？嗯，嗯……嗯……唉，眞是拿你沒辦法。好，這一次眞的下不爲例喔，嗯，嗯，好。嗯……好的。」

該不會是？綱子愣住了。

恆太郎掛了電話後，哼著小調走到簷廊，才見到綱子，頓時滿臉驚愕。

「爲什麼不從玄關進來？」

綱子拿起剪刀。「萬一來送貨的人絆倒了怎麼辦？」

恆太郎接過剪刀，放在簷廊上。

「來學插花的學生送了我一些很好吃的酒糟鮭魚卵。」

綱子把手上的盒子遞給恆太郎，他「喔」了一聲，接了過去。綱子環視家裡。「好像變乾淨了。」

「家裡有年輕人住，房子也回春了。」

「爸，你也變年輕了。」

「到了免費搭公車的年紀就完蛋了。」

「也有人覺得人生七十才開始。」

恆太郎爲了掩飾自己的窘態，問綱子：「要喝茶嗎？」

「不，不用了。」

父女倆在簷廊坐了下來，默然不語地看著庭院。

「你有沒有從卷子那裡聽說了？」

「咲子的事嗎？」

「不，我的……」

「鷹男幫你找相親對象的事嗎？」

綱子從手提袋裡拿出照片和經歷表，推到父親的腿邊。恆太郎瞥了一眼。「很好哇。」

「你根本沒看。」

「光是照片能看出什麼？」

綱子笑了起來。「也對。」然後，拿在手上端詳起來。「爸，你覺得呢？」

「嗯……」

「我覺得事到如今，有點多此一舉……」

「你今年幾歲了？」

聽到恆太郎的問題，綱子像小孩子一樣張開一隻手。

「現代人的平均壽命變長了，接下來的三十年獨自嘆氣也很無聊。」

「爸，那你呢？」

「男人不會嘆氣。」

「爸，你太奸詐了。」綱子壓低嗓門說。「所以媽才會那樣。」

「男人當然奸詐。」恆太郎一臉認眞地說。「男人比女人奸詐，只要你這麼想，就比較不會受傷。」

圍籬外，豆腐攤販按著喇叭經過。

「啊，那個豆腐攤現在還會經過這裡呀。」

「那個老爹也後繼無人了。」

「我現在這個年紀最討厭了。」綱子怯懦地說，恆太郎看著女兒的側臉，伸手拿起照片和經歷表。

「那就見面看看嘛。」恆太郎看著照片說，綱子微微頷首。

那天晚上，恆太郎邊繫著和服腰帶邊走進飯廳時，驚訝得愣住了。他一時把背對著他下廚的瀧子看成了亡妻藤。無論是一身素雅的和服，還是挽起的髮髻，或是彎腰做菜的動作，瀧子都和藤年輕時極爲神似。

「眞是像。」

恆太郎嘟囔了一句，瀧子一臉訝異地轉過頭。

「你簡直就是你媽的翻版。」

他又說了一遍，瀧子露出笑容。「是因爲和服的關係嗎？」

「這是你媽的嗎？」

「上次分到的，你不記得了嗎？」

「你這麼一說，好像看你媽穿過。」恆太郎端詳女兒片刻。「母女果然連手勢都一模一樣……」

他將目光從女兒身上移到庭院，默默地看著庭院。這時，玄關的門鈴響了。

「啊，回來了……你回來了！」

瀧子立刻衝了出去。恆太郎感慨萬千地目送著女兒雀躍的背影。

今天是綱子相親的日子。

卷子在客廳的鏡子前繫腰帶，看到宏男在客廳和廚房慢條斯理地走來走去，不時打開冰箱。

「你幹麼一直開冰箱？」

宏男嘴裡吃著什麼東西，又打開冰箱張望。

「不能吃火腿，那是晚餐的菜。你讀書讀不下去，就跑來翻冰箱。」卷子探頭看向廚房。「幫我拉一下。」

宏男走了出來。「哪裡？」

「這裡……」卷子把腰帶的一端遞給宏男。「啊，算了，你的手黏答答的，被你摸到就完蛋了。」
「幹麼？一下子叫我拉，一下子又不要了。」
「趕快去讀書。」
「要在哪裡相親？」
「不管在哪裡，都和你沒有關係，又不是你要去相親。」
卷子的話音未落，電話響了。
「快去接電話啊。」
宏男「呿！」了一聲，接起電話。「喂……喔，在啊。」他把電話遞給卷子。
「誰？」
「爸爸。」
卷子接過電話。「喂，什麼？今天晚上不能回家，這……」
鷹男旁邊似乎還有其他人，他壓低嗓門說：「明天臨時要查帳，我要住進旅館熬夜了……不是所有的人。啊，高濱，那個不用了，拿七月份之後的……對，對。」
「那我幫你送內衣褲和襯衫。」
「沒關係，反正才一天而已。」
「旅館……」
「旅館就在我們平時打麻將常去的神樂坂那家……」鷹男說到一半，把聽筒拿到一旁，大聲叫了起來。「喂，訂的是哪一家？」沒有聽到下屬回答，但鷹男立刻對著電話說：「不是『常磐』就是『吉田』──就這兩家吧。」

卷子沒說話，鷹男討好地說：「明天就會正常回家了。」

「喂，今晚的相親……」

可能真的太忙了，卷子的話還沒說完，鷹男就掛了電話。

卷子穿好和服，當場癱坐在地上。天色有點暗了，但她無意開燈。腦海中浮現出啓子打網球時年輕的肢體，她伸手拿起電話，似乎想趕走這些幻影。

「呃，不好意思，麻煩請找營業二課的赤木小姐——赤木啓子小姐。她外出嗎？神樂坂的『吉田』。謝謝……」

綱子的相親是在晚上。卷子傍晚就出了家門，直奔「吉田」旅館。「吉田」位在下城區旅館和日式餐廳林立的小路上，是一家很典雅的旅館。卷子著了魔似的來到這裡，卻沒有勇氣進去。她不知道在門口站了多久，當她回過神，店門口已經亮起了燈。

這時，身後傳來年輕女孩的笑聲。兩個國中生從她身邊經過，其中一個人「咦？」了一聲，停下腳步。

「媽媽……」

卷子猛然驚醒，洋子瞪大眼睛看著卷子。

卷子對女兒笑了笑，那是一個很不自然的尷尬笑容。

「爸爸今天要熬夜在這裡工作，我、我幫他送襯衫來，你、你怎麼會在這裡？」

「我打電話給赤木小姐，準備把之前的八釐米帶子拿給她，公司的人說她在這裡……」

洋子說話時，視線向下移。卷子只拿了一個小包，並沒有拿換洗衣服的包裹。

「你已經把襯衫送給爸爸了嗎？」

「啊？呃……」

卷子慌了神，洋子突然尖聲大笑起來，不自然的笑聲聽起來好像在哭。洋子一轉身，沿著來路逃走了。

「里見！洋子！」

和洋子一起來的同學趕緊去追她。

卷子走向相反的方向，邊走邊回想起母親站在父親情婦公寓前的身影。當時，藤發現卷子後，也對她露出哀傷的笑容，然後，就像枯枝般倒在地上。

「我露出了和媽相同的表情……我露出了和媽當時相同的表情……」

卷子茫然地喃喃自語。母親落寞地對著自己笑的表情，以及女兒木然看著自己的臉，同時浮現在眼前。卷子從內心深處發出一聲嘆息。

這個時候，鷹男和啓子，還有另外兩個同事，都在「吉田」。四個人正在核對帳冊，因應明天的稅務調查。

「從頭開始快速核對一次嗎？」

「這樣比較快。」

「好！那就開始吧。」

四個人翻開帳冊。

「如果順利，搞不好還能摸四圈。」

「打牌還是改天再說……」鷹男叮嚀下屬，神情嚴肅地看著帳冊。

「如果有問題，應該是這個部分吧。」

「又不是私人做了這種事……」其中一人做出把錢放進口袋的動作。「爲什麼要這麼辛苦？」

「冠冕堂皇地說什麼是爲了公司。」

「就是啊，啊，赤木，沒你的事了，吃完飯，你就回家吧。我們可能也不需要熬夜……」

鷹男說道，啓子呵呵地發出意味深長的笑聲。

「部長也會偷溜出去幾個鐘頭吧？」啓子用其他兩個人聽不到的聲音說道。

「果然還是遭到懷疑了。」

「你是說我們公司嗎？我想，恐怕早就被鎖定了。況且，我們公司的確有這種事，也沒辦法啦。」

兩名下屬邊核對帳冊邊聊天。啓子聽到他們的話，在鷹男耳邊小聲地說：「我好像也遭到懷疑了。」

呃……」

鷹男抬起頭。

「昨天，我翻字典查了『隱形衣』這個字……」

「隱形衣……」

「眞的有叫這種名字的植物，我嚇了一跳。除了有『可用來隱形的衣物』的意思，還有這種植物，五加科的常綠樹，大約六公尺高。」

「是喔。」

「樹液稱爲黃漆，通常用來塗在家具上。」

「會導致過敏。」

「好像是。」啓子看了一眼時鐘。「應該快來了吧。」

「誰要來？」

「你女兒洋子。」

啓子發現洋子這一陣子的態度很奇怪，爲了證明自己的清白，特地找洋子來這裡。

鷹男欲言又止，默默地將視線移回帳冊。

寂靜中，只聽到幾個男人翻帳冊的聲音。

綱子的相親一開始看來順順利利。

綱子彬彬有禮地和相親對象的微老男子談笑，在融洽的氣氛中吃完晚餐。飯後，綱子要和相親對象還有卷子一起去看戶外能劇表演。

上演的劇目是《班女》，這是一齣描寫爲愛瘋狂情節的經典劇目。

能劇的歌聲隨著鼓聲響起，在熊熊火光映照下，扮演班女的能劇演員現身在舞台上。遭少將拋棄的女人悲嘆不已，無法壓抑內心的戀慕而狂亂起舞。妖豔而充滿悲哀的身影正是女人的寫照。

綱子正視舞台，卻沒有觀賞能劇，貞治的面容占據了她的腦海。相親對象的男人和她說話時，她心不在焉地應了幾聲，但身旁的男人早就被她拋在腦後了。

貞治從身後抱住綱子，他粗暴地吻著綱子的脖頸……綱子努力甩開幻影，忍不住閉上了眼睛，失魂落魄地站了起來。

她離席假裝上廁所，卷子並沒有發現姊姊茫然若失的表情。綱子表現得很自然，向相親的男子微微點了點頭。

走到外面時，綱子飛奔到公用電話前。有學生正在打電話，綱子等候時，迫不及待地從皮包裡拿出十圓硬幣。

「這麼說，沒錄取嗎？我原本還超期待的，算了，我再去找其他的打工好了。」

學生說完，掛了電話，轉身準備離開。綱子脫口問：「你想不想打工？」

「啊？」

「十秒，一千圓。只要你幫我打給一個人。」

學生點點頭，拿起電話。綱子撥了枡川的號碼。

「這裡是『枡川』。外子在，請問是哪一位？」

果然不出所料，老闆娘豐子接了電話。

「這裡是《高爾夫樂》編輯部。」學生按綱子的指示回答，電話彼端傳來豐子納悶地重複一遍的聲音，接著，聽到她叫貞治的聲音。

綱子把一千圓交給學生，接過電話。「是我，我想馬上見你。」

學生用充滿好奇的眼神看著她，但她完全不在意。她再也無法壓抑自己的感情，她也是爲愛瘋狂的班女。

綱子沒有回去繼續看戲，直接回家等待貞治。貞治不知道出了什麼事，慌忙趕到綱子家。

「我坐在他旁邊，覺得好寂寞。在死之前的二十年或是三十年，無論他對我多好，我都無法擺脫這份寂寞。」綱子向貞治細訴。

「我會和我老婆離婚，我們結婚吧。」貞治看著綱子的雙眼說，但綱子搖搖頭。

「我還是會覺得寂寞，還是一樣寂寞。」

「那該怎麼辦？」

「我也不知道……」

「……」

「只要這樣就好。」

兩人面對面坐著，凝望彼此的眼眸。

深夜，玄關響起拍打格子拉門的聲音，綱子出去一看，隔著毛玻璃外，隱約看到卷子的身影。

「綱子姊，你在家吧？開門啊，開門。」卷子用力搖著門，但綱子不開門。

「你中途溜走，到底是什麼意思？我們幫你張羅，你也該爲我們想一想……開門。」

「……」

「太缺德了！如果不喜歡，一開始就說不要嘛。」

「一開始，我眞的想試一試。」綱子幽幽地說。

沒錯，在看能劇之前，她並不排斥相親。

「既然這樣，那又是爲什麼？」

「臨時改變主意了。」

「你又不是小孩子。」

「正因爲是大人，所以才改變主意。」

「姊姊……」卷子無言以對。綱子把門打開一條縫，頭探了出去，然後用力按著門。

「你不要在我家門口大吼大叫的。」

「你要我怎麼跟對方交代！」

「叫他請徵信社調查我。你就說，雖說是姊妹，但對這方面的情況不太了解，再把勝又介紹給他，這麼一來，就……」

卷子打斷了姊姊的話。「姊姊，難道你不覺得自己在做的事很丟臉嗎？」

綱子啞口無言，但立刻反問：「那你呢？」

「我？」

「你因爲鷹男有外遇，就把氣出到我身上，難道不覺得丟臉嗎？」

「姊姊！」

「每個人心裡都有幾件不可告人的事。爸好像又和那個女人走在一起了……」

「眞的假的？」卷子瞠目結舌。

「即使年過七十，男人畢竟是男人。」

「所以，你叫我睜一隻眼閉一隻眼嗎？我最討厭這樣。」說到這裡，卷子身體抖了一下。

「怎麼了？」

「我要上廁所，剛才在戶外看能劇著涼了。讓我借一下廁所。」

「你去車站，那裡就有廁所了。」

「姊姊！」

綱子鬆開按著門的手，卷子推開姊姊往裡衝。她脫下和服鞋，衝了進去，來到走廊時，剛好看到貞治。貞治在走廊旁的紙門後聽姊妹兩人的對話。

卷子吃了一驚，但假裝沒看到，放慢腳步，挺起身體，若無其事地從貞治面前走過去。一轉彎，立刻傳來卷子匆忙的腳步聲，然後，急匆匆地關上了廁所門。

綱子和貞治互看了一眼，不禁啞然失笑。

同一天晚上，國立家新婚夫妻的房間內，瀧子和勝又邊吃橘子邊閒聊。

「我就知道……」瀧子嘆了一口氣。

「她們叫我不要告訴你，但我沒辦法說謊。」

勝又告訴瀧子，綱子的外遇對象就是枡川的老闆。

「那天綱子姊的慌亂神情太奇怪了，即使你不說我也能猜到。」

「你不會生氣嗎？」

「不會。」瀧子搖搖頭。「如果一直單身，還比較沒有關係，因爲已經習慣寂寞了。一旦有過依靠——也許我也會做出相同的事……」

勝又費解地看著瀧子的臉，用力眨眼。

這時，電話響了，瀧子跑去飯廳接電話。

「這裡是竹澤家……喔，是爸。」

電話是恆太郎打來的，剛才咲子打電話到恆太郎的公司，說陣內昏倒了，送去醫院，恆太郎等一下要去醫院看他。

瀧子回房間告訴勝又後，勝又皺著眉頭說：「我們是不是也該去一趟？」

「爸說他去就行了。」瀧子說完，猛地站了起來，走到簷廊上，抱著頭坐了下來。

「你怎麼了？」勝又嚇壞了，趕緊追過去。「你怎麼了？」

「我很難過。」瀧子發出呻吟。「因爲之前她太招搖了，我實在氣不過，心裡想：最好陣內出狀況，變得很慘，讓咲子一蹶不振。沒想到竟然成眞了。」

「並不是因爲你想，才變成這樣。」

「但是……」

「……」

「姊妹眞的很奇怪，彼此之間嫉妒和競爭心很強烈，但姊妹一旦遭遇不幸，又覺得難過……」

瀧子啜泣著，勝又摟著她安慰。

咲子哭倒在恆太郎身上。

陣內躺在單調病房的白色病床上，還沒清醒，點滴管插在他其中一邊手腕上。

「他已經完蛋了。」咲子抽抽答答地說。「我這段時間很努力，以爲他會慢慢好起來，心想一定要讓他好起來，但他完蛋了。他已經不會說話，什麼都不知道了，就好像拚命吹得很大很大的氣球，『叭』的一聲破了一樣，他已經完蛋了……完蛋了……」

恆太郎不知如何安慰女兒，只能深情地撫著女兒的背。

咲子倏地停止哭泣，目光呆滯地走到陣內身旁，拉起陣內無力垂在床邊的手貼著自己的臉頰。她解開襯衫的鈕子，似乎忘記了父親也在場。

恆太郎靜靜地走出房間，來到門外，背對著門佇立在那裡。

護士拿著體溫計走過來準備進病房，恆太郎看著護士的眼睛，深深地鞠了一躬。護士滿臉錯愕地回視，再度作勢要進病房，但恆太郎不肯讓步，擋在門口，對著護士搖頭。

恆太郎知道，咲子已經脫掉衣服，一絲不掛地躺在丈夫身旁……撫摸著失去意識的丈夫，在他耳邊輕聲訴說甜言蜜語。

恆太郎一動也不動地站在門口，直到病房熄燈爲止。然後，他沿著漆黑的走廊走向出口，雙眼滲著淚水。

多福神

秋意漸深的某個晚上。里見家中，卷子、鷹男、勝又三人把勝又帶來的照片攤在客廳的桌子上，面面相覷，不知如何是好。幾張照片中拍到的是恆太郎和省司在咖啡店見面的情景。恆太郎可能在教導省司寫功課，他隔著桌子，探出身體看著省司遞給他的練習本，還有他餵省司吃蛋糕的照片。由於不夠專業，照片拍得很模糊，但恆太郎在每張照片中都露出他們從未在家裡看過的欣慰笑容。

卷子抬起頭。「勝又，原來你也知道。」

勝又點點頭。「偶爾我把工作帶回家做的時候，會接到電話。」

「土屋友子打來的？」

「應該是小孩子。」

「小孩子……」

「看爸說話的樣子，有點吞吞吐吐的。」

「原來是用小孩子這一招。」

「每次接到電話後，爸就開始坐立難安……然後穿上大衣。」

「接著就出門嗎？」

勝又再度點頭，卷子似乎覺得有點愧疚。

「我也不是喜歡打探別人的隱私，但是爸年紀不小了，萬一在哪裡病倒了，我們四姊妹誰都不知道就說不過去了。所以，我並不是希望他們立刻分手，而是想請你去查一下，萬一發生意外的時候該怎麼辦。」

這天，卷子和丈夫商量後，請勝又來家裡一趟，想委託他調查父親的日常生活。沒想到勝又一聽，就帶著照片上門了。

「不過，眞沒想到你已經知道了，對吧？」

「我愈來愈痛恨自己的職業。這根本是私人行爲，也沒人委託我，雖然明知道不該這麼做，但習慣成自然，不知不覺中，已經採取了行動，結果就這樣了。」勝又做著按下照相機快門的動作。

「這代表你已經是專家了。到底該調查還是不該調查——這麼說，你是徵信社的哈姆雷特嘍。」

卷子斜眼瞪著開玩笑的丈夫。「這種事也不好意思直接問爸，但跟蹤他調查又好像偵探。」

「你很笨耶……」這次輪到鷹男瞪了卷子一眼。

「啊，對不起。所以我和綱子姊商量了一下，決定拜託你，沒想到你就帶著照片上門了。」

「嚇了一大跳嗎？」

「簡直就像是用撲克牌在變魔術。」

「爸不是只有和她兒子見面嗎？」鷹男若無其事地說。

卷子挑起眉毛。「那個女人之後就會上場了，那還用問嗎？怎麼可能只讓小孩子和我爸見面。」

勝又也皺起眉頭。「他們在一起的時候並沒有特別做什麼，反正……以常理來說……」

「就是啊。」鷹男安撫著妻子激動的情緒。「雖然沒有血緣關係，但對爸來說，更像是他的孫子。」

「爸從來沒有對宏男或是洋子露出過這樣的表情。」

「沒有共同生活過，就是這麼一回事啦。」

「瀧子也知道嗎？」卷子又將視線移回勝又身上。

「不……如果告訴她，她會把情緒都寫在臉上。同住在一個屋簷下，心裡會有疙瘩。」勝又說著，縮了縮脖子。「無論如何，我會先查出對方的住處。」

「這樣比較好，我爸有高血壓。」

「嗯。」

「我可不可以問一下，像這種調查，大概要多少錢？」

聽到卷子的問題，勝又「嗯」的想了一下。

「有各種不同的等級，通常是五萬到十萬圓。」

這時，三個人的身後傳來洋子的聲音。「那我來委託好了。」

三人都「啊！」一聲瞪大眼睛。

「洋子……」

「把我存在媽媽那裡的錢統統拿出來，應該差不多吧。」

「你要調查什麼？」

洋子沒回答，盯著父親的臉。

「大人在說話，小孩子不要插嘴。」卷子數落道。

洋子嘟著嘴說：「到幾歲之後才不是小孩子？」

「咦？到底是幾歲？公共澡堂是幾歲？國鐵規定的是幾歲？」鷹男偏著頭思考。

勝又苦笑著說：「我遇過七老八十的人上門要求調查，十幾歲的還是頭一遭。」

洋子很認眞地問：「有沒有學生優惠？」

「你把徵信社和電影院搞混了吧？」

「我才沒搞混。」

「你想調查什麼？」

「外遇……」

「早知道不該當眞的。」勝又笑著說。

鷹男也說：「十年，不，二十年後再來煩惱也不遲。」

洋子露出意外的表情。

卷子苦笑著說：「話雖這麼說，現在的小孩子很厲害。住在我們後面的鄰居家，有個叫小亞的小男生，還在讀幼稚園，就說『我要結婚了』。」

「結婚？」其他人都瞪大了眼睛。

「小亞喜歡兩個小女生，他媽媽說『不能和兩個人結婚』，結果他說『那另外一個當傭人』。」

鷹男和勝又大笑起來。

「當傭人。」

「太妙了。」

「我聽了嚇一跳。」卷子等兩個男人笑完後說：「即使年紀這麼小，男人畢竟是男人，完全道出了男人的心聲。我爸不也一樣嗎？一開始是娶回家的新娘子，變成老婆後，就淪爲打掃、洗衣服、煮飯的傭人。」

「現在當幫傭的時薪多少錢？」洋子問。

「不知道耶。」

「一小時……應該有八百圓吧。」

「哪有？更高，應該有一千圓吧。」

洋子嘆了一口氣。「媽媽，你叫爸爸付你薪水……」她瞪了父親一眼，轉身上樓了。

「這孩子發什麼神經？」

「是叛逆期吧。」

鷹男和勝又互看了一眼，卷子移開視線，伸手拿起照片。

翌日，三姊妹相約一起去探視陣內。在候診室等候瀧子時，卷子給綱子看了父親的照片。

綱子看著照片，忍不住吃吃竊笑起來，對滿臉訝異的卷子說：「我在想，如果是我們，不知道會被拍到什麼照片。」

「……」

「應該是他進我家門的那一刻吧。」

「應該是回去的時候吧，他進門和離開時，表情應該不一樣吧？」

「你說的真下流……但其實我們才不是這種關係。他有時候只是來家裡坐坐，喝杯茶，幫我把那些太緊、我打不開的瓶蓋打開而已……然後就回去了。」

「開瓶蓋喔。」

「之前，我都叫我兒子幫我開，他去仙台後，洗衣店的人上門時，就會找他們幫忙，每次他們都會露出這種表情。」

「什麼表情？」

「『沒有喔』。」

「沒有什麼？」

「男人。」

「喔。」

「我覺得很不甘心。等你變成寡婦，你就明白了。」

「別烏鴉嘴。」

「即使老公外遇，有還是比沒有好。」

綱子說這句話時，卷子站了起來。

「她來了……」

瀧子迎面走來，綱子慌忙把照片塞進卷子的皮包。

「要瞞著瀧子吧？」

「我倒覺得應該告訴她，以防萬一。」

「要說也讓她老公……」

綱子話還沒說完，瀧子就匆匆走了過來。

「我剛才忘記買信封了。」

「你忘記了？我還再三叮嚀你。」

「所以我去買啦，想要買東西的時候，卻找不到文具店。」

瀧子拿出禮金袋。一個很大的袋子上寫著「早日康復」幾個大字。

「怎麼買這麼大的？」

「夠裝一百萬吧。」

「我們是姊妹，不需要這麼誇張的，普通的信封就行了吧。」

聽到兩個姊姊這麼說，瀧子生氣地說：「是你們叫我買的，還在那裡抱怨，當姊姊的可眞輕鬆。」

三姊妹坐下來打開皮包，各自拿出一萬圓。

「這樣眞的夠了嗎？」

「我覺得應該再多包一點。」

「問題是有可能『長期抗戰』啊……」

三姊妹你看我，我看你。

「一開始出手太闊綽，以後就……」

綱子這麼一說，其他兩個人也接連點頭。卷子把禮金袋交給綱子。「綱子姊，你拿給她吧。」

「是嗎？那好吧。」

「啊，名字……」

「不用寫了啦，就說是我們三個人送的。」

「是沒錯啦……」瀧子一臉不服氣。「上次也是說三個人送的，結果咲子一直向綱子姊道謝。」

「我有跟她說，是我們三個人給的……」

「是不是你說話太小聲了？」

綱子猛然抬起頭。「那來寫名字！有沒有筆？」

「不用了啦。」

「還是寫一下好了……」

三姊妹各自在皮包裡找筆，瀧子帶了筆。三姊妹分別在禮金袋上寫上自己的名字。

「太好了，三個人都到齊了。」卷子露出鬆了一口氣的表情。「因爲他的病情比較嚴重，一個人根本不敢來探視。」

「那我們就速戰速決吧。」

綱子說完，三姊妹同時站了起來。

這時，陣內的病房裡，咲子和眞紀在尚未清醒的陣內枕邊爭執起來。

「你是說都怪我嗎？」咲子惱火地質問，眞紀用手巾擦拭著兒子的嘴邊。「還不都是因爲你這麼奢侈，要過好日子。」

「我什麼時候奢侈了？」咲子咄咄逼人。

「又是毛皮大衣，又是鑽戒的。」

「那都是他買給我的。」

「還不都是你……」

「我從來沒有說過我想要，都是他一時高興，非要買不可。」

「現在死無對證，隨你怎麼說？」

咲子頓時變了臉。「媽，你剛才說什麼？啊？你說什麼？」

「……」

「他還活著，爲人父母的，別說這種不吉利的話。」咲子瞪著眞紀。「他是想要讓你過好日子。」

她於心不忍地看著彎著腰撫摸兒子的手的年邁婆婆。「他經常說『老媽活了這麼大歲數，從來沒有過好日子。我爸死得早，老媽靠做黑市生意把我們拉拔大，日子過得苦哈哈的，從來沒有去過溫泉，也沒去餐廳吃過一頓飯。我想當拳王，想賺很多錢，讓老媽過好日子』。」

「我才不想用他被人打賺來的錢過好日子。」眞紀深深地嘆氣。

「那也未必吧，你在那些念經的朋友面前不是很引以爲傲嗎？」

「和你差遠了。」

「我什麼時候？」

「你不是在你幾個姊姊面前很神氣嗎？」

「這是因爲我這麼做能讓他高興啊。因爲之前大家都反對我們在一起，一直被看不起，所以我想幫他出一口氣，讓大家看看他的成就。」

「如果那時候就休息，就不至於到今天這個地步。」

咲子責問：「那時候是什麼時候？」

眞紀小聲地說出之前念經會時發生的事：眞紀看到陣內拿了一盤橘子，就問他要神明特別照顧他什麼，陣內指了指眼睛。

咲子第一次得知這件事。

「那是幾月的事？」

眞紀沒有理會咲子的問題，摸著兒子的手開始念經。

「我問你是幾月！」

咲子正想追問，聽到敲門的聲音。

「請進！」

咲子應了一聲，門開了，綱子、卷子、瀧子三姊妹探頭進來。

「啊，你們來了。」咲子頓時笑容滿面。「怎麼都來了？」

「三『羊』開泰！」綱子開玩笑地說著，看到眞紀。「啊，伯母好。」

眞紀也站了起來。「眞不好意思，還麻煩你們特地跑一趟。」

「伯母，你很辛苦吧。」

「我沒想到這把年紀了，還要幫兒子換尿布。」

眞紀的話讓三姊妹感到一陣心酸，頓時陷入了沉默。

咲子和剛才吵架時判若兩人，語氣溫柔地說：「媽，請你去拿點熱水來。」眞紀也欣然答應：「好哇。」

「不用泡茶了。」

「不用忙了。」

「至少一起喝杯茶嘛，媽……」咲子用眼神催著眞紀。

「好，好。」眞紀抱著熱水瓶走了出去，綱子把禮金袋放在床頭櫃上。

「這是我們三姊妹的一點心意。」

「哇……四方形的心意嗎？謝謝。」

「我還帶了圓形的心意。」卷子從皮包裡拿出一個透明塑膠盒，裡面裝滿了十圓和一百圓硬幣。

「我想，你可能會用到零錢。」

「你太奸詐了。」綱子不滿地說，瀧子也說：「卷子姊最會做好人了。」

「她每次都假裝若無其事，一個人裝乖……」

「你們在說什麼嘛。」

「眞是幫了大忙，在醫院時，經常需要用到零錢。」咲子做出手刀的姿勢表示感謝，接過裝了零錢的盒子。

「他看起來還不錯嘛。」

聽瀧子這麼一說，咲子立刻神采飛揚地說：「很好，很好哇。現在可能是最佳狀態吧，老公，我姊姊她們來看你了。」

「他聽得到嗎？」

三姊妹在咲子身後探頭看著陣內的臉。

「應該很快就會聽到吧。」

三個姊姊啞口無言，咲子自顧自地拿出指甲刀，開始幫陣內剪指甲。

「人眞的很奇怪，任何名醫都不敢保證絕對沒問題，或是絕對不行。即使整天像他這樣，也沒有人能夠保證不會有一天突然清醒，眞是太神奇了。即使整天躺著，也會長鬍子，指甲可能比你們長得還快。」

「因爲現在他不用腦，營養全跑去鬍子和指甲了吧。」

「綱子姊……」

卷子瞪了綱子一眼。這時，剪下來的指甲蹦到瀧子的腿上，瀧子站了起來，用指尖抓起指甲屑。咲子看在眼裡，雖然臉上仍然帶著笑容，但雙眼露出厲色。「他的指甲不髒。」

「啊，不是啦……我不是這個意思。」

「我每天都幫他擦身體，又不是死人的指甲，是活人的指甲。」

「小咲，我不是……」

「瀧子平時就有潔癖。」綱子出面緩頰。

卷子也在一旁說：「她從小只要有頭髮或是指甲掉在她身上，她就會哇哇大叫。」

咲子怒氣平息後，突然嘀咕說：「螃蟹不是有鉗腳嗎？」

「螃蟹的鉗腳？」三姊妹納悶地看著咲子。

「不是肉質鬆鬆的螃蟹腳，而是肉質很緊實的那個。我現在的心情差不多就是那樣。」咲子用挑釁的眼神看著半空。「現在最讓我有夫妻一體的感覺。」

「肉質很緊實的螃蟹鉗腳喔……」

卷子嘆著氣嘟囔了一句，咲子看著三個姊姊的臉。

「你們的肉質緊實嗎？」

三個姊姊不知所措，各自露出複雜的笑容。

「很緊實。」

「托大家的福。」

「小瀧呢？」

「她剛結婚，應該很緊實吧？」

「她的腿又長，是一隻要價五千圓的帝王蟹啦。」

「不是冷凍的嗎？」

咲子的話讓三個人啞口無言。卷子的皮包不小心打開，那幾張照片掉了出來。四姊妹都屏住呼吸，看著腳下的照片。

「啊！那不是那個女人的兒子嗎？這麼說，爸又和那個女人在一起了嗎？」瀧子回過神叫了起來。

咲子不理會三個姊姊的慌張，兀自放聲大笑起來。

當三個姊姊離開、真紀也回家後，咲子露出和剛才判若兩人的陰鬱表情坐在陣內的枕邊。或許是因爲剛才強顏歡笑耗盡了體力，一個人的時候，感到格外無力。

「我爸有外遇，已經七十歲了，又和之前的女人走在一起了……呵呵，呵呵，呵呵呵……」咲子把臉頰貼在陣內的臉頰上。「老公，你才幾歲，要加油！好嗎……好嗎？」

咲子的聲音被淚水淹沒了。

那天下午，省司放學後找了恆太郎一起去咖啡店教他寫功課。友子躲在咖啡店不遠處的電線杆後，從窗外看著他們。

恆太郎發現了友子，他不時抬起頭抽菸，注視著用披肩遮住臉的友子。

「啊，媽媽！」省司叫了起來。「是媽媽！你看，是媽媽！」

恆太郎頓時臉色大變。

友子可能察覺了店裡的情況，立刻躲了起來。

恆太郎拚命掩飾自己的慌亂。「在哪裡？沒有啊。」

「眞的有！是媽媽！媽媽！」

省司準備衝出去，恆太郎抱住了他。

「你在說什麼啊。」

恆太郎一笑置之，省司再度看向窗外，母親已經不見了。

和省司道別後，恆太郎無意馬上回家。他坐在和友子談分手的冰淇淋店打發時間，等天色暗了之後，走進一家偏僻的壽司老店，吃著壽司捲，獨酌溫酒。

他想起在國立家中等他回家的瀧子和勝又。

「外帶握壽司。」恆太郎伸出兩根手指。

「外帶兩人份握壽司！」廚師很有精神地回答。

即使外帶的壽司做好後，恆太郎仍然坐在吧檯前默默地喝酒。

國立竹澤家的飯廳內，勝又把工作上的資料和照片攤在餐桌上，正在整理資料。暖爐上的水壺冒著熱氣。瀧子在衣服外披了一件棉背心，邊打毛線邊看著勝又工作。

瀧子發現毛線用完了，叫了一聲：「喂……」

「啊？喔。」

勝又伸出雙手，瀧子把新的毛線丟給他。勝又接過毛線，彷彿笨拙地跳舞般左右移動雙手，雙手撐開的毛線靈活地收進了瀧子的手中。

勝又看著柔和色調的毛線逐漸變成一團毛線球，小聲地說：「如果你表現出來，爸這麼大年紀，未免太可憐了。」

「就因爲一大把年紀了，才不應該嘛。」瀧子眉頭輕蹙。「如果才五十多歲，會覺得我爸畢竟是男人，也是無可奈何的事，但他已經七十歲了，不，七十一歲了。」

「我覺得和年紀沒有關係。不，因爲年紀大了，反而……該怎麼說，需要有一種活著的眞實感。」

「你是在袒護我爸。」

「你爸和那個人交往，對你來說並沒有什麼損失，不需要這樣吹鬍子瞪眼嘛。」

「因爲不是你的爸爸，你才可以說得這麼輕鬆。」

瀧子反駁時，玄關的門鈴響了。

瀧子起身走出去開門，勝又也站了起來，但手上的毛線把他困住了，無奈之下，他只好帶著毛線一起跟在瀧子身後。

瀧子開門後，狠狠瞪著父親，也沒有說一聲「你回來了」。

喝了點酒的恆太郎沒有察覺瀧子的表情有異，舉起壽司盒在她面前晃了晃。

「這是什麼？」

「看就知道了。我已經吃過了，你們吃就好。」

這時，勝又走了出來。「爸，你回來了。」

恆太郎看了看兩個人的臉問：「怎麼了？吵架了嗎？」

「爸，你去哪裡？」

勝又踢了瀧子的小腿。「來吃壽司，壽司！」

勝又從恆太郎手上接過壽司盒，推著瀧子的背回到飯廳。恆太郎跟在他們身後走了進來。瀧子回飯廳後，倒了茶，勝又立刻打開壽司盒。雖然打開了，瀧子卻不動筷子。

「瀧子……快……」勝又停下筷子，戳了戳瀧子，將視線移向悠然喝茶的恆太郎。「喔，這家的鮪魚很讚。」

「你連鮪魚的好壞都懂嗎？眞是不簡單喔。」

聽了恆太郎的話，勝又得意地說：「我以前在河岸打過工，當過送貨的——專門把上岸的漁貨送到批發行。那時候學會了聞鮪魚的味道。通常鮪魚……」

瀧子插嘴說：「哪裡的？這是在壽司店買的嗎？」

「嗯？」恆太郎的視線移向瀧子。

勝又看著包裝紙說：「是不是新宿？新宿的天下一壽司。」

「你和誰一起去吃的？」

「這種事無關緊要啦。」

「爸，你和誰一起去吃的？」

恆太郎沒有回答，目不轉睛地看著女兒的臉，然後又將目光移向勝又。勝又惶恐地縮成一團，移開視線。

恆太郎呵呵呵笑了笑說：「總不可能有和貓狗一起吃壽司的笨蛋吧？」

瀧子回望著父親。恆太郎一言不發，用杯子暖手。

心慌意亂的勝又大驚失色，因為放在桌上的資料下方，露出恆太郎和省司親密聊天的照片。他慌了神，想神不知鬼不覺地藏起來，沒想到反而露了出來。

恆太郎瞥了一眼照片，什麼都沒說。

卷子正在客廳桌上記帳。她整理著桌上散亂的發票，洋子問：「爸爸怎麼還沒回來？」

卷子充耳不聞。「菠菜，一把一百四十八圓。」

「不知道爸爸正在做什麼？」

「燈泡六十瓩。」

「媽媽……爸爸……」

「六十瓩兩個。」

「開會開到這麼晚喔……」

「你不要在這裡吵我，我會算錯。」

「爸爸這麼晚還不回家。」

「兩個一百九十圓。」

「爸爸天天晚回家，媽媽就會裝糊塗。」

「洋子喜歡鑽牛角尖。」

「多一個字啦！」

「呵呵，媽媽向來對詩句之類的很外行。」卷子笑著，繼續低頭記帳。「瓦斯費……」

洋子捲起手上的報紙，看著卷子的臉。「我問你喔，你說會不會有人發明出像這樣能清楚看到對方在做什麼的機器？」

「啊？」

「比方說……看到爸爸正在做什麼。」

卷子不加思索地回答：「應該是開會，不然就是在酒吧喝酒。」

「好像不是，爸爸和某個人在一起……」

卷子的手停了下來。

「好像不是男人。」

「……」

「我好像認識那個人。」

「別鬧了。」卷子打斷洋子，嚴厲的聲音連她自己都嚇了一跳。

「爲什麼？」

「哪有爲什麼……就是叫你別鬧了。」

「想像可以不受拘束啊。」

卷子伸手想要搶洋子手上的報紙望遠鏡，洋子不肯放手。卷子看著報紙望遠鏡的另一端，洋子立刻把報紙丟到一旁。

「現在都已經可以去月亮了，爲什麼沒辦法做出這種機器？」洋子這麼嘀咕時……

「你眞是笨死了。」不知道什麼時候走進來的宏男插嘴說。

「爲什麼？」

「你能夠看到別人，代表別人也能看到你。」

「喔，對喔。」

「如果你洗澡的時候被人看到怎麼辦？」

「變態。」

「看吧。」

卷子吃吃笑了起來。「還是哥哥的腦筋比較靈光。」

「但我功課比他好。」

「喂！」

洋子大叫一聲逃走了，宏男追了出去。兄妹倆衝上二樓，卷子拿起報紙，捲起來後看著牆壁。之前曾經映照出赤木啓子打網球身影的牆上，浮現出鷹男和啓子摟在一起的幻影。在床上、在四下無人的辦公室桌旁——兩個人熱情相擁……

卷子把視線從報紙望遠鏡上移開，手拿著報紙，茫然坐了下來。她的心跳加速，正準備再拿起報紙望遠鏡張望，電話鈴聲響了。她猶豫片刻，才緩緩接起電話。是鷹男打來的。

「喂，是我，我跟你說……」他的話還沒說完，電話就斷了。

鈴聲又響了，但卷子接起時，電話又斷了。鈴響，再接，又掛斷。之後，鈴聲就沒有再響，可能因爲通話狀況不佳放棄了。

「喂！」

聽到叫聲之前，卷子沒有發現丈夫已經回家了。鷹男鬆開領帶，正在喝水。

「啊，你回來了！」

卷子把丈夫的西裝掛在衣架上，定睛觀察丈夫的臉。

「啊，家裡的水眞好喝。」

「味道不一樣嗎？」

「那當……同樣是東京都水道局的水，爲什麼……」

「你是和哪裡比較？」

「公司還有酒吧啊。」

「你在那種地方也會喝水喔。」

「當然會喝，吃藥的時候，總不能喝酒吧。」

「藥……」

卷子抓起丈夫的右手，以指腹摸著他的指甲。

「怎麼了？好難得。」

「這一陣子都在公司剪指甲嗎？」

「指甲？」

「以前你的右手指甲都很毛，現在都剪得很整齊，是不是有哪個人幫你剪指甲？」

「你是不是看肥皂劇看多了？」鷹男甩開卷子的手。「只要用指甲銼刀磨一下，就光滑溜溜了。喂……」他把領帶交給卷子。「要睡了。」

卷子目送著丈夫的背影，心情沉重地嘆了一口氣。

「媽，那我先回去了。」

眞紀沒有應答。咲子走出病房經過護理站時，夜班護士井田叫住了咲子。

「陣內太太，你要回去了嗎？」她對滿面笑容向她欠身的咲子說：「我知道你很辛苦，加油喔。」

「好……」

「呃，你先生的住院費還沒有繳吧？」

咲子正打算說「晚安」，趕緊收了回去。「啊，不好意思，我明天會繳。」

「大病房應該還有空位。」

「大病房？」

「長期住單人病房開銷太大了，可以考慮轉到大病房長期抗戰，心情也比較輕鬆。」

咲子點點頭，說了聲「晚安」後，走出醫院。

她打算回家，卻不知不覺走向鬧區。她在酒店、酒吧、迪斯可舞廳林立的街上左顧右盼，放眼望去，到處都是成雙成對的情侶。有邊走邊吃熱狗的男女，也有男人騎著機車、女人滿臉興奮地從後面抱著他……鬧區街頭的精品店已經陳列了早春服飾，街道充滿歡樂的音樂和開朗的笑聲。

都是我曾經擁有的……

幾個月之前，咲子也是這些年輕人中的一分子，但現在……她不禁悲從中來，身體搖晃了一下，在十字路口停下腳步。

「口開了。」

身後傳來一個男人的聲音，但咲子沒聽到，她已經魂不守舍了。

「口開了。」男人又說了一次。

「啊？喔。」

咲子慌忙閉緊張著的嘴，沒想到男人笑了起來，指著咲子的皮包。咲子的皮包開得大大的。咲子也笑了。

「哎喲……哎喲，我真是的！」

男人再度笑了。他的打扮很樸素，看起來耿直沉穩。咲子笑著笑著，終於忍不住蹲在馬路旁哭了起來。

男人說他姓宅間，他帶咲子走進附近的咖啡店。那家店生意不太好，背景音樂播放的是沁人心脾的宗教音樂。

他們點了咖啡。宅間喝著咖啡，抽著菸，觀察咲子。

咲子淚眼婆娑地低著頭。

「我經常對我的學生說，說出來就輕鬆了。」

「學生？」咲子抬起頭，打量著宅間。「你是老師？」

宅間點點頭。

「中學……高中？」

「……」

「大學……小學？」

宅間笑著點頭，然後，學小孩子的聲調背誦一年級國語課本的第一頁。咲子的表情稍微放鬆了。宅間背誦童話故事時，她的臉上露出一絲笑容。喝著咖啡，她娓娓道出自己的事。

「我丈夫是植物人，因爲出了車禍，撞到這裡。我之前就隱約覺得他的眼睛不太對勁，但他瞞著我，我也不敢問他……當我察覺時，他的神智也出了問題，在我姊姊結婚時昏倒了，雖然最近情況稍微好轉……但還是不行。」

宅間默不作聲地聽著咲子訴說。

「我有一個兒子，還不會走路，我婆婆整天都說一切都是我的錯，她就像爲盆栽澆水一樣，每天每天都責罵我，我不知道我丈夫這種狀況還會持續幾年……我在醫院的時候，總是故作堅強，但是，來到沒有人認識我的地方，就像氣球洩了氣。」

咲子準備把咖啡杯舉到嘴邊時，宅間輕輕按住她的手，爲她加了奶精。

「黑咖啡對胃不好。」

咲子以眼神向他道謝，兩個人默默聽著音樂。咲子覺得體內漸漸湧起力量。原來自己對溫柔太飢渴了——咲子凝視著宅間的臉，在心裡呢喃。

喝完咖啡後，兩人走出咖啡店。

「說出來之後，心裡好像變輕鬆了。」

「希望你丈夫早日康復。」

「謝謝。」

咲子在店門口向宅間行了一禮後離開，回到十字路口等紅綠燈時，宅間從身後抓住她的手臂。宅間摟著咲子的肩膀，手直直滑向腰部，咲子也沒有反抗。兩個人摟在一起，隨著人潮走著，當宅間在賓館前停下腳步，咲子默默地點了點頭。好想拋開一切——咲子心想。

翌日，綱子和卷子造訪了恆太郎的公司，邀他一起去探視陣內。

兩姊妹第一次來父親的公司。那家公司在神田小川町雜亂角落的一棟老舊工商大樓內，戰前應該是一棟很時尚的大樓，如今，磁磚剝落，地板也咯吱作響，不忍卒睹。

大樓內有好幾家活版印刷公司，狹窄的走廊上，雜亂堆放著紙張和印刷品。綱子才覺得詫異，就被腳下裝蕎麥麵的容器絆到了。幸好卷子抓住她的手臂才沒有跌倒。她們抬頭一看，剛好看到恆太郎公司的招牌。

敲了敲門，裡面傳來聲音，一個女職員探出頭。

「不好意思，打擾了。」

「請問竹澤先生在嗎？」

「竹澤先生！有客人找！」

女職員對著褪色的屏風叫了一聲，似乎無意帶她們進去。兩姊妹向她行了一禮，有點不好意思地走了進去。狹小的房間內，只有幾名員工忙碌工作著。

「誰啊？」恆太郎從屏風後探出頭。

「我們剛好來御茶水……」

「有點事……」

兩姊妹回答。

恆太郎向她們招手。他的座位旁立著一面污斑處處的屛風，就在窗邊的角落。或許因爲無事可做，他正看著窗外抽菸。桌上沒有什麼像樣的資料，只有一個堆滿菸蒂的菸灰缸。

恆太郎對著兩姊妹努了努下巴，示意她們在桌旁兩張不一樣的椅子上坐下。

「你現在可以外出嗎？」

「我們想找你一起去看咲子。」

兩姊妹依次說道。

「我去看過她一次。」

「她好像很沮喪，所以想去給她加油打氣。」

「爸，還是你去一趟最有效。」

恆太郎沒有說話，兩姊妹又說：「總覺得搞不好不會拖很久，萬一有什麼三長兩短，如果從來沒有去探視過，未免太可憐了。」

「我們也會陪你。」

「嗯。」

「你不方便溜班嗎？」

「反正也沒什麼事，隨時溜出去都不會有問題。」恆太郎站了起來，椅子立刻發出吱吱咯咯的聲音。「那就去看看吧。」

他起身時，兩個女兒看到了他的坐墊，棉絮從褪色的坐墊四周擠了出來，不禁感到一股心酸。

陣內的病房內沒有人。父女三人走進病房，驚訝地瞪大了眼睛。

病床上的白色床單翻了起來，陣內的兩隻腳露了出來，腳底用簽字筆畫了一個搞笑的人臉。三個人面面相覷，門突然用力打開，咲子走了進來。

「哇！嚇死我了。」

「我們才被你嚇一跳呢！」

「這是什麼？」

「嘿嘿嘿，是咒符。」咲子聳了聳肩。

「咒符？」

「像這樣……」咲子站在遠處看著丈夫的腳底。「如果人臉的表情有變化，就代表他的腳動了。我忍不住想，不知道這張臉會不會笑……」

綱子和卷子啞口無言。恆太郎充滿愛憐地以大手輕輕拍了拍咲子的肩。

咲子微笑地看著父親。「爸，你要加油，男人變成他這樣就完蛋了……」然後，把嘴湊到恆太郎耳邊。「不管小瀧說什麼，你都不要理她。」

綱子和卷子尷尬地互看了一眼，恆太郎露出一絲苦笑。

這一陣子，瀧子都避著父親。勝又覺得自己是罪魁禍首，所以對恆太郎察言觀色，反而讓恆太郎渾身不自在。就連深夜去廚房喝水時也不敢開燈；經過他們房間門口，也總是側耳靜聽他們傳出來的笑聲和談話聲，躡手躡腳地走過去，以免妨礙他們。

對在家裡也無法放鬆的恆太郎而言，省司是他唯一的安慰。不久之前，省司給恆太郎看了一張畫，那是他在學校美術課畫的。標題爲「我的爸爸」的畫，畫的顯然是恆太郎。

省司已經有了新父親，一直這樣下去好嗎——恆太郎有時候忍不住思考這個問題。如今，他在家裡就像是個吃閒飯的；對省司來說，恆太郎也只是一個冒牌父親。不需要女兒提醒，即使他想加油，也已經是無法加油的年紀了。恆太郎對此深有感慨，但他絲毫沒有表現出來。

父女三人察覺了咲子的強顏歡笑，直到離開病房之前，卻都找不到安慰她的話。

深夜，咲子正在公寓客廳計算存款餘額。她在男用睡衣外披了一件陣內的拳王外套，一身怪異的打扮。

咲子和眞紀每天輪流在醫院陪陣內。這天剛好是咲子在家照顧兒子的日子。由於在醫院時無法睡覺，原本打算好好睡一下，但滿心的煩惱讓她失眠了。眼前最擔心的就是錢的事。由於他們之前一直過著左手進右手出的生活，存款已經見了底。她拿出別人來探病時包的慰問金、結婚時爲數不多的存款，絞盡腦汁，設法應付眼前的開支。這時，電話鈴聲響了，咲子接起電話。

「喂？」

「請問是陣內先生的府上嗎？」電話中傳來一個低沉穩重的男人聲音。

「是……請問是哪一位？」咲子偏著頭納悶。

「你好。」

「你好，請問，你是哪一位？」

「是陣內太太嗎？那天晚上多謝了。」

「那天晚上……」

「你先生的情況有沒有好一點？」

「……」

「和你分手之後，我覺得你很面熟，剛好看到之前的運動雜誌，發現是拳王陣內英光……」

「請問你是？」咲子話說到一半就愣住了。是宅間。

「我不是說了嗎？那天晚上的……」

「我聽不懂你在說什麼，請問有何貴幹？」

不知道是否感受到咲子的慌亂，電話彼端傳來親切的笑聲。

「怎麼可能聽不懂呢？你的演技眞好，你那天說是出車禍，我還信以爲眞呢。」

「請問有何貴幹？」咲子的聲音發抖。

「我最近手頭有點不方便。」

「……」

「只要周轉一百萬就好。」

「一百萬……」

掛上電話，咲子感到一陣天昏地暗。

同一天晚上，卷子也接到了一通令人震驚的電話。她趴在客廳的桌上打瞌睡，被電話聲吵醒了，她睡迷糊了，衝向玄關。

「來了，來了！」

她穿上拖鞋，正打算走出客廳，才發現自己搞錯了。

「我在幹麼……」她不禁失笑，忍著呵欠說：「這裡是里見家。」

電話中傳來一個中年女人慌張的聲音。「呃，我是三田村綱子女士的鄰居，我要找她妹妹……」

「我就是。」

「你姊姊殉情自殺了。」

「殉情自殺！」卷子握緊電話。「結果呢？她、她還活著嗎？喂，喂？」

「聽說還有呼吸……」那個女人可能在綱子家裡用手帕摀著鼻子說話，聲音有點模糊。「瓦斯，開瓦斯……跟平時經常來找她的那個人一起……我聞到一股怪味。」

聽那個女人說，剛才救護車把兩個人送去醫院了。瓦斯是從客廳的瓦斯開關漏出來的，客廳裡散亂著沒吃完的火鍋，隔開臥室的紙門敞開著，兩個人穿著睡衣躺在臥室的被子上。不知道是不是左鄰右舍都跑去看熱鬧，電話那端傳來嘈雜的聲音。

「綱子姊……」

掛上電話，卷子手忙腳亂地換好衣服出門，急如星火地趕往醫院。綱子躺在急診病床上。

綱子一頭亂髮，臉色蒼白，簡直慘不忍睹。一看到卷子，硬撐著想要坐起來。卷子跑到姊姊身旁，握住她的手。

「幸好平安無事。」

「他、他有沒有問題？你去幫我看一下他，好嗎？」

綱子甩開卷子的手。卷子無法抵抗姊姊求助的眼神，走出姊姊的病房。

卷子問了護士，來到貞治的病房。貞治正躺在床上，回答醫生的問題。不知道是否感到胸悶，他身體一動，毛毯就掉了，一雙腳伸到卷子的眼前。看到貞治的腳底，卷子忍不住倒抽了一口氣。他的腳底畫了一個和陣內腳底相同的人臉。

卷子向貞治欠了欠身，回到姊姊的病房。

這時，她再度吃了一驚。綱子的毛毯掀開，和服衣襬亂了，露出了腳底。她的腳底也有一個搞笑的人臉。

綱子用充滿不安的眼神看著卷子。「沒問題吧？」

卷子告訴她後，她鬆了一口氣。「什麼殉情，別胡說八道。是瓦斯管脫落，純屬意外。」

「我知道了啦。」

卷子苦笑著，看著綱子從毛毯下伸出的腳底，終於忍俊不禁。

「很好笑吧？你就盡情地笑吧，因爲我的確做了會受人恥笑的事。」

「我不是笑那個，你的腳！」

「腳……」

綱子一臉狐疑。「腳怎麼了？」

這次輪到卷子疑惑不解了。「你不記得自己畫的嗎？」

綱子皺著眉頭思考，好像有了一點頭緒，但用力思考似乎會讓她頭痛。

「你自己看啊。」卷子努了努下巴。「腳底，你自己的腳底。」

「啊……」綱子隱約想起了什麼，但仍然頭昏腦脹。她扭著身體看腳底。

「啊……」

綱子笑了起來，她害臊得恨不得找一個地洞鑽下去，只能用笑掩飾窘態。

「因爲在咲子那裡看到，就想試試。」

「綱子姊，你的心態還很年輕嘛。」

「誰想得到會發生這種事。」

「救護人員看到你們腳底都畫了搞笑的人臉，應該也嚇到了。」

綱子「啊」的叫了起來，抱著頭，慢慢回想。最後可能終於想起來了，戰戰兢兢地抬頭看著卷子的臉。「他也……」

卷子點點頭，綱子慌忙想要下床。

「怎麼了？」

「他的腳……他如果就這樣回去就慘了……對不起，你……」綱子抓著妹妹的手。「你去跟他說，要他擦掉之後再回去……」

卷子再度前往貞治的病房。

病房內只有貞治一個人。他的情緒可能已經穩定下來，氣色也恢復了大半。

「你好。」

卷子走了進去，貞治「啊……」的驚叫了一聲，打算坐起來。

「請躺著就好。」

「……」

「我是綱子的妹妹。」

「我剛才……一眼就認出來了。」

「我姊姊承蒙你照顧了。」

「你客氣了。」

一陣尷尬的沉默。

貞治苦笑著說：「我向來認爲自己的鼻子很靈光。」

「我姊姊也是。走在路上，只要聞到烤魚的味道，她就猜得出是竹筴魚還是鯖魚，一直引以爲傲呢。」

「我也是，可能是因爲喝了酒睡著的關係，她沒問題嗎？」

「爲了以防萬一，今晚就先住院觀察一個晚上。」

「叫她多保重……」

「你呢？」

「等我可以下床走路就要回去，總不可能外宿吧。」

護士進來時，卷子行了一禮，走出病房。直到最後，她都沒有提腳底畫了人臉的事。

貞治深夜回到家裡。

豐子還沒睡，正在飯廳記帳。聽到丈夫的聲音，她邊撥算盤邊打招呼說：「你回來了。」

貞治連回答的力氣也沒有，從醫院回到家裡就耗盡了體力。他扶著入口的柱子喘著粗氣，豐子抬眼看著他。貞治臉色蒼白地扶著紙門走了進去，豐子一臉驚訝正準備開口。

「我好像感冒了。」貞治先發制人地辯解。

「感冒？」

「我頭好暈，渾身發冷。」

「是不是發燒了？」

豐子從身後的碗櫃裡拿出體溫計，貞治趕緊逃開。

「不用了，即使量了，體溫也不會下降。」

「但是……那就吃顆藥吧。」

「睡一覺就好了。」

貞治往裡走時，身體晃了一下。

「小心！」豐子正想伸手，但已經晚了一步，看到跌倒在地的丈夫有一隻襪子穿反了，她呵呵笑了起來。

「下次你要穿沒有正反面的。」

貞治看著妻子的臉，不知道她在說什麼。

「我是說襪子。我不知道你在哪裡脫了襪子，這隻穿反了……」

豐子摸著襪子，貞治跳了起來往後退，但豐子抓住了襪尖，把他的襪子脫了下來。看到丈夫腳底的塗鴉，豐子「啊」的叫了一聲。

看到妻子的臉，貞治想起了綱子的塗鴉，連滾帶爬地轉身想逃，但豐子整個人壓住了他，扯下了另一隻襪子。另一隻腳上也畫了塗鴉。

「這是什麼咒符嗎？」豐子瞪著眼問。

「不，沒有啦……哈哈，哈哈哈。」

「這是什麼咒符？」

「什麼咒符……喔，是、是我喝醉了打瞌睡時，被酒店小姐搗蛋畫的。真是的，現在的酒吧素質愈來愈差了。」

「是嗎？我以爲現在銀座的酒吧都是年輕小姐。」

「啊？」

「現在的年輕人才不會畫這種塗鴉，是有一點年紀的人畫的……」

貞治癱坐在地上，他已經無力辯解。

「給我感冒藥。」

「是不是覺得有寒意了？」

豐子笑歪了臉，她的腦海中浮現出綱子的臉。

翌日，綱子在卷子的陪伴下回家。來到住家附近，左鄰右舍的家庭主婦都站在遠處竊竊私語。綱子慌忙用披肩遮住臉。

卷子扶著姊姊準備進門時，兩姊妹同時倒抽了一口氣，忍不住面面相覷。下一刹那，又尷尬地別過臉。「插花教室・三田村綱子」的看板上，被人用紅色奇異筆畫了一張搞笑的人臉。綱子想把看板拿下，卻拿不下來。卷子伸手幫忙，兩個人終於合力把看板拆了下來。

得知消息後趕來的鷹男和正樹正在家裡等候，四個人坐在亂成一團的飯廳。雖然感受到綱子和情人幽會的餘韻，但大家都隻字不提。卷子俐落地收拾起來。

「太好了，幸虧沒出什麼大事。不然現在搞不好在葬儀社討論『要放第幾層？』、『請問是信什麼教』。」鷹男不願正視面前兩人份的筷子和啤酒杯說道。

正樹也不時瞥著兩人份的盤子和筷架。「我想，以後還是同住比較好。」

「同住？」綱子看著兒子的臉。

「我原本打算結婚後在外面租房子，現在改變主意了，還是一起住比較好。否則，萬一發生什麼事就慘了。」

「……」

「反正二樓還有房間。」

綱子說不出話，鷹男也點頭。

「既然正樹都這麼說了，就讓他好好盡孝道吧。」

一陣凝重的沉默。

綱子斬釘截鐵地說：「很謝謝你的心意……不過，十年後再說吧。」

「十年後……」

「被人當成老太婆太寂寞了。」綱子輪流看著三個人的臉。「我暫時還想一個人住，我還能養活自己，也想和『人』交往。」她的視線停在卷子的臉上。「這樣不行嗎？」

卷子慌了手腳。「也不是說不行啦……」

「嗯。」

「但是……」

鷹男和正樹互看了一眼。

「那就換一個插電式暖爐吧。」

綱子用「這件事就這麼決定了」的表情宣布後，呵呵地笑了起來。

其他三個人看了一眼倒在地上的暖爐，再度環視凌亂的室內。

那天晚上，瀧子來到里見家。卷子和鷹男都不在，只有頭上綁著頭巾、正在準備聯考的宏男應了門，告訴她綱子的事。

「瓦斯怎麼了？瓦斯漏氣？」

「我也不是很清楚，好像是輕微瓦斯中毒……」

「瓦斯中毒！」

「聽說並沒有很嚴重。」

瀧子吃著宏男拿出來的零食。

「你爸媽都去了，怎麼會不嚴重？」

「他們吩咐說，如果有事會打電話回來，叫我不要打過去。」

「奇怪……」

瀧子正感到納悶，電話響了。瀧子嘴裡吃著東西，接起了電話，才剛說「這裡是里見」，就被食物噎住了。她費了一番工夫嚥了下去，聽到電話中傳來咲子的聲音。

「卷子姊……我有事想找你商量……」咲子的聲音聽起來很急迫，並沒有察覺接電話的是瀧子。

「我做了蠢事，哼哼，我被人勒索了。」

瀧子嘴裡仍然吃著東西。「被誰勒索？」

「我不知道該怎麼辦才好。」

「你現在人在哪裡？醫院嗎？」

「家裡。」

「我馬上過去！」

瀧子拿起皮包和大衣，慌慌張張衝了出去，攔了計程車直奔咲子家。她急忙摁了咲子家的門鈴，門開了，咲子滿臉錯愕地看著瀧子。

「你被誰勒索了？」

「小瀧，你怎麼來了？我剛才打電話給卷子姊……」

咲子猛然發現自己剛才沒確認對方是誰就一股腦兒說了出來。

「你怎麼了？我不行嗎？」瀧子發自內心地感到擔心。咲子搖搖頭，默不作聲地進了屋。瀧子也跟了進去。

小孩子睡著了。咲子走到陽台，收下晾在衣架上的嬰兒襪和內衣，向瀧子娓娓道來。瀧子靠在扶手上，靜聽妹妹向她坦承一切。

「我也不知道爲什麼會把心裡話告訴陌生的男人，也沒想到他拉我的手時，我就會跟他走。」咲子嘆著氣。「事後，我幫自己找了理由。因爲我在你們面前逞強——雖然很想哭倒在地，卻拚命想表現出自己沒事，結果就撐不下去了。可能我想找一個地方說出心裡話，說出眞相。我對活死人一樣的老公很生氣，很想罵他『你太沒出息了』。也許我想對他說：『我做了壞事，你難道不生氣嗎？』不過，這些都只是漂亮的藉口，也許是我的身心都感到飢渴。」

瀧子表情嚴肅地抬起頭。「你別說了，我來處理。」

咲子瞪大了眼睛。

「小咲，你別再出面了。」瀧子說完，對咲子點點頭，爲她壯膽。

翌日，瀧子約宅間在醫院見面，把他帶去陣內的病房。勝又坐在病房的角落。他因爲放心不下，所以特地趕來。咲子躲在屛風後放被子和行李的地方，豎耳靜聽事態的發展。

瀧子把宅間帶到陣內的身旁，抓起陣內無力垂下的手，要求宅間觸摸。宅間輕輕叫了一聲，甩開陣內的手試圖逃開。

「沒什麼好怕的，他以前雖然是拳王，但現在是活死人。」

宅間張大眼睛，注視著陣內。

「你有膽子勒索卻沒膽子摸？」瀧子溫柔地撫摸陣內的手。「我妹妹整天這樣摸著他的手，用很開朗的聲音和他說話，就好像他以前活得好好的時候一樣。她說，只要跟他說話，他總有一天會醒……雖然這已經是絕對不可能的事……」

宅間滿臉驚恐地看著瀧子。

「你張大眼睛看一看！」

瀧子驀然拉起毛毯，露出陣內腳底畫的人臉。宅間再度輕輕叫了一聲。

「我妹妹說，只要這張臉笑了，就代表他的腳底動了。」

「……」

「他乾脆死了，我妹妹還比較輕鬆。即使當下會哭，未來仍然充滿希望。但是，他還活著，也許還會活三年、五年，誰受得了？晚上走在街上，如果有一個看起來還不錯的人來搭訕，換成是我，我也會跟他走。」

勝又微微動了一下，瀧子繼續說：「如果你要恐嚇，就去恐嚇幸福的人；要勒索，去勒索有錢人。你竟然勒索只要稍微碰一下就會哭成淚人兒、日子過得很辛苦的人，未免太卑鄙了！」

瀧子將視線移向勝又。「我老公在徵信社上班，如果你想玩真的，那我們……剛才我們已經拍了你的照片，你到底是不是學校的老師、有沒有老婆孩子，只要調查一下，就一清二楚。到時候就會查出你的底細，讓你在你的圈子再也無法抬起頭過日子。」

宅間步步後退，走到門口時，一臉驚恐地看著瀧子，默默走了出去，用力關上門。

咲子從屏風後衝了出來。「小瀧……」

她想要抓住姊姊，瀧子抱住無力的咲子。

走到咖啡店門口，恆太郎停下了腳步。省司坐在老位子上，友子站在窗外比平時更靠近咖啡店的位置。友子發現了恆太郎，想要跑過來，但恆太郎轉身離開了。

「老公。」

恆太郎頓了一下。

「老公！」

然而，恆太郎沒有回頭，快步離開了。

恆太郎的背影消失後，友子嘆了一口氣，走進咖啡店。

省司正在看漫畫，他抬起頭。

「媽媽……」

「回家吧。」

「爲什麼？爸爸……」省司看著窗外。

「爸爸說他不能來了……」

省司四處張望，卻不見恆太郎的身影。

傍晚的時候，卷子採買回家，宏男迫不及待衝了出來。

「發生什麼事了？」

「嗯，嗯……我接到一通電話。」

「誰打來的。」

「對方說，等你回來，叫你馬上打電話給他……」

宏男把便條紙交給卷子，上面寫著「朝日堂書店」的店名和電話號碼。

「他沒有說是什麼事嗎？」

「嗯……」

卷子打電話確認地址後，立刻趕往朝日堂書店。書店後方倉庫內，洋子正垂頭喪氣地坐在堆積如山的退書上。五十歲左右的老闆向卷子說明了情況，原來是洋子在店裡偷書。

「真的很抱歉，我會付錢，雖然我知道並不是付錢就能了事，但請您高抬貴手……」卷子拚命拜託。

「我並不想把事情鬧大。」

「她以前從來沒拿過別人的東西……」

「我也是做生意的，可以分辨到底是一時鬼迷心竅還是慣犯。」

「絕不會再有第二次了。」卷子再三道歉。

「你們家最近是不是發生了什麼事？」老闆用探詢的視線看著卷子。「這種事對小孩子的傷害最大……」

卷子無言以對。

離開書店後，母女兩人一起走在夜晚的街道。

「你是不是知道爸爸的事？」卷子問，洋子微微點頭。

「也知道對方是他的祕書赤木啓子嗎？」

洋子再度點頭。

「但是，這是爸爸和媽媽之間的事，跟你們小孩子沒有……」

卷子的話還沒有說完，洋子打斷了卷子的話。「對啊，跟我們小孩子沒有關係，我每天都很快樂。」

「既然這樣，爲什麼發生這種事？」

「就像感冒一樣，搞不清楚理由。」

卷子啞口無言，猝不防想起那一天的事。那天，卷子也在不知不覺中，在超市偷了東西……

母女兩人不發一語地走了一會兒，洋子看著母親的臉說：「不要告訴哥哥和爸爸。」

卷子點頭，經過垃圾站時，用力把手上的書丟了進去。

洋子定睛看著母親。

回到家中，見到玄關有一雙女人的靴子。

「誰？有客人？」

卷子問出來迎接的宏男，宏男一臉狐疑地點點頭。

「誰？」

「那個人……」

等在客廳的是赤木啓子。卷子走進客廳，啓子恭敬地向她欠身行禮。

「我三月要結婚了。」

「結婚……」卷子瞪大眼睛。

「對。」

「和誰？」

「你不認識的人。」

「我先生認識嗎？」

「這件事我還沒有告訴部長……」

「是嗎？」

卷子仔細端詳啓子的臉，啓子顯得泰然自若。

「我想拜託你們做我的媒人。」

「媒人……」卷子瞪大眼睛。

「我之前就察覺到你在懷疑我，但我主動對你說『不是我』也很奇怪……」啓子直視卷子的臉。「在公司工作的這三年，是我的青春，所以，如果在沒有向你說清楚的情況下就這麼辭職，總覺得很不甘心……」

「你眞的要結婚嗎？」

「你連這件事也懷疑嗎？眞是玩笑開大了。」啓子呵呵笑了笑。「我想消除你的誤會，所以拜託你們來做我的媒人。」

卷子「呼」的吐了一口氣。

「我一直以爲你和我先生在交往，原來不是你。」

「不是我。」

「既然你不是元凶，那……」

啓子噗哧笑了起來。「好像刑警。」

「眞的耶……」卷子也覺得很好笑。

「這個問題就麻煩你自己問部長。」啓子說完，微微偏著頭說：「眞的有這個人嗎？」

啓子離開時，卷子送她到門口。

「關於媒人的事，我會和我先生商量……」

「那就麻煩你了，晚安。」啓子深深地鞠躬。

「晚安。」

洋子在走廊盡頭聽著她們的對話，但直到最後，她都沒現身。

送走啓子後，卷子走到臥室鋪被子，然後茫然地坐了下來。她的身影在檯燈的照射下，在牆上形成巨大的身影，她忍不住對著自己的影子揮出空拳。

揮空拳——和假想敵對戰的獨腳戲……

門鈴響了，卷子走去玄關。是鷹男。

「你回來了。」卷子說著，率先走進客廳。

「嗯，有點事……」鷹男像往常一樣嘀嘀咕咕地辯解。

「你剛才在哪裡？女人家嗎？」

鷹男張大眼睛。以前卷子從來沒有當面指責或是質問他，如今卻輕鬆自如地問這些事。

鷹男沒有答腔，卷子緊追不捨。「她叫什麼名字？是幹什麼的？」

「喂……」

「你在外面有女人吧？」

「喂，別胡說了。」

洋子正準備走進客廳，在門口停下腳步。

「至少告訴我名字。」

「喂，別再胡說了。」

「我一直在想這件事——今天還在超市偷了東西。」

洋子的身體抖了一下。

「你偷東西？」

「我在不知不覺中把罐頭放進了手提袋。走過收銀台時，被人叫住後帶到辦公室。」

「哪家超市？」

「丸正。一個年輕人和另一個五十歲左右的人問我是怎麼回事，我說我老公在外面有女人，很晚回家，我不想在家裡苦等，結果他們放了我一馬，也沒有問我的名字。」

鷹男似乎真的被嚇到了。

「我哪來的女人。」

「騙人……」

「如果你覺得我騙人，可以叫勝又或是其他人去調查。」

卷子仍然半信半疑。「你在外面真的沒有女人？」

「沒有。」

「這麼說，我之前都是在那個嗎？就是那個啦。」卷子做出拳擊的動作。

「這是什麼？」

「就是沒有真正的敵人，而是對著假想敵揮空拳。」

「疑神疑鬼。」

鷹男這麼說時，洋子走了進來。鷹男將視線移向女兒。

「你知道『疑神疑鬼』是什麼意思嗎？這個成語的意思是，一旦懷有疑心，就會看到原本根本不存在的可怕鬼影。」

「原來疑神疑鬼是這個意思。」洋子瞪大眼睛。

「你趕快記住，搞不好考試會考到這一題。」

卷子發出爽朗的笑聲。

赤木啓子的婚禮熱熱鬧鬧地結束了。

擔任媒人的鷹男和卷子並肩站在會場入口送客。卷子面帶笑容地向客人道別，對丈夫咬耳朵說：

「上次和你提到的事……」

「嗯？」

「就是你在外面的女人。」

「我不是說了，絕對沒有這種事。上次你不是也說知道了……」鷹男小聲抗議。

「我並沒有眞的相信。」卷子若無其事地說著，笑容滿面地迎接從會場走出來的賓客。

同一時間，咲子在陣內的病房內拿著簽字筆，在陣內的腳底畫了一張搞笑的人臉。咲子臉上帶著笑容，正在吃麵包。眞紀也站在陣內的枕邊，勝利坐在眞紀的腿上。勝利伸手想要摸陣內的臉，眞紀慌忙抱住了他。

綱子面帶笑容地插著花，四名學生圍繞在她身旁。插花課很快就結束了，貞治在隔著紙門的隔壁房間打開了啤酒。

恆太郎坐在國立家中的簷廊上眺望庭院，冬天的庭院顯得有點冷清落寞。

他從懷裡拿出那幅〈我的爸爸〉，拿在手上端詳後，小心翼翼摺好，再度放回懷中。

瀧子正在庭院裡收拾洗好的衣服。她身穿和服的模樣與藤十分神似。懷孕後，她的腰身變粗了，這種感覺更加強烈。恆太郎覺得只要一回頭，就彷彿看到藤的身影。

恆太郎沒來由地呵呵笑了起來，隨即變成了哈哈哈。

瀧子聽到父親的笑聲，訝異得轉過頭。

「等天氣暖和一點，來種點什麼吧。」

瀧子看著父親的臉。

「幫我倒杯茶。」

恆太郎的眼神空洞。

瀧子走上簷廊，爲父親泡了茶，注視著父親的背影，把茶推到他面前。恆太郎喝了一口，再度看著庭院。

瀧子起身準備走去廚房時，人在飯廳的勝又叫住了她。他讓瀧子站在他面前，用捲尺量著她的肚圍。瀧子笑了起來。

恆太郎聽著背後傳來年輕夫婦的談笑聲，注視著庭院。不知道是否因爲浸淫在往日的幻影中，他的眼眸充滿了哀傷和空虛……

（全書完）

國家圖書館出版品預行編目資料

宛如阿修羅／向田邦子著；王蘊潔譯. —— 二版. —— 台北市：麥田出版：家庭傳媒城邦分公司發行, 2021.08
面：　公分：——（和風文庫；12）
譯自：阿修羅のごとく
ISBN 978-626-310-024-4（平裝）
861.57　　110008164

和風文庫 12
宛如阿修羅

原　　作　向田邦子MUKODA Kuniko
譯　　者　王蘊潔
特約文編　關惜玉
主　　編　徐凡
責任編輯　陳瀅如（初版）、李培瑜（二版）
封面設計　簫旭芳
排　　版　浩瀚排版有限公司

總 編 輯　巫維珍
編輯總監　劉麗眞
總 經 理　陳逸瑛
發 行 人　凃玉雲
出　　版　麥田出版
地址：10483台北市中山區民生東路二段141號5樓
電話：(02)2500-7696　傳眞：(02)2500-1967
發　　行　英屬蓋曼群島商家庭傳媒股份有限公司城邦分公司
地址：10483台北市中山區民生東路二段141號11樓
網址：http://www.cite.com.tw
客服專線：(02)2500-7718; 2500-7719
24小時傳眞專線：(02)2500-1990; 2500-1991
服務時間：週一至週五09:30-12:00; 13:30-17:00
劃撥帳號：19863813　戶名：書虫股份有限公司
讀者服務信箱：service@readingclub.com.tw
香港發行所　城邦（香港）出版集團有限公司
地址：香港灣仔駱克道193號東超商業中心1樓
電話：+852-2508-6231　傳眞：+852-2578-9337
電郵：hkcite@biznetvigator.com
馬新發行所　城邦（馬新）出版集團【Cite(M) Sdn. Bhd.】
地址：41-3, Jalan Radin Anum, Bandar Baru Sri Petaling, 57000 Kuala Lumpur, Malaysia.
電話：+603-9057-8822　傳眞：+603-9057-6622
電郵：cite@cite.com.my
麥田部落格　http:// ryefield.pixnet.net
印　　刷　前進彩藝有限公司
初　　版　2010年9月
二版一刷　2021年8月
售　　價　360元
ISBN 978-626-310-024-4（平裝）

城邦讀書花園
www.cite.com.tw
Printed in Taiwan.